this is
not the story
you think
it is

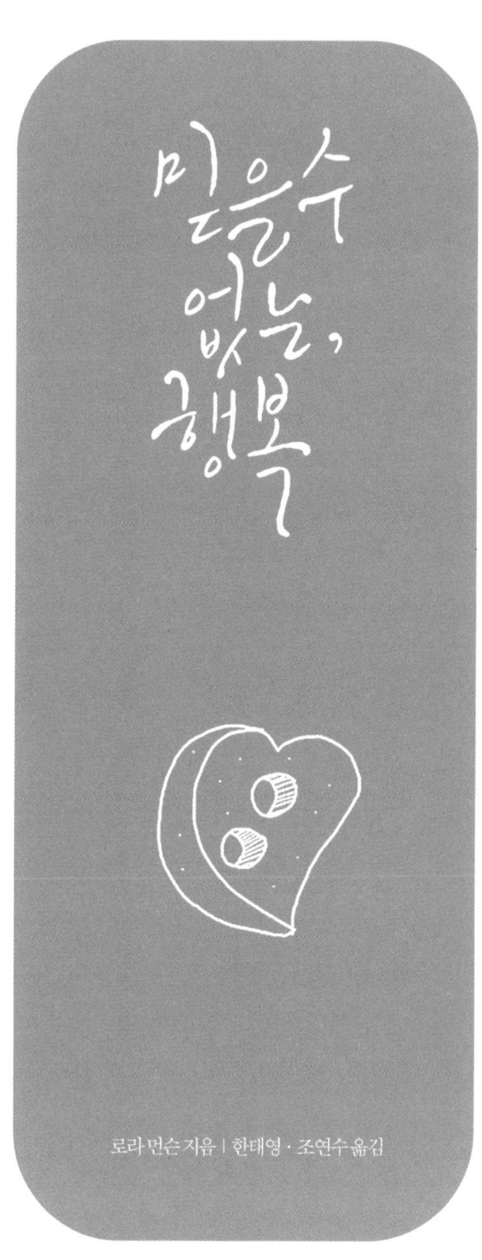

로라 먼슨 지음 | 한태영 · 조연수 옮김

WILLCOMPANY

남편에게

땅이 없다면 지도는 아무런 쓸모가 없습니다.
우린 늘 모험을 원했죠…
사랑합니다.

아버지에게
존 체스터 먼슨 (1918-2004)

여기 아버지가 그토록 원하시던 파란색 듀센버그가 있습니다.
지금 아버지가 계신 곳에서는 자동차가 필요 없으시겠지만
아버지는 늘 제 마음속에 살아계십니다.
저를 믿고 응원해주신 아버지께
감사하다는 말씀을 전하고 싶습니다.

그 어떤 것도 결심하지 않으리

차라리 물 가면을 쓰리라

내 삶을 흐르는 시냇물로 위장하리라

밤이 되면 소용돌이로 변해 도도한 물결에 휩쓸리리라

하늘을 품고

열기와 추위, 달과 별을 삼키리라

끝없이 흐르는 물결에 나를 맡기리

- 짐 해리슨, '오두막의 시'

차례

this is
not the Story
you think
it is

고통받지 않기로 결정하다

새벽 5시. 여름. 몬태나.

어젯밤 남편이 집을 나갔다. 더 이상 날 사랑하지 않는 것 같다며. 그리고 9시간이 지난 지금까지도 돌아오지 않고 있다.

아마도 사람들은 지금 내가 큰 고통에 빠져 있을 거라 생각할 것이다. 어쩌면 공황상태나 위기에 빠져 있을 거라고 생각할 수도 있다. 하지만 나는 다른 길을 선택했다. 나는 고통받지 않기로 마음먹었다.

"그게 어떻게 가능한가?"라고 물을지도 모르겠다.

해답은 바로 내 침대 옆에 쌓아놓은 책들 속에 들어 있다. 부처에서 예수, 수피(이슬람교의 신비주의자), 닥터 수스(미국의 작가)에 이르기까지 여러 현자가 들려주는 마음의 평화와 사랑, 해탈, 자유의 메시지가 나의 해답이다. 이들은 모두 아주 단순한 진리를 일깨워준다. 욕망에서 벗어나는 순간 고통에서도 벗어날 수 있다고.

이제까지 나는 자신을 모질게 자책하는 삶을 살아왔다. 이러한 모든 지혜를 얻기 전에는 욕망에서 벗어나는 방법을 이해하지 못했기 때문이다.

이제껏 내가 들었던 말 중에 가장 현명한 말은 내 정신과의사가 들려줬던 말이다. 그녀의 진료실에 앉아, 당시 풀리지 않던 작가로서의 경력과 남편의 힘겨운 직장생활 때문에 눈이 퉁퉁 붓도록 울자 그녀는 이렇게 말했다.

"이제 문제를 정리해봅시다. 당신은 지금 통제할 수 없는 것들에 자신의 행복을 걸고 있어요. 그렇죠?"

"네. 그런 것 같아요. 그렇게 보실 수도 있죠." 나는 동의했다. "하지만 저는 그냥 묻어두려고 소설을 쓰는 게 아닙니다. 정확히 열네 개 작품이에요. 반평생을 바쳐서 쓴 작품들이라고요. 열심히 두 아이 뒷바라지를 하는 것도 다 아이들이 건강하고 행복하길 바라기 때문 아니겠어요? 남편과의 관계도 마찬가지예요. 외로움에 파묻혀 살려고 남편과 결혼한 게 아니라고요. 이 중에 내가 그 결과를 통제할 수 있는 건 하나도 없어요. 하지만 그렇다 해도 좋은 결과를 원하는 게 사람 아닌가요?"

"그렇긴 합니다만……. 뭔가를 원하는 것과 만들어 가는 것 간에는 큰 차이가 있어요." 그녀가 말했다. "불안, 초조, 우울, 분노 등 부정적인 감정을 떨쳐버리길 원하시죠?"

"당연하죠. 그것 때문에 제가 여기에 온 것 아니겠어요?"

"좋습니다. 당신이 행복한 삶을 가꾸어나갈 수 있다고 생각하시나요?"

"물론이죠. 하지만 손바닥도 마주쳐야 소리가 나죠."

"그런가요?" 그녀가 눈썹을 올리며 말했다. 그녀는 내 고통을 이해했고 나를 위해 그 고통을 따뜻하게 보듬어주었다. 바로 이런 점 때문에 나는 그녀를 좋아한다.

"어쩔 수 없는 것들에 대한 욕망을 버려야 비로소 행복해질 수 있습니다."

이런 말은 쉽게 할 수 있다. 세련된 명품 스카프를 두른 채 연보랏빛 소파에 앉아, 십중팔구 자신보다 불행한 고객들을 상대하고 있을 때는 더더욱.

하지만 사람이 어떻게 욕망을 완전히 버리고 살 수 있겠나? 이 세상에 태어났으니 잘 살기를 원하고, 결혼했으니 행복한 가정을 꾸리길 원할 것이며, 아이가 생기면 훌륭하게 성장하길 원하지 않겠는가? 또 어여쁜 손자를 품에 안아볼 만큼 오랫동안 건강하게 살다가 잠드는 것처럼 평온한 죽음을 맞이하기를 원할 것이다. 누구나 재능을 원하고 성공을 원한다.

내 유명한 소설가 친구에게 편지로 물어본 적이 있다. 책이 출판되든 안 되든 상관없이 어떻게 평생 글을 쓸 수 있겠냐고. 어느 날 그에게서 전화가 왔다. "출판이 되고 안 되고의 유일한 차이는 책이 나왔다는 사실 뿐이야"라는 게 그의 답변이었다.

그 친구의 답변에 나는 이렇게 항변했다. "내 작품이 그렇게 형편없다고는 생각하지 않아. 관심을 보이는 대형 출판사도 몇 군데 있고, 내 에이전트도 그렇게 긍정적인 거절 편지는 처음 받아본대. 문제는 아직 확실한 '간판'이 없다는 거야. 몬태나 출신의 무명작가에 불과할 뿐이지."

"그래도 글은 계속 써야 해. 출간에 대해서는 생각하지 말고. 하지만 아예 포기하는 것과 초연한 것에는 큰 차이가 있다는 점을 명심해. 집착하지 않고 초연하도록 노력해봐."

"나는 지금 정신적으로 막다른 골목에 처해 있는 것 같아. 초연해지는 방법을 모르겠단 말이야."

내 말에 그 친구는 웃음으로 답했다. 그리고 나는 그 친구가 뭔가 소중한 정보를 내놓지 않고 있음을 알 수 있었다. 그냥 쉽게 얻어지는 게 아니라 열심히 노력한 사람만 얻을 수 있는 정보 말이다. 험난한 여정은 오롯이 나의 몫이다.

다시 지금 이 순간으로 돌아와 보자. 나는 남편의 행방조차 모르고 있다. 어젯밤 충격적인 말과 함께 어디론가 사라져버리고 아직도 돌아오지 않고 있다. 휴대전화도 받지 않고 문자 메시지에도 답이 없다.

하지만 나는, 나를 더 이상 사랑하지 않는다는 그의 말을 믿지 않는다. 참으로 가슴 아픈 말이었지만 남편에게 뭔가 다른 사정이 있을 거라고 생각한다. 남편은 지금 개인적인 위기를 겪고 있기 때문에 그에게 뭔가 말 못할 고민이 있을 것이다.

누구에게나 한 번쯤은 개인적인 시련의 계절이 있기 마련이다. 나는 남편이 가장으로서 충분한 돈을 벌지 못한다는 죄책감과 앞으로의 진로에 대해 얼마나 자책하는지 잘 알고 있다. 특히 많은 돈을 벌 만한 일자리가 흔치 않은 조그만 시골 마을에서 남편이 느끼는 좌절감을 충분히 이해한다.

그는 결국 혼자 힘으로 절망의 바닥에서 일어서야 한다. 그리고 나는 이런 상황에서는 분노나 불안보다 이해심이 더 크게 도움이 된다는 것을 알고 있다.

남편은 충실하고 가정적이고 애정이 넘치는 참 괜찮은 남자다.

밤새 집 밖에 머물며 전화도 없는 일은 평소의 남편답지 않은 행동이다. 하지만 최근 들어 그런 일이 부쩍 늘었다.

그런 날 밤이면 남편은 시내에 있는 사무실 소파에서 잠을 잔다. 그걸 어떻게 아느냐고? 워낙 조그만 마을이다 보니 시시콜콜한 서로의 사생활까지도 금세 마을 전체로 퍼져 나간다. 사람들은 마치 사회학 수업 과제를 하듯이 시시콜콜한 서로의 사생활을 캐고 보고한다.

굳이 묻지 않아도 "어젯밤 그 집 바깥양반이 술집에서 그걸 하시던데……."(우리 마을에서 '그것'은 맥주를 뜻하는 말이지 꼭 여자를 의미하는 것은 아니다.) 혹은 "그 집 바깥양반이 아침 일찍 사무실 화장실에서 양치질하는 걸 봤어. 사무실 소파에서 잠을 잔 것 같더라고." 이런 현장 보고는 대개 다음과 같은 질문으로 끝을 맺는다. "남편한테 무슨 일 있어?"

그럴 때면 나는 "직접 물어보지 그러세요?"라고 대답한다. 이렇게 말하고 나면 남편이 낯선 여자와 멋진 호숫가 별장에서 바람을 피우는 망측스런 의심을 날려버릴 수 있다. 물론 나도 그런 의심을 품어본 적이 있다. 나를 그런 결론으로 이끄는 아무런 증거가 없는데도 말이다.

내가 알고 있는 확고한 진실은 남편이 바람을 피우건 그렇지 않건, 나를 사랑하건 그렇지 않건 간에 지금 위기를 겪고 있다는 것이다. 그리고 나는 그를 사랑한다.

남편이 집에 돌아오지 않는 이유가 뭐가 됐건, 그것이 그의 영혼 깊숙이 자리 잡은 고통의 증상이라고 본다면 어떨까? 나와 상관없이 남편의 개인적 문제라면? 남편의 부정을 비난하거나, 진실을 다그치거나, 사립탐정을 고용해서 아무 증거도 없는 남편의 외도 가능성에 집착하면 내 마음이 조금 더 편해질까? 남편의 휴대전화를 몰래 열어 의심스러운 문자나 전화번호가 있는지 알아본다면?

그런 짓은 하지 않겠다. 그저 이 정도로 덮어두자. 남편은 술집에 가서 친구들과 술을 마시고 사무실 소파에서 잠이 들었을 것이다. 어쩌면 낚시를 갔을 수도 있다. 그 정도면 충분하다.

아이들조차 최근 들어 아빠가 늦거나 때로는 아예 들어오지 않을 때는 뭔가 풀어야 할 스트레스가 있다는 것을 이해하기 시작했다.

지금까지 남편과 나는 아이들을 잘 키우고 있다고 자부해왔다. 하지만 사는 게 쉽지만은 않다. 그래서 아이들에게 엄마 아빠도 사람이라는 점을 주지시킨다. 우리 모두 실수를 한다. 어른에게도 힘든 시기가 있고 항상 책임 있게 행동하지는 않는다. 하지만 그래도 우리는 여전히 한가족이다. 실수를 저지를 때에도 서로 사랑하고 아끼고 용서하는.

그래도 아빠의 빈자리가 크게 느껴지는 건 어쩔 수 없는 일이다. 아이들의 눈에서 느낄 수 있다.

남편에게도 혼자만의 시간이 필요하다. 나도 나만의 시간이 필요하듯이. 우리는 늘 서로에게 그 정도의 여유는 주었다.

다만 내가 바라는 건 가족들이 걱정하지 않도록 집에 전화 한 통 해주는 것뿐이다. 그게 그렇게 힘든 일인가? 부부심리상담 약속까지 지켜주면 고맙겠지만 아직 거기까진 바라지도 않는다.

애써 남편의 행동을 정당화하려고 노력하진 않겠다. 단지 무작정 분노하기보다는 남편을 이해하고 싶다. 내가 너무 오래 참아야 하는 상황이 아니길 바란다. 하지만 그러는 동안 나는 우리의 결혼생활이 어떻게든 완벽하다고 거짓말하기를 원하는 우리 사회에 일일이 대응해야 할 것이다.

남편이 내 곁에 없는 삶은 생각조차 하기 싫다. 아무리 벗어나려 애를 써도 근심에 잠겨있는 나를 인정할 수밖에 없다. 남편의 위기는 경제적인 문제와 이루지 못한 꿈으로 말미암은 스트레스 때문이다. 그리고 내가 아무리 그의 상처를 치유해주고 싶다 해도 그럴 수 없음을 잘 알고 있다. 그가 혼자 극복해야 할 몫이다. 그리고 남편은 틀림없이 혼자 힘으로 이 어려운 문제를 풀 수 있을 것이다.

수년간 쌓아온 경력이 실패로 돌아가면서 상처받은 자존심은 쉽게 빠져나오기 어려운 법이다. 내 경우는 훌륭한 정신과의사의 도움을 받으면서도 이 문제에서 벗어나는 데 2년 가까이 걸렸다. 그런 내가 어떻게 남편에게는 하루아침에 그 수렁에서 벗어나라고 요구할 수 있겠는가?

하지만 정말 남편에게 다른 여자가 생긴 거라면 어쩌지? 또다시 두려움에 사로잡혀 고통의 중심으로 방향을 튼다. 그러나 이번엔 다른 전략을 선택하겠다. 설령 그가 나에게 돌아오지 않는다 해도 나는 고통받지 않기로 함으로써 더욱 강해질 테니까. 이건 하나의 삶의 방식이다. 그 어떤 종교와도 무관하다. 필요할 때는 언제나 당신의 삶에 끼워 맞춰라. 우리 모두 자유롭길 원한다. 그렇지 않은가? 사실 이 전략은 나에게도 생소하다. 틀림없이 실패할 때도 있을 것이다. 하지만 한번 밀어붙여 보겠다.

남편과 내가 이 위기를 잘 극복해서 고통에서 벗어나고 여전히 서로 사랑한다면 이번 여름은 충분히 보람된 계절이 될 것이다. 설령 그렇게 되지 않는다 하더라도 최소한 나는 더 나은 사람이 되어있을 것이다.

그러니 끝까지 내 곁을 지켜 달라. 든든하고 자상한 친구처럼. 나는 기꺼이 부딪쳐보겠다. 우리 모두를 위해.

깊게 호흡하라

같은 날 아침 8시 45분.

아이들이 잠에서 깨어나 뒤척이기 시작한다. 이 상황을 어떻게 넘겨야 할까 고민이다. 아빠의 고통에 대해 아이들에게 어떻게 설명해줘야 할까? 아빠가 깊은 절망의 늪에 빠져 있으며, 아빠의 회사가 완전히 파산상태라고. 우리는 엄청난 빚을 지게 됐고. 모아놓은 돈을 거의 다 썼기 때문에 우리 집을 잃게 될지도 모른다는 사실도.

우리 가족에게 딱 맞게 지은, 그래서 아이들의 책장에 장난감 말과 트럭을 꼭 맞게 정리할 수 있는 집, 여러 마리의 말과 개와 고양이, 베타피시(관상용 열대어로 럼블피시라는 별칭을 가지고 있음), 그리고 딸아이가 아끼는 햄스터가 살고 있는 우리 땅까지도.

무엇보다 남편이 몇 달 만에 처음으로 내 눈을 바라보며 했던 말을 아이들에게 어떻게 설명해줘야 할지 모르겠다.

반평생을 함께 보내놓고 남편은 이제 와 새삼스럽게 혼자만의 시간이 필요하다고 했다. 그렇지 않으면 정말 미쳐버릴 것 같다고. 그리고 나를 사랑하고 있는건지, 아니 이제껏 나를 사랑했던 적이 있었는지조차 잘 모르겠다고 말했다. 사랑하는 법을 잘 모르겠다고.

하지만 나는 그의 사랑하는 능력을 의심하지 않는다. 나는 오랜 세월 그의 사랑을 목격했으며 그 사랑의 수혜자였다. 그가 그런 식으로 생각한다는 것은 그의 마음속 깊은 곳에 나와 가족에 대한 단절감과 아픔이 있다는 증거였다.

나는 내가 가장 힘들었을 때를 떠올려보았다. 그때 나는 어땠던가? 사랑하는 나의 능력을 의심했었나? 그랬을지도 모르겠다. 하지만 나는 소설 쓰기에 몰입함과 동시에 나와 나를 둘러싼 세상에 대한 사랑에 접속할 수 있었다. 무언가를 창조한다는 건 나에게 그런 의미였다.

어젯밤 남편이 겪고 있는 내면의 갈등을 보여주고, 고통받지 않겠다는 나의 다짐을 뿌리째 흔들어놓는 수수께끼가 있었다.

"난 단지 어떤 짐도 없는 여자를 원할 뿐이야." 남편이 떠나기 전 마지막으로 남긴 말이었다.

그렇다면 그는 정말 사랑하는 자신의 능력을 의심하는 것일까? 아니면 단지 나에 대한 사랑을 의심하는 것일까? 그의 혼란스러움을 이해해보려 노력해도 머릿속이 복잡해질 뿐이다. 그리고 나는 곧장 비통함에 빠져들고 싶은 유혹을 느낀다.

내 남편이자 아이들의 아빠는 나보다 더 잘 맞는 여자가 어딘가에 있다고 생각한다. 이 나이까지 상처 없이 살아온 여자가. 그렇다면 그는 동화 같은 얘기를 믿고 있는 것이다. 동화에 나오는 공주님을.

지금쯤 유흥가 근처 싸구려 모텔에서 남편 옆에 누워 여전히 탄력 있는 엉덩이와 팽팽한 얼굴과 매끈한 다리에 관해 찬사를 듣고 있을지 모르는, 마흔한 살에도 여전히 날씬하고 짐도 없는 여자에게 저주를!

이미 난 탈선해버린 열차처럼 멈출 수가 없다.

심호흡하고 차를 마시자.

아니, 차라리 커피를 마시자. 블랙으로 진하게. 정신이 번쩍 들도록.

나는 안다. 이 순간만 지나가면 아무것도 아니라는 것을.

이 순간만.

열두 살 된 딸아이가 엉엉 울며 들어왔다. 친한 친구가 자기에게 말을 하지 않는다며. 벌써 몇 주 전부터 그랬단다. 이제 더는 견딜 수가 없다며 너무나 마음 아파했다.

딸아이에게는 위로와 조언이 필요해 보였다. 그래서 나는 고통과 행복에 관해 이야해주었다. 딸아이는 자신의 행복을 통제할 수 없는 것에 걸고 있기 때문에 고통받고 있었다.

계단에 앉아 울고 있는 딸의 모습을 보면서 나는 아이가 내 말을 제대로 이해했음을 알 수 있었다. 고통은 결코 유쾌하지 못한 경험이다. 딸아이도 그런 고통을 원하지는 않을 것이다.

딸아이가 세수하러 위층으로 올라갔다.

만약 당신이 열두 살일 때 누군가가 당신에게 이런 얘기를 해줬다면 어땠을까? 우리에겐 고통에 대한 선택권이 있으며, 단순히 고통받지 않기로 선택함으로써 자유를 얻을 수 있다는 걸 알고 있었다면? 그렇게 항상 힘들 필요는 없었을 것이다.

아침 식사 내내 아이들은 아빠가 어디에 있는지 묻지 않았다. 나도 아이들에게 말해주지 않았다. 아이들은 아빠가 어젯밤 늦게 돌아와 오늘 아침 일찍 출근한 것이라고 짐작했다.

내 짐을 아이들에게 덜어주지 않아도 된다는 생각에 마음이 놓였다. 아이들이 짊어져야 할 몫이 아니기 때문이다.

오늘 아이들과 함께 테라스에 있는 테라코타 화분(별다른 마감처리 없이 점토를 구워 만든 적갈색 화분)에 심을 화초를 사러 나가야겠다. 연녹색 가지색 고구마 덩굴들이 자라 키 큰 들판의 풀들과 어우러지고, 어쩌면 하얀 클레마티스(흰색, 분홍색, 자주색의 큰 꽃이 피는 덩굴식물)가 화분에서 자라나 집의 벽을 타고 올라갈 것이다. 우리는 그렇게 아름다운 여름을 준비할 것이다.

하지만 알고 있는가? 나는 평온해지고 싶지 않다. 나는 이 개똥 같은 철학을 버리고 싶다. 그리고 분노하고 고통받고 싶다.

남편이 돌아오길 바랐다. 돌아와서 미안하다고 말해주길, 사랑한다고 말해주길 바랐다. 그에게 따뜻한 커피 한잔을 만들어주고 싶었다.

'호흡하라. 그의 사랑하는 능력을 의심하지 마라. 너에 대한 그의 사랑을 의심하지 마라. 이것을 비상사태로 보지 마라. 이것은 너의 문제가 아니다. 적어도 아직까지는. 잘 이겨낼 수 있을 것이다. 지금은, 지금 당장은 깊게 호흡하라.'

아직은 최소한 그 정도는 할 수 있다. 그저 숨 쉬어라.

하지만 나는 그저 숨 쉴 수가 없다. 목이 메어온다. 나는 상처받았으며 한없이 약한 존재다. 그렇지 않은가?

나는 작업실 바닥에 누웠다. 그리고 나는 그저 숨을 쉰다.

나의 다비드

어린이집으로 출발하기 한 두 시간 전. 차 한 잔을 마시며.

과거에 집착하지 않으려 애쓰긴 하지만 현재 우리가 처한 상황을 제대로 이해하기 위해서는 과거를 돌아보는 게 중요해 보인다.

남편과 나는 시카고 교외에 있는 유명한 성공회 교회에서 결혼식을 올렸다. 나는 엄마가 물려준 웨딩드레스를 입고, 남편은 검은색 연미복을 입었다. 내가 기억하기에 가장 많은 비가 내리던 그날, 400명이 넘는 하객들이 우리를 축복해주었고, 13인조 스윙 오케스트라가 컨트리클럽 피로연에서 우리를 기다리고 있었다.

이 컨트리클럽은 스콧 피츠제럴드가 〈위대한 개츠비〉에 등장하는 데이지의 모델이 된 인물을 만났던 곳이라고 알려져 있었다.

우리는 서로의 손을 잡고 그 순간 정말로 뿌듯해하실 부모님들을 생각하며 연보라색 장미 부케 위로 서로의 눈을 지그시 바라보며 서 있었지만, 우리가 서로에게 어떤 존재인지는 우리 둘 다 너무나도 잘 알고 있었다. 바로 공모자였다.

6년간의 연애 끝에 마침내 결혼에 골인했지만 우리는 결혼이라는 제도에 도전한 일종의 반항아들이었다. 제도가 우리의 영혼을 더럽히지 못할 거라 자신했다.

남편과 나는 집안에서 막내였다. 나이 차가 한참 나는 형제자매도 있다. 이렇게 터울이 많이 지는 건 우리의 부모님이 대공황 이전이나 대공황이 한창일 때 태어나 2차 세계대전을 겪은 세대라는 사실 때문이다. 가족계획에 그리 집착하지 않았던 세대, 뜻하지 않게 아이가 생겨도 대수롭지 않게 생각하던 세대였다. 낳아만 놓으면 알아서 클 것으로 생각하던 시대였으니까.

다른 형제자매들은 1960년대 반체제문화 속에서 성인이 되었고, 덕분에 부모님은 마약과 미니스커트, LSD(환각제), 그레이트풀 데드 콘서트, 반애국주의에 대한 속성코스를 밟게 되었다. 그러다 보니 우리는 머리를 단정하게 자르고 다른 사람들 앞에서 지나치게 무례한 행동만 하지 않으면 부모님의 총애를 받는 데 아무런 문제가 없었다.

결과적으로 우리는 남편이 자란 뉴욕 교외 지역과 내가 자란 시카고 교외 지역에서 말하자면 둘 다 자유분방한 삶을 즐길 수 있었다. 둘 다 장난치기를 좋아했고, 웬만한 말썽을 부려도 혼나지 않았다.

하지만 1970년대에는 집안의 막내로 사실상 외톨이나 다름없이 외롭게 자랐다. 남편과 내가 처음 만났을 때 우리는 서로를 알아보았다. 우리는 어린 시절을 외롭게 보낸 사람들이었다. 기숙학교와 대학에 다니는 손위 형제자매가 학기를 끝내고 빨리 집으로 와주기를 기다리면서. 그래서 남편과 나는 머지않은 미래에 우리만의 가정을 이루길 소망했다.

나이 많은 부모님 밑에서 형제자매들과 함께 부족함 없는 집안에서 자랐다는 공통점 이외에도, 우리에겐 펠트 중절모에 울 외투를 입고 직장에 다니시며 남성 사교클럽에서 무료한 오후 시간을 보내시던 아버지와 현명한 안주인으로 우리에게 예의에 맞게 악수하는 법과 올바른 포크 사용법을 가르쳐주신 세련된 어머니가 있었다. 우리는 지긋지긋한 여름 캠프로, 뉴잉글랜드 기숙학교로, 그리고 오하이오에 있는 사립 교양대학으로 보내졌고, 여기서 남편을 처음 만났다.

당시 나는 3년간 교제하던 사람과 갑작스럽게 헤어지고 나서 커다란 상심에 빠져있었고, 몇 주 동안 방안에 틀어박혀 식음을 전폐하다시피 했다. 그러자 친구들이 대학의 사교파티에 나가보라고 나를 설득했다.

그 당시 나는 대학생활을 하면서도 사교파티에는 거의 나가지 않았다. 1년 동안 이탈리아 피렌체에서 공부하면서 내 생애 처음으로 자유로운 영혼을 만끽하고 영감을 받는다는 게 어떤 것인지 경험했기 때문이었다. 한마디로 내게 대학의 사교파티는 르네상스와는 비교가 되지 않았다. 하지만 그곳에 그가 있었다. 미켈란젤로의 다비드처럼. 그는 너무나 멋있고 자신만만했으며 유능해 보였다.

남편은 부드러움이 느껴지는 외모를 갖고 있었다. 윤기나는 곱슬머리와 매끈한 근육, 환한 미소. 그런 미소를 보면 때론 키스하고 싶은 야릇한 기분이 들기도 한다.

남편을 처음 만난 그날 밤에도 그런 기분이 들었다. 파티가 열린 집의 계단 맨 위에 서서 흥청대며 춤추는 사람들을 내려다보며 친구에게 물었다. "저 남자 이름이 뭐니?"

하지만 나는 친구의 대답을 듣지 않았다. 계단을 내려가서 그에게 다가가 직접 말을 걸었다. "안녕, 난 로라라고 해."

"응, 알아." 그가 말했다.

"너 영화 좋아하나 보구나?" 나는 놀라 물었다. 나는 글쓰기를 시작하기 전에 처음 몇 년간은 드라마와 영화를 전공했었다.

"꼭 그렇지는 않아." 그가 말끝을 흐렸다.

그리고 바로 그때 빨간색 스카프를 두른 래브라도 잡종인 그의 애완견 미키 재거가 나를 물었다.

그는 나를 집까지 데려다 주었고, 여름 캠프 지도자처럼 능숙한 솜씨로 내 엄지손가락을 치료한 뒤 손가락에 키스하고는 떠났다.

그날 이후 우리 관계가 어떻게 발전했는지는 설명하지 않아도 될 듯싶다. 연애라는 게 다들 거기서 거기니까.

사람들이 내게 남편을 사랑하는 이유를 물으면 나는 주저리주저리 설명하지 않는다. "그이는 캠프 지도자 같아요"라고 짧고도 간결하게 표현한다. 내가 어릴 적 만났던 캠프 지도자는 하나같이 모두 멋있는 남자들이었다. 난 짜릿한 모험 같은 연애를 하고 싶었다. 비교적 안전하게 말이다.

나와는 달리 그는 사회적 압박에서 자유로운 것처럼 보였다. 그는 주변 상황에 좌지우지되는 사람이 아니었다. 침착하고 능숙하게 상황을 주도해가는 사람이었다.

그는 이제껏 사귀어본 남자들과는 달랐다. 그와 함께 있으면 마음이 편했고, 그동안 내가 참 하찮은 일들에 매달려 많은 시간을 허비했음을 깨닫게 했다. 이 남자와 함께라면 세상 어디라도 갈 수 있을 것 같았고, 그 어떤 것도 될 수 있을 것 같았다. 그리고 모든 것이 좋았다. 그에게 나의 모든 것을 맡겨도 좋을 것처럼 느껴졌다.

우리는 성공을 굳게 믿었다. 세상은 놀라운 가능성으로 가득 차 있고, 우리가 꿈에도 생각하지 못한 곳에서 기쁘고 놀라운 일들이 벌어질 것이라고 믿었다. 그리고 우리는 함께 그러한 것들을 찾아가기로 했다.

그 당시 우리는 큰 꿈을 꾸었다. 그는 야생 전문 사진가가 되거나, 알래스카의 오지를 비행하는 경비행기 조종사가 되고 싶어 했다. 또는 로키 산맥으로 헬리콥터 스키 여행을 안내하거나, 카리브 해나 호주에서 스쿠버 다이빙을 하고 싶어 했다.

나는 남편과 함께 전 세계를 여행하며 소설을 쓰는 꿈을 꿨다. 그리고 어떻게든 우리는 부자가 될 것이라 생각했다. 그렇지 않겠나? 돈은 그렇게 목표를 가지고 열심히 살다 보면 마법처럼 저절로 따라오는 것 아닌가? 세상은 경제적 안락함을 벗어던진 용감한 모험가들을 보상하지 않았던가?

우리는 어딘가에 우리만의 베이스캠프인 집을 짓고 아이들을 키울 것이다.

아이들을 낳고도 계속 세계를 여행할 것이다. 아이들과 함께. 아이들이 생긴다고 우리의 꿈을 포기하지는 않을 것이다. 우리는 두렵지 않았다.

그 어떤 것도 불가능한 것은 없어 보였다. 우리는 기세등등했

으며 함께라면 그 무엇도 두렵지 않았다. 우리는 모든 걸 이룰 수
있다고 믿었다. 우리의 청년기를 멋지게 마무리 짓고, 그다음 단
계를 완벽하게 준비할 수 있으리라 믿었다. 우리의 관계가 사랑으
로 충만했기 때문에.

현실, 바퀴벌레, 지하실의 부랑자, 그리고 맥주

같은 날 초저녁. 긴 하루.

화분에 화초를 심었다. 여름맞이 테라스 단장이 끝났다. 티크 목제 테이블과 의자, 우산, 쉐이즈롱(등받이가 뒤로 젖혀지는 긴 의자)을 모두 제자리에 놓고 사용할 준비를 끝냈다. 아이들은 앞마당에서 과일나무를 골대 삼아 축구를 하며 뛰어놀고 있다.

나는 조용히 작업실로 향했다. 누구의 방해도 받지 않고 집필에 몰두할 수 있는 나만의 공간이다.

아직은 초저녁이고 남편에게서는 여전히 연락이 없다. 우리 부부에 관한 글을 조금 더 써야 할 것 같다. 달콤하기도 했지만 힘겹고 우여곡절도 많았던 과거에 대해. 우리가 허황된 꿈을 꾸는 몽상가이자 반항을 꿈꾸는 파트너로 처음 만난 그날 밤부터 몬태나의 현재 삶에 이르기까지.

연애시절, 우리는 보스턴에 정착했다. 많고 많은 장소 중에 하필이면 보수적이고 촌스럽고 딱딱한 보스턴이라니. 왜 보스턴으로 이사를 했느냐고? 우리가 한 가지 사소한 점을 잊고 있었기 때문이었다. 우리에겐 일정한 수입이 없었다.

우리는 여전히 부모님의 경제적 지원이라는 끈에 매달려있었고,

동생들의 뒤치다꺼리를 마다치 않는 언니 누나들에게 신세를 지고 있었다. 그리고 보스턴에는 사랑하는 가족들(형제자매와 조카들)이 살고 있었다.

나는 보스턴 가든(미국 프로농구팀 보스턴 셀틱스의 홈구장)에서 게임이 열리는 날 많은 사람이 찾는 스카치앤설로인 레스토랑에서 야간 아르바이트를 했다. 그곳은 팁이 꽤 짭짤했고 그만큼 별별 손님들을 다 상대해야 했다. 그중에는 보스턴 셀틱스 선수들도 있었다.

우리는 낮시간을 비워두었다. 남편은 이수해야 할 학점이 남아 있었고, 나는 써야 할 책이 있었기 때문이었다.

형편이 쪼들리기는 했지만 칵테일 웨이트리스로 일하는 것 외에 다른 일은 하지 않았다. 키블러 쿠키 같은 제품의 광고 카피라이터로 일해보라는 주변 사람들의 조언을 심각하게 고려하고 있을 때, 내로라하는 시카고의 광고 대행사 CEO로 활동했던 분이 자신의 가든 스튜디오로 나를 초대해 내게 아주 냉엄한 조언을 해주었다.

그는 카멜 담배를 필터 없이 한 모금 빨면서 이렇게 말했다. "당신은 책을 쓰는 작가요. 자신의 일에 관해 이야기할 때 당신의 눈이 반짝반짝 빛나고 있소." 그리곤 피우던 담배로 나를 가리키며 눈을 가늘게 뜨고 이렇게 말했다. "작가도 실리를 추구해야 한다거나 광고 대행사에서 일해야 한다는 사람들의 말을 귀담아듣지 마시오! 이쪽 일은 한번 발을 들여놓으면 떠나기 어렵소. 그저 글을 쓰시오! 나는 내가 당신 나이였을 때 내 마음에 솔직하지 못한 게 얼마나 후회되는지 모르오."

그분은 지금 고인이 되었지만 그가 자신의 시카고 정원에서 꺾어준 야생 제라늄은 몬태나의 우리 집 정원에서 지금도 매년 꽃을 피운다. 그리고 이 꽃은 매번 내가 책을 쓰는 작가라는 사실을 상기시킨다.

세계여행을 하는 데 필요한 돈을 모을 때까지는 매사추세츠 올스턴에 있는 듀플렉스(두 세대용 주택)에서 지내기로 했다. 좁고 누추한 집이었지만 우리는 행복했다. 화려한 생활은 아니었지만 적어도 당분간은 최소한의 생활비로 살아갈 수 있었다.

아마도 벌써 눈치챘겠지만, 한마디로 우리는 허황된 꿈을 꾸는 몽상가들이었다.

우리 집 거실에 들여놓은 최초의 장식품은 케이프 코드 해변에 떠밀려온 커다란 부목을 주워다 놓은 것이었다. 우리가 처음 장만한 식탁은 냉장고 박스였다. 여기에 차고세일에서 구한 오래된 퀼트 천을 덮어 장식해 놓고는 마냥 뿌듯해했다. 내겐 증조할머니가 쓰시던 은촛대가 있었는데, 이것을 퀼트로 장식한 박스 위에 올려놓은 모습을 보면서 왠지 모를 냉소적인 쾌감을 느꼈다. 특히나 촛농이 여기저기 떨어져 식탁이 곧 타버릴 것 같은 냄새가 나면 더욱 그랬다.

나는 앤 섹스톤(미국의 여류시인. 섹스, 낙태, 마약중독, 자살 등의 소재를 거침없이 다뤄 고백파 시인으로 불림)이나 실비아 플래스(미국의 여류시인이자 소설가. 가스가 새는 오븐에 머리를 넣고 서른한 살에 생을 마감함)처럼 불안하고 극적인 삶을 살고 싶었다. 하지만 나는 그들과 달랐다. 나는 돈을 벌기 위해 다른 사람의 집을 봐주거나 아이들을 돌봐주는 사람이었고, 제시간에 출근해야 하는 사람이었다.

나는 더 타락하고 싶었지만 용기가 없었다. 열심히 소설을 쓰며 야간에는 웨이트리스로 일하고 밤늦게 지하철을 타고 집으로 돌아오는 생활이 내가 가진 모든 용기를 앗아갔다. 하루하루 먹고 살기가 너무나 힘들었기 때문이다.

나는 세상에서 가장 부유한 사람들 속에서 성장했다. 하지만 나에게는 도자기와 크리스털, 은 제품, 사라사무명 퀼트 소파, 삐걱거리는 마호가니 가구는 많았지만 돈은 많지 않았다. 다시 말해 나는 상류층 사교클럽에는 언제라도 들어갈 수 있었지만, 당장 생활비를 걱정해야 할 처지였다. 남편은 그런 처지의 나를 '이름만 있는 가난한 귀족'이라고 불렀다.

사실 부자가 되는 것이 나의 목표였던 적은 없었다. 내 어릴 적 가족들처럼 부자가 되는 것을 꿈꾼 적도 없다. 단지 부모님의 안락한 둥지를 떠날 수 있을 정도의 돈만 필요할 뿐이었다.

지금도 가끔 힘겨웠던 올스턴 시절에 관한 꿈을 꾼다. 어쩌면 알뜰하게 생활하겠다는 우리의 생각이 좀 지나쳤었나 보다. 보스턴에 살던 초기에는 밤에 바퀴벌레가 나올까 봐 불을 켜놓고 잠을 자야 했다. 지하실에는 우리와 듀플렉스를 나눠 쓰고 있는 집주인과 친척인 듯한 아저씨가 살고 있었는데, 밤마다 소리를 지르고 낮에는 쇼핑카트를 밀며 온종일 보스턴 여기저기를 배회했다. 우리는 그 아저씨를 '부랑자 형님'이라고 불렀다. 그 아저씨는 우리 집 열쇠를 가지고 있는지, 너무나 자주 우리 집에 허락도 없이 들어왔다. 지금도 그렇지만 남편이 키도 크고 덩치가 있어서 다행이었다. 모든 게 '표준 이하'였다. 공포영화 '사이코'에 나오는 '베이츠 모텔' 같았다.

우리는 점점 혼란스러워졌다. 이미 사회적으로 성공한 사람들(세련된 헤어스타일에 명품 구두를 신고, 가정부를 고용한 사람들)로부터 너무 많은 파티에 초대받았다. 우리는 가족과 친구들을 사랑하긴 했지만 그들의 세상으로부터 떠나야 할 운명이라고 느꼈다. 우리의 꿈을 이루려면 익숙하고도 안락한 둥지를 떠나야 한다고 생각했다.

그래서 우리는 다른 곳에서의 삶을 꿈꾸기 시작했다. 하지만 어디로 가야 하나? 전기도 들어오지 않는 오지로 가고 싶지는 않았다.

"시애틀이 어떨까?" 어느 날 〈아웃사이드〉(등산, 캠핑, 여행 등을 다루는 레저 종합잡지)를 읽다가 남편에게 말했다. 시애틀에 관해 이야기하는 사람들이 많았다. 그리고 놀랍게도 시애틀로 이사 가고 싶다고 여기저기 얘기를 흘리고 다닌 지 얼마 되지 않아 눈부시도록 아름다운 시애틀 퀸앤힐에 있는 아파트 건물을 관리하는 일자리를 제안받았다. 아파트를 관리하는 일을 맡으면 따로 집세를 내지 않아도 되기 때문에 나는 글을 쓰는 데 좀 더 많은 시간을 낼 수 있으리라 생각했다.

시애틀은 가능성의 세계로 느껴졌다. 그곳에서 여러 작가와 예술가, 음악가를 만날 수 있을 것이다. 어쩌면 조만간 소설을 출간하고 세계 여행을 떠날 수 있을지도 모른다. 또는 이탈리아로 돌아갈 수 있을지도. 남편은 틀림없이 나의 이탈리아 시절 이야기가 지겨울 터였다.

우리는 서로의 꿈을 이룰 수 있을 절호의 기회를 잡은 듯했다. 더구나 서로 떨어져 지낼 필요도 없었다. 그야말로 황금 같은 기회 아닌가.

우리는 우리 자신을 너무도 과대평가했다.

당시 미국 북서부 지역에 엄청난 맥주 붐이 일면서 남편은 대학에서 언론학을 전공했음에도 소규모 맥주 공장에 취직하게 되었다. 스물세 살의 청년에게는 신문사에서 일하는 것보다 맥주 산업에 뛰어드는 편이 훨씬 더 매력적으로 느껴졌던 모양이다. 그는 곧 새로운 일에 매료되었다.

나는 새로 얻은 아파트에서 유니언호수와 시애틀 도심이 내려다보이는 방에 작업실을 꾸몄다. 그리고 당시 미국에서 최고급으로 손꼽히던 커피를 마시며 근사한 카페에서 글을 쓰기로 마음먹었다. 당시만 하더라도 스타벅스 매장이 몇 군데 되지 않던 시절이었다. 스타벅스가 로고를 바꾸고 폭발적인 인기를 끌면서 중산층 미국인들에게 커피 한 잔에 4달러를 쓰도록 가르치기 전의 일이다.

이후 4년 동안 우리는 시애틀 북부 지역을 이곳저곳 옮겨 다녔다. 시애틀은 내게 한없이 자유롭고 개방적인 곳이었다. 그리고 글을 쓰는 일이 분노에서 놀이로 바뀌기 시작했다.

내가 글쓰기에 몰두하는 동안 남편은 맥주 공장을 북서부 지역에서 가장 빠르게 성장하는 업체로 키우느라 정신이 없었다. 그는 지역 유명인사가 되었다. 가장 붐비는 레스토랑에서도 자리를 얻는 데 어려움이 없었고, 어딜 가건 우리에게는 맥주값을 받지 않

으려 했다. 그리고 맥주 맛도 기가 막혔다. 20대의 꿈같은 시절이
었다.

　나는 작가모임에 가입해 정식으로 등단을 시도했고, 여러 출판
사의 문을 두드렸으나 번번이 퇴짜를 맞았다. 하지만 모두 판에
박힌 거절의 편지만 받은 것은 아니었다. 개중에는 '긍정적인' 거
절의 편지도 많았다. 따뜻한 격려의 글을 담아 손으로 직접 쓴 편
지였다. "재능 있는 작가임은 틀림없으나 이번 작품은 출판에 적
합하지 않은 듯합니다." 또는 "포기하지 말고 계속 글을 쓰세요!"
라는 내용이었다. 그중에서 가장 반갑던, 그리고 지금도 반가운
회신의 글은 "분량을 300페이지로 줄인다면 좋을 듯합니다"라는
내용의 회신이다. 실제로도 출판사의 제안대로 분량을 줄였지만
출간 직전에 편집 위원회에서 주인공이 마음에 들지 않는다며 퇴
짜를 놓아 결국 작품이 햇빛을 보지는 못했다. 쌓여가는 거절의
편지에 좌절이 반복되면서 실비아 플래스가 그랬던 것처럼 가스
가 새는 오븐에 머리를 처박고 싶은 마음이 굴뚝같았다.

　번번이 퇴짜를 맞다 보니 창피한 마음이 들기 시작했고, 사람들
에게 내가 작가라는 사실을 숨기고 싶어졌다. 작가라고 말하면
늘 "당신 책을 어디서 살 수 있나요?"라는 질문이 돌아왔는데 마
땅히 뭐라 답해줄 말이 없어 무척 당황스러웠기 때문이었다. 하지
만 그래도 꿋꿋이 버텼다. 누가 뭐래도 나는 작가니까. 젠장. 돈을
더 많이 벌 수 있는 다른 직업을 찾아볼 수도 있겠지만, 돈 때문에
현실과 타협하지 않으리라 마음먹었다. 차라리 아르바이트를 더
하리라. 보모로도 일하고 임시직으로도 일하고 상점에서도 일했

다. 심지어 배달 트럭을 운전하기도 했다.

우리는 시애틀을 사랑했다. 짭조름한 소금기를 머금은 공기와 여객선, 파이크 플레이스 마켓에서 파는 던지니스 크랩(북미 태평양 연안산 대게)과 코퍼강 연어, 스카짓 튤립, 살구버섯은 지금도 잊기 어렵다. 시애틀에서는 모든 것이 성장했다. 주변이 온통 산으로 둘러싸여 있었다. 캐스케이즈 산맥과 올림픽스 산맥, 레이니어 산이 서로 키 재기를 하며 도시의 언덕을 따라 펼쳐진 무지개와 어울려 장관을 이루었다. 스시와 교향곡, 펑키 음악과 커피숍이 모두 어울리는 곳이었다.

무엇보다도 시애틀은 예술적으로 활기가 넘치는 곳이었다. 보스턴 사람들과는 다르게 내가 작가라고 말하면 누구도 시큰둥하게 넘어가지 않았다. 시애틀 사람들은 나를 진지하게 받아들여 주었다. 도시 전체가 창조적인 사람들로 넘쳐났다. 그리고 도시는 그런 사람들의 모습을 반영했다. 도시 곳곳이 다양한 표정으로 살아 숨 쉬는 듯했다. 심지어 맨홀도 예술품처럼 보였다.

하지만 모든 것이 완벽하기만 한 것은 아니었다.

때론 반항할 수 없을 만큼 지치고 두려움이 엄습해올 때, 뒷바라지해주시고 이해해주시면서도 부모님이 실망감을 감추지 못하실 때, 그리고 얼른 짐 싸서 고향으로 돌아오라고 말씀하실 때는 가끔 흔들리기도 했다.

사립대학을 우수한 성적으로 졸업한 딸이 험한 삶을 선택한다고 했을 때 부모님으로서는 이해하시기가 어려웠을 것이다. 그리고 물론 무책임하다고 생각하셨을 수도 있다.

열심히 글을 썼다고 누가 알아주지도 않았다. 부모님 말씀대로 광고 대행사에서 키블러 쿠키 요정들에 관한 광고 카피를 만들면서 살았다면 더 성공했을지도 모른다.

미래의 남편과 나는 잠시 헤어져 지낸 적도 있었다. 우리는 각자 다른 사람을 만나보기도 했다. 하지만 시간이 지나면서 서로 그리워했고, 결국 서로에게 돌아왔다. 더욱 애틋한 감정으로.

우리는 결혼을 하기로 마음먹었다. 쉽지만은 않은 결정이었다. 서부에 살면서 새롭게 변한 우리의 가치관에도 불구하고 부모님의 성화에 못 이겨 많은 고민 끝에 우리는 정식으로 결혼식을 올리기로 했다. 게다가 동부에 사는 우리의 가족과 친구들 대부분이 기성제도에 반대하는 서부의 방식을 이해하리라고 기대하는 건 무리로 보였다. 우리는 사랑하는 가족과 친구들을 배려하고 싶었다. 우리가 고집스럽게 서부로 이사를 했기 때문에 그들이 불편해지는 건 싫었다. '고향'의 안락함이 우리에게 더 이상 중요하지 않은 것도 아니었고, 우리가 영원히 감사하는 마음을 저버린 것도 아니었다.

그래서 시애틀 친구들과는 우리의 예산 내에서 레게 밴드를 불러 맥주를 마시는 정도로 조촐하게 축하를 했다. 그런 다음 우리는 시카고로 향했다. 노스쇼어 교외에서 부모님이 내게 어울린다고 생각하시는 결혼식을 준비하셨다.

아름다운 결혼식이었다. 엄마의 말처럼 모든 것이 '완벽하게 준비'되어 있었다. 단, 모든 것이 엄마의 눈높이에 맞을 때에만. 심지어 우리의 결혼 소식이 〈타운&컨트리〉 잡지에 실리기도 했다.

우리는 파리로 신혼여행을 떠났다. 시부모님이 결혼 선물로 보내주신 것이다. 신혼여행 후 우리는 다시 행복한 마음으로 시애틀로 돌아와 신접살림을 시작했다.

우리는 시아버님의 도움을 받아 집을 살 수 있었다. 작지만 멋진 집이었다. 식사할 수 있는 응접실이 딸려있고, 근사한 식탁과 의자가 있는 주방이 있었다. 할머니가 물려주신 차이나 캐비닛을 두기에 딱 좋은 곳이었다.

친구들의 도움을 받아 주방을 리모델링하고 나서야 비로소 우리는 결혼 선물을 모두 풀어놓을 수 있었다. 우리 인생의 새로운 장을 시작하기 위한 모든 것이 완벽하게 마련되었다. 우리는 어느 방을 아기방으로 쓸 것인지도 생각해두었다.

새 신혼집에서 보내는 첫날밤이었다. 이탈리아 홈스테이 아주머니가 만들어주시던 특별한 파스타 뽀모도로를 만들어 새로 장만한 파스타 그릇에 담고 있는데 남편이 주방문을 활짝 열고 헐레벌떡 뛰어들어왔다.

"있잖아. 나 일자리 제의받았어. 멋진 일자리야. 새로 생긴 맥주회사야. 사장님도 좋고 월급도 두둑이 주시겠대. 정말로 두둑이! 보너스는 별도고! 내가 그 맥주회사를 운영하는 거야. 그러면 당신은 일하지 않고 글만 써도 돼! 조금만 일하면 정원이 딸린 멋진 집도 살 수 있을 거고, 아이들을 낳아서 키울 수도 있을 거야. 그러면 당신은 밖에서 일하지 않아도 돼. 당신이 늘 꿈꾸던 것처럼 글만 쓸 수 있다고."

나는 떨 듯이 기뻤다. 나는 워싱턴 호수나 베인브리지 섬 어디쯤 있는 그림 같은 집을 상상했다. 해변에서 조개를 줍고 아이들과 함께 산후안 군도(미국과 캐나다 사이에 있는 군도로 미국 워싱턴 주에 속함)로 항해를 떠날 수 있는 곳. 범고래도 만나고 오렌지색 자주색 불가사리도 만날 수 있는 곳. 우리는 시애틀의 주류가 될 것이다. 심포니 공연을 보고 다정하게 도시를 거니는 세련된 노부부들처럼 살아가리라. 유명한 작가와 북서부 맥주회사 체인을 운영하는 그녀의 멋진 남편. 아이들은 좋은 학교에 다닐 것이고 우리가 가진 혜택을 누릴 것이다. 여기 시애틀에서.

"그런데 한 가지 문제가 있어." 남편이 머뭇거리며 말을 이었다.

나는 그의 얼굴을 쳐다보았고 그 표정으로부터 뭔가를 직감했다. 포크를 들고 있던 손에 힘이 풀렸다.

"이사를 가야 해. 한 달 후에. 몬태나로."

그 순간 나는 솔직히 몬태나가 정확히 어디에 있는지도 생각나지 않았다. 노스다코타처럼 네모난 모양의 거대한 주(州)들 가운데 하나라는 것밖에. 워싱턴 주도 어디에 있는지 잘 몰랐던 판에 몬태나 주는 더 말할 것도 없었다.

가슴이 덜컹 내려앉았다. 나의 사랑하는 시애틀, 나의 사랑하는 친구들, 나의 사랑하는 작가모임을 모두 떠나야 한다니. 난 이곳에서 그 어느 때보다 자유로운 마음으로 나 자신을 발견해가고 있었는데……. 시애틀을 떠나고 싶지 않았다.

"어디로 이사 가야 한다고?" 내가 물었다.

"완전한 촌구석은 아니야. 스키타운이 있는 곳이라고." 스키광인 남편이 일리노이 출신의 아내에게 하는 말이라니.

가슴이 더욱 메여왔다. 내가 좋아하지도 않는 스키라니. 나는 도시를 사랑한다. 물론 자연도 사랑한다. 하지만 굳이 뒷마당에 서까지 대자연을 느끼고 싶은 건 아니었다. 나는 카페나 극장, 화랑, 서점에 언제라도 가볼 수 있는 도시가 좋았다. 시애틀은 그런 면에서 완벽한 곳이었다. 정원이 딸린 집. 그 정도가 내가 원하는 전원생활의 전부였다.

한 달 후 우리는 전체 인구가 시카고의 삼 분의 일밖에 되지 않는 네모난 모양의 거대한 주 몬태나에서 살게 되었다. 이 아름다운 주로 이사 온 지 거의 15년이 다 되어간다.

아이들은 방에서 책을 읽고 있다. 오늘 저녁은 남편 없이 우리끼리 해결해야 할 것 같다. DVD 플레이어가 베이비시터를 대신하겠지. 그리고 나는 내 작업실에 틀어박혀 새벽까지 글을 쓰겠지. 내일이 되면 내 결혼생활의 문제가 해결되려나?

몬태나

깊은 밤.

내가 몬태나의 하늘을 처음 본 것은 낮이었다. 워싱턴과 아이다호를 거쳐 이곳으로 오는 내내 나는 스스로에게 거짓말을 했다. 몬태나로 이사 오게 돼서 기쁘다고. 이는 기도에 대한 응답이며 새로운 인생의 장을 열 기회라고. 폴크스바겐의 뒷좌석에 누워 자는 척하며 흐르는 눈물을 애써 감췄다. 남편도 알고 있었다. 아내인 내가 남편이 바라는 만큼 몬태나를 좋아하지 않는다는 걸.

하지만 몬태나는 우리가 기대한 모든 것을 제공했다. 남편은 직장도 좋았고 대우도 잘 받았다. 나는 글을 쓰는 데 필요한 시간과 공간을 마음껏 누릴 수 있었다. 특히 아무런 방해거리가 없다는 점에서 완벽한 환경이었다. 도시의 번잡함에서 그야말로 완전히 벗어날 수 있었다. 마을도 특정한 목적으로 건설된 리조트 타운이 아닌 진정한 마을이었다. 한때 벌목산업이 번성했다가 철도 중심지로 발전을 거듭한 활기찬 마을이었다. 그리고 곧 그런 점에 관해 마을에 대한 존경심이 들었다. 젠체하는 가식적인 모습도 없었다. 여러 가지 면에서 내가 평생 동경하던 그런 마을이었다.

그래도 여전히 나는 혼란스러웠다. 다른 행성까지는 아니더라도 꼭 다른 나라로 이민 온 것 같은 느낌이었다. 싸구려 말 그림을 좋아하지 않는다면 마땅히 가볼 만한 화랑도 없었고, 로고가 프린트된 스웨터를 좋아하지 않는다면 괜찮은 옷을 살만한 곳도 없었다. 심지어 그 당시엔 뉴욕타임스조차 구독할 수 없었다. 처음엔 그것도 모르고 구독을 문의했다가 한참 만에 시애틀에서 알아보는 게 가장 빠를 거라는 답변을 들었다. 인터넷이나 케이블도 되지 않았다. 그나마 서점이 있어서 천만다행이었다. 몬태나에서 글을 쓰기 시작한 초창기에는 많은 책을 읽었다.

처음 5년 동안 우리는 딸과 아들을 낳았고, 마을 밖 8만 제곱미터의 경치 좋은 땅에 전원주택을 직접 디자인해 지었다. 주변엔 두 개의 연못과 주 정부 소유지가 있었고, 사슴과 야생 칠면조, 벌새, 철마다 찾아오는 캐나다 두루미, 비오리, 흰뺨오리, 그리고 매년 여름 아침 7시면 어김없이 집 위로 날아가는 아비새를 볼 수 있었다. 이따금 검은 곰이 어슬렁거리며 지나가기도 하고, 밤이 되면 코요테가 울부짖었다. 거기에 우리가 기르는 말과 개, 고양이까지 그야말로 자연 그대로의 동물원이었다.

우리는 모험을 원했고 그것을 얻었다. 몬태나가 우리에게 준 선물이었다. 15년이 지난 지금 우리는 몬태나가 제공한 모험과 사랑에 빠져있다. 끝없이 이어지는 산과 호수, 불과 몇 마일 거리에 있는 멋진 경치의 글레이셔 국립공원까지. (우리의 보석 같은 계곡으로 이사 오도록 부추긴다는 비난을 받을까 봐 하는 얘긴데, 매년 해가 화창하게 뜨는 날이 75일이 되지 않는다는 점을 알리고 싶다. 결과적으로 눈이 엄청나게 온다. 그렇지만 몬태나에 꼭 한번 놀러 와볼 것을 권한다. 그리고 지금은 스시바도 생겼다. 멋진 옷가게와 화랑, 커피 로스팅 업체까지도.)

하지만 이렇게 몬태나와 사랑에 빠지기까지는 꽤 많은 시간이 걸렸다. 이사를 만류하는 사람들이 많았고, 시애틀도 한 가지 걸림돌이었다. 괜찮은 일자리가 많았기 때문이었다. 마이크로소프트는 원래부터 유명했고, 우리가 이사할 때쯤에는 스타벅스가 엄청나게 성장했다. 시애틀 곳곳에 스타벅스 매장이 들어서면서 일자리가 필요하면 언제라도 구할 수 있었다.

"하지만 몬태나는?" 이사를 만류하는 사람들은 이렇게 물었고, 나도 물었다.

그때쯤 나도 두렵다는 것을 인정할 수밖에 없었다. 하지만 금과 땅을 찾아 떠나는 남편을 따라 서부로 향했던 초기 개척자 여성들이 그랬던 것처럼 나도 현실에 당당히 맞섰다.

"큰일이라도 생기면 어떡하니? 거기에 병원이라도 있니?"

"당연히 병원도 있지." 하지만 우리는 모두 그들이 다니는 병원과는 다르다는 걸 알고 있었다.

"남편이 직장을 잃으면 어떡하니? 일자리가 나무에서 자라는 것도 아니고. 바구니 하나에 달걀을 몽땅 담는 거 아니니?"

"다 잘 될 거야"라고 대꾸하기는 했지만 나도 확신이 서지는 않았다. "내 책이 출판될 수도 있고, 무엇보다 지금 우린 행복해. 이보다 더 좋을 수는 없다고. 글도 마음껏 쓸 수 있고."

하지만 현실은 그렇게 만만치 않았다. 그때쯤 나는 이미 여러 편의 소설을 탈고한 상태였다. 나는 소설을 내겠다고 큰소리만

친 양치기 소녀가 되어가고 있었다. 실제로 내가 작가라고 믿었던 사람이 얼마나 되는지도 의심스럽다. 유감스럽게도 지역 잡지나 문학 비평서에 실린 에세이나 기고문, 단편 소설은 제대로 된 경력으로 인정해주지 않는다. 그렇다고 출판사에서 받은 긍정적인 거절의 편지를 이력서에 올릴 수도 없지 않은가.

나는 그 모든 것들을 잊고 내 가족과 글쓰기에 집중하려고 노력했다. 출판사에서 퇴짜를 맞는 일 이외에는 삶이 꽤 만족스러웠기 때문이다. 나는 작가로 벌어들이는 소득이 없다는 사실을 다음과 같은 말로 정당화했다. "지금 책이 출판되지 않아 천만다행이야. 지금 아이들에겐 엄마가 필요해. 이런 상황에서 북투어를 핑계로 아이들만 남겨놓고 돌아다닐 형편이 아니야." 아직은 결실의 계절이 아니다, 열심히 씨앗을 뿌려야 할 때지 수확을 할 때가 아니다라고 믿었다. 그리고 앞서 말한 것처럼 남편의 수입이 괜찮았기 때문에 외벌이만으로도 여유 있는 생활이 가능했다.

하지만 그로부터 8년 후 모든 것이 바뀌었다. 잘나가던 남편의 맥주회사가 문을 닫으면서 외지에 있는 몇몇 친구와 함께 취업알선업체를 창업할 기회가 생겼다. 유망한 사업 모델처럼 보였다. 인터넷이 되기 때문에 굳이 도시에서 일할 필요가 없었다. 남편은 열심히 일했고, 일이 끝나면 잠깐씩 짬을 내 스키나 골프를 즐겼다. 자기사업을 하니 자유롭게 시간을 낼 수 있었다.

하지만 사업계획에서 한 가지 빠뜨린 문제가 발생했는데 그것은 누구도 예상치 못한 변수, 바로 9·11 테러였다.

그 사건으로 남편 사업이 큰 타격을 받았고, 이후 7년 동안 성과도 없이 죽으라고 일에 매달려야만 했다. 그리고 그 여파는 만만치 않았다.

전망이 암울했다. 저축해놓은 돈과 투자금이 바닥을 드러냈다. 쉽게 말해 우리는 더 이상 찬란하다고 느끼지 않았다. 우리는 불필요한 것들을 하나씩 포기하거나 줄여나갔다. 승마 레슨, 가정부, 개인 트레이너, 헬스클럽 회원권, 유기농 식품, 외식. 이런 것들을 포기하는 건 어렵지 않았다. 애당초 우리가 그런 사치를 원한 건 아니었으니까. 우리가 이미 그런 것들에 길들어 있긴 했지만 말이다.

하지만 집은 달랐다. 집만큼은 절대 포기하고 싶지 않았다. 남편은 적어도 몇 년간 버틸 여유는 있다고 했지만, 은행 대출 담당자를 찾아갈 때마다 남편의 눈빛에서 불안감을 느낄 수 있었다.

차라리 잘된 일이라고 말하는 사람들도 있었다. 이참에 아예 몬태나를 떠나라고 말이다. 이제 정신 차리고 원래 우리가 속했던 자리를 찾아 고향으로 돌아오라는 것이었다. 우리의 실패를 예견했다는 듯 장황한 말로 '그러게 진작 말리지 않았냐'며 안타까워하는 사람들도 있었다.

우리는 동정을 원치 않았다. 우리는 수없이 많은 곳 중에 하필 몬태나에서, 수없이 많은 일 중에 하필 지금의 직업을 선택한 순간부터 이 모든 것이 우리가 자초한 일이라는 것을 잘 알고 있었다. 하지만 그렇게 열렬히 몬태나와 우리의 일에 깊이 빠지리라고는 예상하지 못했다.

마음속 깊숙이 우리는 그들의 말에 동의하기 시작했다. 어쩌면 이 모든 것이 단순히 짧은 여행에 불과했을지도 모른다. 이제 모든 걸 정리하고 고향으로 돌아가야 할 때일지도 모른다.

그러나 그 무엇보다 가장 큰 문제는 남편이 실의에 빠져있다는 사실이었다. 출퇴근할 때 가족들에게 인사도 하지 않았고, 그런 일이 점점 더 잦아졌다.

이 모든 것이 내 어깨를 무겁게 짓눌렀다. 때로 나는 애원을 하기도 했다. 남편이 자꾸 변명만 늘어놓으려 했기 때문에 될 수 있으면 남편이 이해하기 쉽게 애원을 했다. "나를, 우리 결혼을 텃밭이라고 생각해줘. 당신이 가끔은 돌봐야 할 대상이라고."

하지만 상황은 오히려 악화하였다. 어느 날 아침, 여느 때와 마찬가지로 남편은 인사도 없이 집을 나서며 이렇게 말했다. "내 앞가림도 제대로 못 하고 있는데 내가 당신이나 우리 결혼생활을 어떻게 돌볼 수 있겠어?" 많은 뜻을 내포한 말이었다.

나는 몬태나에서의 삶을 새롭게 보기 시작했다. 모든 걸 정리하고 떠날까도 생각해보았다. 우리가 가꾼 이 아름다운 곳을 떠나야 하는 것일까?

수없이 내리치는 천둥과 번개에 놀라며 올해에는 큰 화재가 없기를 바라곤 했던 정든 집. 델피니움과 장미, 허브가 가득한 영국식 정원. 말을 타고 달리거나, 겨울이면 온 가족이 함께 크로스컨트리 스키와 썰매, 스케이트를 타곤 했던 드넓은 푸른 숲과 초원. 우리가 가족처럼 사랑하는 땅. 영혼이 되어 이곳 숲을 떠도는 현명한 인디언 추장처럼 우리에게 가르침을 주었던 땅.

그리고 나만의 작업실. 커피색 벽과 내 책상이 있는 나만의 공간. 오랜 세월 내 손때가 묻은 대리석 조리대와 '사랑의 음식'을 만드느라 하루도 쉴 날이 없는 조리도구들로 가득한 주방. 내가 가장 아끼는 이탈리아제 오븐. 요리를 익힐 때면 "엄마, 냄새 좋은 데요!"라는 아이들의 칭찬을 듣게 해준 가장 아끼는 물건이었는데.

스크린 포치(방충망을 설치해 실내처럼 사용할 수 있는 베란다)도 빼놓을 수 없다. 무더운 여름밤이면 여기에 놓아둔 침대에 가족 모두가 함께 누워 습지에서 들려오는 개구리의 울음소리를 듣거나 촛불을 켜놓고 카드놀이를 하곤 했다.

텃밭에서 조심스럽게 캐낸 감자며, 겨울을 난 당근이며, 숲 곳곳에 지은 아지트, 이웃들과의 모임. 이 모든 것들을 다 뒤로 하고 떠나야 한다는 말인가?

아니, 그럴 수 없었다. 15년이라는 세월을 함께 했는데……

새벽 2시, 나는 이렇게 앉아 여전히 남편이 어디에 있을지 궁금해하며 우리의 '찬란했던' 시절의 오르막과 내리막을 뒤돌아본다. 그의 마음이 이미 떠났다면 어쩌지? 그가 어디에 있든 가족이 그의 곁을 지켜주고 있는 것일까?

이제 나는 자연을 떠난 삶은 상상조차 할 수 없게 되었다. 단한 번의 아침 숨결만으로도 풍성하고 생기 넘치면서도 평온한 자연. 서리가 내리건 잿빛으로 흐린 날이건 어둑한 날이건 매일 아침 현관을 열면 싱그럽게 나를 맞이하는 자연.

풀밭을 맨발로 뛰어다니다 모닥불 주위에 둘러앉아 마시멜로를 구워먹기도 하고, 숲을 놀이터 삼아 이웃집 친구들과 마음껏 뛰어노는 아이들. 그런 즐거움을 잃은 삶은 상상조차 할 수 없다.

중서부와 서부해안, 동부지역에서 찾아오는 친구들은 우리 집에 도착하자마자 "여기 참 멋지다!"라는 감탄사와 함께 모두 놀라움을 금치 못한다. 심지어 우리의 결정을 비관적으로 바라보던 친구들조차도. 그들은 불과 몇 시간 전만 해도 삶에서 가장 중요하게 보이던 특권들이 한낱 부질없는 것임을 깨닫는다. 몬태나의 자연에 비하면 컨트리클럽의 수영장이나 교외의 자연 산책로가 얼마나 보잘것없는 것인지 깨닫는다. 이렇게 몬태나의 매력에 흠뻑 빠졌던 손님들이야말로 우리가 이곳을 떠나야 한다는 사실을 가장 안타깝게 생각할 것이다.

우리는 그동안 원하는 것을 얻었고 지금까지 잘해왔다. 잠시 어려운 시기를 보내고 있을 뿐이다.

우리가 떠나온 세상으로 초라한 모습으로 다시 돌아갈 필요가 없기를 바란다. 단지 일 때문에 낯선 도시로 삶의 터전을 옮겨야 하거나, 돈 때문에 집이나 땅을 잃게 되는 일이 없기를 바란다. 불과 얼마 전까지도 우리는 여전히 바보 같은 사랑에 빠진 것처럼 보였다. 내 인생의 파트너였던 남자가, 나의 남편이 된 남자가, 내 아이들의 아빠가 된 남자가 더 이상 나를 사랑하지 않는 것 같다며 떠나기 전까지는 그렇게 보였다.

하지만 나는 그의 말을 믿지 않는다. 절대 믿지 않는다.

아버지의 파란색 듀센버그

다음날 정오.

마침내 남편에게서 전화가 왔다. 친구의 호숫가 별장에 있었단다. 휴대폰이 터지지 않는 곳이다. 생각할 시간이 며칠 더 필요하단다.

지금 그에게 필요한 건 생각할 시간이 아니라는 걸 나는 잘 알고 있다. 최근에 남편은 생각을 너무 많이 했다. 통화를 빨리 끝내는 바람에 하고 싶은 말을 제대로 하지 못한 게 후회되었다.

나는 한 시간 가까이나 할머니가 물려주신 차이나 캐비닛의 접시며 은 식기, 찻잔을 정리하며 위로를 얻으려고 애썼다. 오래된 습관이다.

어려서 나는 할머니가 이 차이나 캐비닛에서 반짝이는 물건을 꺼내 훌륭한 선조의 이름을 부르듯이 하나하나 이름을 붙여 부르시는 모습을 지켜보길 좋아했다. 리모주, 헤렌드, 스튜벤, 로얄 크라운 더비.

"조심히 다루거라." 할머니는 엄숙한 의식처럼 그릇들을 내 손에 건네셨다. 나는 언젠가는 내가 그들의 운 좋은 보관인이 될 거라는 걸 알고 있었다.

우리 집안의 여자들은 깨지기 쉬운 물건들을 소중히 관리해 자식들에게 물려주었고, 그런 물건들은 대대손손 전해졌다. 할머니들의 그릇을 차이나 캐비닛에서 꺼내 식탁에 보기 좋게 올려놓으면 그 가족이 흘린 땀과 후손에게 전해준 안락함이 느껴진다.

이런 반짝이는 물건들이 어린 시절 내게 의미하는 바가 바로 그런 것이었다. 어린 시절, 언제 가족 모두가 모일지 늘 궁금해하며 보냈기 때문에 그런 가족의 의미를 상기시켜주는 무언가가 필요했다.

언니 오빠들이 보고 싶을 때면 집안 여기저기를 돌아다니며 반짝이는 물건들을 주워 모으곤 했다. 손으로 색칠한 도기 인형들, 반짝이는 크리스털 촛대, 마법의 램프처럼 생긴 은 주전자. 그것들을 응접실로 가져가 식탁 아래에서 배를 깔고 엎드려 장난감 삼아 갖고 놀곤 했다. 모든 '어른들'이 내 주변에 모여 있다고 상상하면서. 탁자 아래로 보이는 그들의 실크 스타킹과 하이힐, 단정하게 주름 잡힌 바짓단과 무두질한 로퍼화가 내게 마침내 '온 가족'이 모였다고 말해주었다. 따라서 오늘 내가 응접실의 차이나 캐비닛으로 가서 그런 가족의 소중한 물건들을 손질하는 게 어쩌면 당연한 일일지도 모른다. 앞치마로 그릇에 묻은 먼지를 닦으시던 할머니의 모습이 눈에 선하다. "조심해서 다루거라."

할머니는 내가 어렸을 때 우리와 함께 사셨다. 나는 연로하신 할머니 모시는 일을 돕곤 했는데, 할머니께 음식을 드리거나 화장실에 모셔다 드리기도 하고, 부모님의 주의에도 불구하고 식구들 모르게 미끄러운 대리석 바닥을 가로질러 보행기를 짚으신 할머니를 현관의 넓은 홀까지 모셔다 드리곤 했다. 현관의 홀에는 할머니의 오래된 스타인웨이 스피넷(작은 건반악기)이 놓여 있었고, 아이보리 건반들이 갈색 반점이 난 할머니의 손길을 기다리고 있었다.

양돈가의 딸이었던 할머니는 소탈하고 겸손하셨다. 이런 점 때문에 할머니가 한때 오페라 가수를 꿈꾸셨다는 사실이 더욱 의외로 느껴졌다. 할머니는 1900년대 초 노스웨스턴대학의 지도 교수에게 성폭행을 당하는 불행한 일을 겪은 후, 캠퍼스에서 만난 남자친구를 따라 고향으로 내려가 그와의 사이에서 아들을 낳았다. 하지만 불행히도 이 아들이 어린 시절 뇌 손상을 입었고, 그다음에 태어난 아들이 바로 나의 아버지였다. 아이들을 키우는 일 이외에 할머니의 유일한 낙이라면 지역 장로교회의 성가대에서 솔로로 노래를 부르는 것이었다.

소박한 일리노이 농촌 출신의 할머니가 정말로 아끼신 것은 오랜 세월 일요일 만찬에 쓰여 가장자리의 금장식이 닳아버린 하빌랜드(프랑스 명품 도자기 브랜드) 도자기 세트였다.

지난 한 시간여 동안 정교한 찻잔 손잡이를 어루만지고 얇은 도자기 접시를 창문으로 들어오는 햇빛에 비춰보며 '엄마와 할머니도 마음이 산산이 부서지는 아픔이 있을 때에는 깨지기 쉬운 물건들을 손질하며 위안을 얻으셨을까?'라는 궁금증이 들었다. 나는 이 차이나 캐비닛에서 그들의 아픔을 느낄 수 있었다.

그리고 문득 응접실 나무 바닥에 생긴 흠집이 내 눈에 들어왔다. 어느 해 추수감사절에 찾아오신 아버지가 의자를 조금 세게 끌어당기다가 생긴 것이었다. 아버지는 몹시 당황해 하셨다. 오늘 그 흠집을 어루만져보았다. 아버지가 보고 싶고 아버지의 목소리를 듣고 싶었다.

하지만 그건 불가능하다. 이제 이 세상에서는 아버지를 볼 수가 없다. 친정집으로 전화를 걸면 새아버지가 전화를 받으실지도 모른다. 새아버지는 좋은 분이고 엄마가 행복해하시니 나도 좋지만 그래도 어려운 건 어쩔 수 없다.

아버지는 지금으로부터 4년 전에 하늘나라로 떠나셨다. 이렇게 화창한 여름날에 벌어진 이 모든 드라마에 대해 아버지는 뭐라고 하셨을까? 아버지가 살아 계신다면 지금 정도가 직장에 계신 아버지에게 전화를 걸기 딱 좋은 시간이다. 아버지가 사무적인 목소리로 전화를 받으시면 나도 아버지의 흉내를 냈다. 그러면 아버지는 부드러운 목소리로 "로라. 잘 있었니?"라고 말씀하시곤 했다. 아버지가 계신 시카고 도심 미시건 애비뉴에서 내가 있는 곳(기숙학교 공중전화나 대학 기숙사 방, 이탈리아의 우체국, 몬태나의 집)까지 전화선을 타고 아버지의 입가에 번지는 미소를 느낄 수 있었다.

"웬일로 늙은 아빠에게 전화를 다하셨어." 아버지 특유의 부드러운 말투였다.

"네⋯⋯." 그리곤 울지 않겠다고 다짐을 했지만 눈물이 왈칵 쏟아지려 했기 때문에 마음을 진정시켜야만 했다. 그러면 아버지는 더욱 부드러운 목소리로 이렇게 말씀하셨다. "오 저런. 무슨 일이 있었니?"

그러면 나는 한동안 울먹이며 말을 잇지 못했다. 비즈니스 정장을 입은 아버지의 모습을 상상하면서 아버지를 꼭 안고 따뜻한 체취를 느끼고 싶었다.

"내가 뭘 보고 있는지 아니?" 아버지는 매번 이렇게 물으셨다.

"뭔데요?" 아버지가 무슨 말씀을 하실지 알면서도 나는 훌쩍이는 코를 닦으며 물었다.

"오래전에 네가 준 나무 액자. 앤틱 자동차 사진이 붙어있는 액자 말이야. 기억하니?"

그 말을 듣고 나는 더욱 큰 소리로 울어버렸다. 아버지의 반짝이는 눈빛이 눈에 선하게 떠올랐기 때문이다. "당연히 기억하죠. 제가 사드린 파란색 듀센버그잖아요."

그러면 아버지는 나를 놀리곤 하셨다. "진짜 자동차는 사주지 않아도 된다."

나는 울다가 웃음을 지었고 아버지는 껄껄 웃으셨다. 우리에게는 오래전에 맺은 약속이 있었다. 내가 성공하게 되면 아버지가 가장 갖고 싶어 하시는 1930년식 파란색 듀센버그 자동차를 사드리기로 한 것이다. 아버지가 정말로 자동차를 갖고 싶었다기보다는 아직 세상이 알아주지 않는 딸의 재능에 대한 아버지의 굳건한 믿음에 관한 문제였다.

아버지는 마흔에 어머니와 결혼하셔서 쉰의 나이에 나를 낳으셨다. 그래서 우리는 처음부터 함께 보낼 수 있는 시간이 많지 않다는 걸 알고 있었다.

내가 열다섯 살에 뉴잉글랜드의 기숙학교로 떠나자 우리가 함께할 수 있는 시간은 더욱 줄어들었다. 예순 줄의 아버지들이 뒷마당에서 갑자기 쓰러져 돌아가시는 일이 많았고, 내 주변에서도 그런 분이 몇 분 계셨다. 어린 마음에도 여간 가슴 아픈 일이 아니었다.

때문에 부모님이 외출을 나가시는 주말 밤에도, 일요일의 반나절을 보내는 교회에서도 아버지가 그리웠다. 그나마 교회에서는 최소한 아버지와 찬송가를 같이 부르고, 아버지의 커다란 손을 붙잡고 두껍고 건조한 손가락에 끼워진 금 문장 반지를 만지작거리거나, 아버지의 손등에 툭 불거진 힘줄을 눌러보기도 하면서 놀 수 있었다. 내가 따분해하며 자리에서 들썩거리면 아버지는 내게 주의의 눈빛을 보내셨지만 아버지의 눈빛은 단 한 번도 무서운 적이 없었다.

아버지가 매일 밤 퇴근해서 돌아오시면 나는 "아빠!"라고 소리치며 달려가 품에 안겼고 아버지는 나를 번쩍 안아주셨다. 아버지의 품이 너무나 편안했고 순간 아버지의 무한한 사랑을 확신했지만, 동시에 함께할 수 없는 미래에 대한 슬픔을 감지했다. 그래서 나는 아버지가 나를 안고 안방 침실로 가서 의자에 털썩 내려놓고는 작업복으로 갈아입으실 때까지 아버지에게 매달렸다.

아버지는 시내나 교회에 가실 때는 윙팁스(구두코에 W자형의 가죽 조각을 덧붙인 신발)와 브룩스 브라더스 수트에 오버코트를 걸치셨고, 디너파티나 칵테일파티에 가실 때는 구찌 로퍼화와 캐주얼 재킷에 화려한 넥타이와 바지를 착용하셨다. 그리고 평상시에는 풀을 먹이지 않은 카키색과 흰색 버튼다운 셔츠를 여름에는 반소매로 겨울에는 긴소매로 입으셨다. 거기에 엄마가 정성스럽게 꿰매

주신 크림색 울 양말과 오랜 친구처럼 벽장에서 꺼내 신으시던 풀물이 든 캐주얼 옥스퍼드 구두는 아버지의 트레이드마크가 되었다. 아버지는 이 신발을 너무도 좋아해서 언젠가 나는 그 신발에 풀을 뜯어 덮고는 차고 입구를 지키는 골든 리트리버처럼 충성스럽게 아버지를 기다리는 모습을 사진에 담아 액자를 만들어 크리스마스 선물로 드렸다.

나는 종종 "아빠 어렸을 적 얘기를 해주세요"라고 조르곤 했다. 그러면 아버지는 당신이 사시던 미시시피 강 유역의 공업도시에 관한 이야기를 해주셨다. 아버지가 당신의 옥스퍼드 구두보다 훨씬 더 애착을 느끼셨던 도시였다. 아버지는 항상 이렇게 말씀하셨다. "너는 그곳을 좋아하지 않을 거야. 시카고의 노스쇼어와는 다르거든." 하지만 그곳은 아버지가 태어난 곳이었기 때문에 내겐 매혹적인 장소로 다가왔다.

이제는 그렇게 옷을 갖춰 입으시는 멋진 신사분이 되었지만, 이름조차 없었던 초라한 거리(당시엔 'C 스트리트'라고 불렸다)에 있던 고향집에 관해 회상하실 때면 눈가에 촉촉이 이슬이 맺히곤 하셨다.

어느 날 밤 퇴근해서 돌아오시는 아버지에게 달려가 품에 안기자 나를 다시 주방 바닥에 내려놓으며 하신 말씀은 결코 잊지 못할 것이다. "이제 너무 커서 못 안아 주겠다." 소중한 유년시절의 끝이 시작되었음을 알리는 말이었다.

부모님의 자식 사랑은 다른 사랑과는 다르다. 그것은 궁극적으로 우리가 자신을 어떻게 사랑해야 하는지를 보여주는 모델이다. 수년간의 연습이 필요하다. 오랜 세월 동안 부모님은 사랑의 가르침을 통해 우리에게 자신을 사랑하는 법을 가르쳐주신다. 아주 어렴풋이나마 나는 알고 있었다. 하지만 아버지와 나는 그렇게 오랜 세월을 함께 할 수 없었다. 아버지와 쉰 살이나 나이 차가 있었기 때문이었다. 불행한 운명에 대한 두려움이 당시 어린 내 마음을 무겁게 짓눌렀다.

나에 대한 아버지의 사랑은 남달랐고 내 인성발달에 직접적인 영향을 미쳤다. 엄마의 사랑은 아버지와는 달랐다. 엄마는 시간약속이나 대인 관계, 예의범절 등 교육에 치중하셨다. 나에게는 아버지의 사랑이 곧 사랑의 모델이었다. 하지만 아버지와는 곧 슬픈 이별을 해야 할 사이라고 느꼈다. 본능적으로 나는 조건 없는 사랑에 관한 한 곧 혼자가 될 거라고 느꼈으며 끊임없이 아버지와의 이별을 준비해야만 했다. 왜 우리 아버지는 다른 아버지들처럼 20대나 30대에 나를 낳지 않으셨을까?

아버지의 나이와 상관없이 나의 두려움은 현실에 뿌리를 두고 있었다. 아버지는 종종 가슴 통증과 심장세동(심장이 일부분씩 빈번하게 수축하는 현상)을 호소하셨지만 병원에 가시려 하지 않았다. 가슴을 부여잡고 서재 바닥에 누워계신 일이 많았지만 엄마와 내가 구급차를 부르는 걸 한사코 말리셨다.

"구급차는 부르지 마! 잠깐 그러는 거야. 조금 있으면 괜찮아질 거야." 아버지는 늘 이렇게 말씀하셨고 실제로도 거짓말처럼 금세 괜찮아지셨다. 그래서 나는 구급차를 부르지 않은 채 늘 마음을 졸이며 아버지의 고통스러운 모습을 지켜보는 데 익숙해졌다.

　결국 나는 아버지가 곧 나를 떠날 거라는 두려움 속에서 성장했다. 내가 일곱 살이 되던 무렵 언니와 오빠가 기숙학교로 떠나자 엄마와 아버지 그리고 나만 남은 집안은 더욱 쓸쓸하게 느껴졌다. 언제 갑자기 돌아가실지 모르는 아버지가 더욱 걱정되었다.

　아버지에 대한 딸의 사랑도 열정적일 수 있다. 내 경우가 그랬다. 단지 아버지가 나를 사랑했기 때문이 아니라 내가 아버지를 정말로 사랑했기 때문이었다. 아버지는 나의 영웅이었고 아버지도 그것을 알고 계셨다. 아버지는 열차 제조업에 종사하셨다. 어린 나에겐 그것이 너무나 낭만적으로 느껴졌다. 아버지의 회사에서 만드는 볼스터(차량의 중량을 받치는 가로 빔)와 브레이크빔이 어린 시절 잠자리에서 이야기로만 듣던, 저 멀리 밀워키의 철도를 힘차게 달리는 화물 열차에 들어간다는 사실이 자랑스러웠다. 이 세상에 나 혼자만 깨어있다고 느껴지는 한밤중에도 아버지가 만든 볼스터와 브레이크빔 덕분에 우렁차게 기적을 울리는 기차가 있다는 사실이 자랑스러웠다. 아버지가 돌아가시더라도 열차는 힘차게 달릴 것이라는 사실에 뿌듯했다.

　나는 퇴근하고 돌아오시는 아버지에게서 풍기던 신문 냄새와 헤어크림 냄새가 좋았다. 매일 밤 집에 돌아오시면 가장 먼저 종이타월로 구두창을 닦는 아버지의 단정한 모습이 보기에 좋았다. 아버지는 수년간 매일 시카고 루프(시카고의 도심지)를 지나갈 때면 마주치는 세 사람에게 정겨운 인사를 건네셨다. 그들은 기차역에서 마주치는 휠체어를 탄 시각장애인 여성과 스테이트스트리트의 아일랜드계 교통경찰, 그리고 아빠 회사 건물의 한국계 식료품점

주인이었다(아빠는 이곳에서 커피를 사 드시곤 했다).

아빠가 돌아가신 후 내가 이들에게 먼슨 씨가 돌아가셨다는 소식을 전했을 때 이들은 모두 쿵 하고 충격을 받은 모습이었다. 시카고 시내에서 흔치 않은 그런 정겨운 인사를 더 이상 나눌 수 없게 된 것이다.

아버지는 1차 세계대전 당시 태어나셨고 대공황기를 겪으면서 성장하셨다. 전화 통화도 오래 하지 않으셨다. 1930년대 전화교환원처럼 "3분이 다 됐다"라고 말씀하시곤 했다. 접시에 음식을 남기지도 않으셨고, 길거리에 버려진 재활용품도 그냥 지나치지 않으셨다. 내가 아빠의 손을 잡고 길을 걸을 때면 아빠의 다른 한 손에는 대개 구겨진 콜라캔이나 캔디 포장지가 들려있었다.

매일 밤 기차역에서 집까지 걸어서 돌아오신 후에는, 조지안 양식으로 지은 우리의 빨간 벽돌집을 한 바퀴 둘러보고 나서 주방 문을 통해 들어오시며 웃는 얼굴로 엄마의 볼에 키스하셨다. 그리고 이렇게 말씀하시곤 했다. "우리가 얼마나 운이 좋은 줄 알아?"

아빠는 자동차 마니아셨다. 특히 빨간색 미국산 컨버터블(지붕을 열고 닫을 수 있는 자동차)을 좋아하셨다. 엄마의 거부할 수 없는 매력에 빠져 결혼하기 전까지 미혼시절 내내 그런 컨버터블을 한 대 갖고 계셨다. 결혼 후에 자동차에 대한 아빠의 사랑은 스테이션 왜건 정도로 만족하셔야만 했지만, 늘 아빠가 동경하는 자동차에 대해 말씀하시곤 했는데 그 차가 바로 파란색 듀센버그였다.

한번은 아버지 생신을 맞아 내가 드릴 수 있는 최고의 선물을 준비한 적이 있었다. 앤틱 자동차 잡지에 나온 파란색 듀센버그 사진을 오려서 차고에서 구한 나무 조각을 톱으로 잘라 자동차 모양으로 만든 나무 블록에 붙였다. 그리고 뒤에다가는 이렇게 썼다. "여기 아빠의 파란색 듀센버그가 있어요. 비록 지금은 장난감이지만 나중에는 진짜로 사드릴게요."

아버지가 돌아가신 후 엄마는 시카고 도심에 있는 아버지의 사무실을 정리하러 가셨다. 아버지는 심장발작으로 쓰러진 그날까지도 일하고 계셨고, 그로부터 한 달 뒤 86세를 일기로 세상을 떠나셨다. 엄마는 사무실 벽과 책상, 서랍, 서류가방에서 발견한 아버지의 유품 몇 가지를 내게 보내주셨다. 그중에는 놀랍게도 내가 쓴 단편 소설도 몇 작품이 있었다. 독서를 그다지 좋아하지 않으시던 아버지였는데 말이다. 내가 찍은 아버지의 사진도 몇 장 있었다. 그리고 듀센버그 사진이 붙은 나무 블록…… 아버지는 이것을 거의 30년 동안이나 문진(文鎭)으로 사용하셨던 것이다.

지금은 이 블록이 내 작업실 책상 위에 놓여있다. 아버지는 내가 언젠가는 대단한 일을 해낼 사람이라는 자신감을 심어주신 분이었다. 그 때문에 나는 꿈을 이루기 위해 하루하루를 더욱 열심히 살 수 있었다.

그건 축복이었다. 그리고 동시에 그건 저주이기도 했다. 어떻게 아버지께 실망을 드릴 수 있겠는가? 그렇게 눈에 넣어도 아프지 않다고 말씀하시는 아버지에게 출판되지 않은 소설만 잔뜩 쌓아둔 채 몬태나의 산골 마을에서 어렵게 살아가는 모습을 보일 수 있겠는가?

내가 작가가 되기로 했을 때, 그리고 돈에는 관심이 없던 남자와 서부로 삶의 터전을 옮기기로 마음먹었을 때 아버지는 많은 걱정을 하셨다. 하지만 아버지도 내심 우리의 결정을 지지하고 계시다는 걸 느낄 수 있었다.

아버지가 우리가 정착한 몬태나의 작은 산골 마을을 좋아하신 데는 또 다른 이유가 있었다. 기차가 마을을 통과했기 때문이었다. 시카고에서 시애틀까지 운행하는 노선이 우리 마을을 통과했다. 아버지는 젊은 시절 이 노선을 자주 이용하셨다. 조차장(객차나 화차를 행선별로 분해·정리하여 열차를 재편성하는 곳) 책임자를 만나러 출장을 가실 때면 늘 이곳에 들러 오래된 캐딜락 호텔에 머무르시곤 했고, 행잉트리살롱에서 술 한 잔을 하시며 언젠가는 우리 마을이 스키타운이 될 거라고 믿는 사람들의 얘기를 듣곤 하셨다. 내가 이곳으로 이사 왔을 때 아버지는 그 사람들의 말대로 우리 마을이 정말 스키타운으로 발전했는지 궁금해하셨다.

난 캐딜락 호텔과 행잉트리살롱이 있던 자리에 새로 놓인 길을 걸으며, 이곳을 다니셨을 젊은 시절의 아버지에 대해 얼마나 많이 생각했는지 모른다. 남편이 운영을 맡게 된 맥주회사가 한때 아버지가 묵으시던 캐딜락 호텔이 있던 자리에 들어섰다는 게 참으로 신기하게 느껴졌다.

가끔 아버지가 그리울 때면 기차역으로 가서 화물열차가 선로를 바꾸는 모습을 지켜보곤 한다. 그리고 열차에서 내려 주변의 산을 둘러보는 젊은 아버지의 모습을 상상해본다. 언젠가는 당신의 딸이 정착하게 될 그곳에서.

나는 대학 4학년 때 '학부모의 주말'(일 년에 한 차례 학부모가 학교를 방문해 참관수업, 캠퍼스 탐방 등을 하는 행사)에 작가가 될 거라고 선언했다. "아빠, 난 소설가가 될 거예요. 문학소설이요. 사람들에 관한 글을 쓰고 싶어요. 마침내 내가 하고 싶은 일을 찾았어요."

하지만 아버지는 내 말을 믿지 않으셨다. 엄마는 내 꿈에 무관심하셨다. 엄마는 단지 친구 같은 딸을 원하셨던 것 같다.

나는 글 쓰는 일에 완전히 매료되어 있었다. 대학에서 영화를 전공했기 때문에 영화 시나리오 수업을 들었지만 교수님이 과제로 내주신 30분짜리 영화 시나리오를 잠도 제대로 못 자고 끙끙대며 힘겹게 쓰다가 내가 3년 반 동안 적성에 맞지 않는 것을 공부해 왔다는 사실을 깨달았다.

"이건 영화가 아니야! 영문학과 샌님들에게나 갖다 줘!" 나의 야심작에 대한 교수님의 혹평이 내겐 오히려 도움이 됐다. 물론 그 당시에는 도움처럼 느껴지지 않았지만. 특히 과제 점수로 D-를 받았을 땐.

한 줄씩 띄어 타이핑 한 두꺼운 원고를 손에 들고 절망에 휩싸여 얼굴이 벌겋게 상기된 채(이후 20년의 대부분을 내가 이런 상태로 보내게 될 거라곤 예상하지 못했다) 영문학과장님 앞에 섰을 때 나는 내 천직을 깨달았다.

"자네 같은 학생이 도대체 지금까지 어디 있었나?" 원고를 살펴보시던 학과장님이 말씀하셨다. 나는 바로 다음날부터 고급작문 반에 들어가 첫 단편소설을 쓰기 시작했다. 그리고 이 과목에서 A+를 받았고, 주 전체의 글쓰기 대회에서 3등을 차지했다. 나는 이 소식을 바로 그 '학부모의 주말'에 부모님께 알렸다.

하지만 두 분은 전혀 뜻밖이라는 듯 나를 멍하니 바라보시기만 했다. 글쟁이라니. 가까운 친지나 친구는 물론 그들의 친지나 친구 중에도 작가는 단 한 명도 없었다.

아버지가 결국 작가에 대한 편견을 극복하셨는지는 잘 모르겠지만, "아가사 크리스티는 첫 책을 출간하기까지 스무 번이 넘게 퇴짜를 맞았단다"라고 내게 여러 차례 말씀하시곤 했다.

하지만 세월이 흐르면서 내가 스무 번이 훨씬 넘게 번번이 퇴짜를 맞자 아버지는 내게 파란색 듀센버그를 사달라는 말씀을 더 이상 하지 않으셨다. 내 기분을 상하게 하지 않으려고 그러셨던 것이다.

그래도 돌아가시는 날까지 책상 위에 문진을 갖고 계셨다. 빛바랜 사진이 붙은 나무 블록이 아버지에게는 진짜 자동차 못지않게 소중했다는 것을 잘 알고 있다.

이 세상에 자신을 진정으로 이해해주는 사람이 단 한 사람이라도 있다면 행운이다. 나에겐 그런 사람이 둘이나 있었다. 바로 아버지와 남편이었다.

지금 당장 아버지에게 전화를 걸어 나를 믿어준 것에 대해 감사드린다고 말할 수 있다면 좋으련만. 그리고 실의에 빠진 40대의 남자가 무슨 생각을 하는지 여쭤볼 수 있다면 좋으련만. 하지만 나는 아버지가 무슨 말을 하실지 알고 있다.

"너 잠이 부족한 것 같구나. 어서 가서 푹 자도록 해라. 내일은 새로운 해가 뜨니까."

이탈리아 치유

다음날 새벽 6시.

잠이 오지 않아 뜨거운 커피를 한잔 들고 다시 작업실에 들어왔다. 글을 써야 할 것 같다.

뭔가 일이 잘 풀릴만하면 꼭 문제가 터진다. (게임을 바꿀 때는 조심해라. 세상은 당신이 잘되는 꼴을 배 아파할지도 모른다.)

난 21년간 꿈꿔온 이탈리아를 다시 방문했다. 풋풋한 젊은 시절, 내 영혼의 눈을 뜨게 해준 그곳.

수년간 매일같이 이탈리아를 잊기 위해 노력했다. '지금은 안 돼. 아이들이 아직 너무 어려. 경제적 여유가 없어. 달러 가치가 너무 떨어졌어.' 하지만 내가 사랑하는 이탈리아와 내 인생을 바꿔 놓은 그곳 사람들에게 돌아가는 것은 꼭 이루고 싶은 소망 중 하나였다.

누구에게나 애써 외면해온 꿈이 있을 것이다. 어쩌면 당신은 평생 피아노를 배우고 싶어 했을지도 모른다. 피아노가 없는 것도 아니다. 거실에 버젓이 피아노가 있는데도 말이다. '당신은 나를 연주할 수 없어… 당신은 나를 연주할 수 없어… 다른 사람이라면 몰라도… 당신은 못해…'라고 놀리며 거실에서 당신을 바라보고 있다. 듣기 싫지만 웬일인지 익숙해져 버린 목소리다.

이탈리아는 내게 한 걸음 떨어져 바라보기만 해야 하는 행복의 상징이 되었다.

하지만 훌륭한 정신과의사의 도움으로 나는 내가 스스로 고통받기를 선택했음을 깨닫기 시작했다. 그러니 당연히 기분이 좋을 리 없었다. 게다가 자기연민에 빠졌다. 그리고 내 통제 범위 밖의 힘으로 스스로 피해자가 되었다. 다시 말해 나는 자신의 행복에 대해 책임을 질 필요가 없었다. 행복은 때가 되면 바람을 타고 오는 것이라 믿었다. 내가 선택할 수 있는 것이 아니라고 믿었다. 남편이 힘들어하는 상황에서 나만 행복하면 그만이라고 이탈리아로 떠날 수는 없었다. 나를 한 가족처럼 받아주고 내게 변치 않는 사랑을 쏟아준 피렌체와 그곳의 홈스테이 가족은 내게 허락할 수 없는 행복이었다.

아버지를 잃었고, 내 인생에서 가장 치명적인 퇴짜(유력한 편집자를 위해 꼬박 넉 달 동안 책의 3분의 1을 편집했지만 결국 내가 유명작가가 아니라는 이유로 출판을 거절당했다)를 맞은 후 큰 상심에 빠져 있었지만 그런 행복은 내게 허락할 수 없었다. 나는 그저 자신과 남편, 아이들 그리고 특히 아버지를 실망시킨 몬태나의 촌뜨기에 불과했다.

이탈리아로 돌아간다고? 그럴 수는 없었다. 차라리 이곳 몬태나에서 상심하며 폐인이 되는 편이 나았다. 하지만 나는 이런 비관적인 생각조차도 오래 갖고 있지 못했다. 비참함을 느끼며 사는 데 소질이 없기 때문이다.

몇 달간 심리치료를 받으며 지난 세월을 고통 속에서 보낸 원인을 체계적으로 분석하던 어느 날, 우연히 이탈리아에 관한 얘기를 꺼내게 되었다. "21년 전에 한동안 이탈리아 피렌체에서 지냈어요. 대학 3학년 때였죠. 그곳을 무척 좋아했어요. 완전한 행복이란 걸 처음으로 느꼈죠. 완전한 나 자신을 찾을 수 있었어요. 내 생애 처음으로 말이에요. 그 후론 다시는 가보지 못했어요. 항상 그리워하면서도 말이죠." 갑자기 눈물이 왈칵 쏟아졌다. "죄송해요. 주책 없이 왜 눈물이 나는지 모르겠네요."

정신과의사들은 이런 말에 어떻게 대처해야 하는지 잘 알고 있고, 환자의 갑작스러운 울음에 주의를 기울여야 한다는 것도 잘 알고 있다. 내 말을 듣고 있던 의사는 눈을 크게 뜨며 심각한 표정으로 이렇게 말했다. "다시는 절대로 그러지 마세요."

"저도 알아요. 자책해서는 안 된다는 걸 알지만……."

"아니요, 그게 아니라, 이탈리아를 절대로 포기하지 마세요. 정말로 진지하게 하는 말이에요."

터무니없기도 하고 중상류층의 가식이 묻어나는 말처럼 들리기도 했지만, 그녀의 표정만큼은 정말로 진지해 보였다. "다시는 절대로 그러지 마세요." 이 말은 그토록 사랑하는 무언가를 포기하는 데 반평생이라는 시간을 낭비하지 말라는 뜻이었다.

매일 자책과 고통, 수치심에 익숙해져 버린 것일까? (아가사 크리스티가 스무 번 넘게 출판을 거절당했다는 얘기는 내게는 한가하고 배부른 소리처럼 들렸다.)

진료실에서 상담을 받다가 문득 나는 고통의 끝을 맛볼 수 있었다. 눈 깜짝할 사이에 아주 잠깐. 그리고 나는 이탈리아로 돌아가는 것이 새로운 시작의 출발점이 될 수 있다는 걸 깨달았다.

여러분도 알다시피 나는 처음부터 몬태나 사람은 아니었다. 내가 처음부터 자연과 말, 산과 강, 호수와 탁 트인 공간을 좋아했던 건 아니다. 다시 정리하면, 학창시절 나는 프레피(preppy, 부유한 가정환경에서 자란 명문 사립 고등학교 학생)였다. 그것도 심각한 프레피였다. 기숙학교 졸업앨범에는 내가 코네티컷 주 그리니치(미국의 유명한 부촌)에서 로라 애슐리(세계적 홈인테리어 브랜드)의 매장 관리자가 될 거라는 장래희망이 적혀있다. 하지만 10대 후반 즈음 나는 유명브랜드 옷들을 던져버리고 빈티지 중고 옷가게와 투박한 모자와 신발에 매료되었다. 머리도 짧게 깎았고, 창백하고 자그만 체구의 말라깽이가 되었다. 여학생클럽과 컨트리클럽을 벗어나면 어떤 세상이 나를 기다리고 있을지 알고 싶었다.

나는 내심 내가 예술방면에서 일하게 될 거라는 막연한 생각을 하고 있었다. 내가 생각해낸 유일한 탈출구는 외국으로 유학을 가는 것이었고 나는 그 기회를 놓치지 않았다.

엄마의 조언에 따라 고민 끝에 이탈리아 유학을 결정했다. 파리처럼 새침하지도, 빈처럼 엄격하지도, 잘츠부르크처럼 밝고 깨끗하지도 않았지만 왠지 좀 털털한 이탈리아가 끌렸다. 그래서 나는 피렌체로 떠났다.

내 관심은 공부나 명품 가죽, 이탈리아산 종마가 아니었다. 내가 원한 건 모험이었다. 하지만 다른 여학생들처럼 신용카드 빚에 쫓기는 그런 모험은 아니었다. 터키나 프라하로 한 달간 배낭

여행을 가거나, 유고슬라비아에 가서 그곳의 소요사태를 직접 목격하고 싶었다. 나는 다만 사립 교양대학에 입학하는 것을 당연하게 생각한 판에 박힌 모범생 생활에서 벗어나고 싶었다. 압박에서 벗어나고 싶었다. 삐뚤어지고 싶었다. 이탈리아 학교의 호화스러운 복도에서 말보로 라이트를 피우고, 다이어트 콜라를 마시며 다른 학생들과 노닥거리는 일에는 관심이 없었다.

내가 이탈리아를 유학지로 선택한 결정적인 이유는 이탈리아 유학에서 돌아온 대학 친구 때문이었다. 강렬한 가죽 부츠에 진한 붉은색 립스틱을 즐겨 발랐던 그 친구는 내게 교회 계단에 앉아 밤새 집시들과 마리화나를 피운 이야기를 들려주었다.

그 친구는 내게 이탈리아에서 머물렀던 홈스테이 가정에 관해서도 이야기해주었다. 주말이면 그곳 가족들과 토스카나에 있는 멋진 별장으로 놀러 가 할머니와 파스타 소스를 만들고, 아버지와 무화과 열매를 따서 어머니와 잼을 만들던 이야기, 동생들과 토스카나의 다른 별장에서 열리는 파티에 다니며 쇠꼬챙이에 끼운 꿩고기를 구워먹던 이야기들을 말이다.

또한, 그 집의 사촌들과 유명한 예술가 삼촌에 관한 이야기도 들려주었다. 봄에 엘바 섬에 있는 그들의 집에 미국 유학생들까지 초대해 온 가족이 모여 함께 주말을 보낸 이야기, 지중해 해변에 텐트를 쳐놓고 온종일 맛있는 음식도 해먹고 일광욕도 즐기며 즐겁게 지낸 이야기를 실감 나게 들려주었다. 편견도 구속도 통제도 없는 자유분방하고 사랑이 넘치는 이야기였다.

거리에는 수많은 카페가 있어서 언제라도 에스프레소나 마키아 또, 레드 와인, 그라파(이탈리아산 브랜디), 프로세코(이탈리아산 화이트 와인)를 마음껏 즐길 수 있다고 했다.

"냄새만으로도 피렌체에 가볼 만해. 거리는 온갖 다양한 냄새로 넘쳐나지. 처음엔 좋은 냄새가 났다가 악취가 나기도 하고, 향긋한 꽃향기가 나다가 메케하고 불쾌한 냄새가 나기도 하고, 사향내가 났다가 고풍스러운 냄새가 나기도 해"라고 그녀는 말했다.

친구로부터 전해 들은 이야기에 매료되어 이탈리아 유학을 결심한 나는 학교에 지원해 합격 통지서를 받고 원하던 홈스테이 가정도 구했다. 그리고 그 가족과 1년을 함께 보내며 이탈리아에 가면 누릴 수 있는 것들을 마음껏 누리면서 지냈다. 미국 여학생들을 피하고 WASP(앵글로색슨계 백인 신교도. 미국 사회의 주류를 이루는 지배 계급으로 여겨짐) 사회의 속박을 털어냈다. 내 영혼으로부터 훌훌. 그 대신 이국의 문화와 가족 간의 사랑을 마음껏 누렸고 그것은 내가 처음으로 느끼는 자유로움이었다.

기회가 있을 때마다 피렌체 거리를 여기저기 돌아다녔다. 그즈음 개봉한 영화 〈전망 좋은 방〉에 등장하는 여류 소설가처럼 아무런 여행안내서도 없이 말이다. 워크맨 헤드폰으로 볼륨을 높여 〈O Mio Babbino Caro〉(오 사랑하는 나의 아버지—푸치니의 오페라 잔니 스키키에 나오는 소프라노 아리아)를 들으며 피렌체 거리 구석구석을 돌아다녔다. 수업이 없는 날에는 피렌체가 내다보이는 벨베데레 요새의 잔디에 누워 마키아벨리와 단테의 글을 읽었다. 나는 단테 교회의 신부님과 친구가 되었고, 밤이면 교회에 찾아가 예수 그리스도에 관한 이야기를 나누곤 했다.

우피치 미술관, 오르산미켈레 성당, 산타 크로체 성당을 찾아가 벽을 훑어보았고, 산타 트리니타 다리의 난간에 걸터앉아 다리 아래로 흐르는 아르노 강과 저 멀리 보이는 베키오 다리를 물끄러미 바라보곤 했다.

실제로 나는 터키, 프라하, 유고슬라비아, 체코슬로바키아, 그리스를 여행했다. 여기서 일일이 열거하기에 너무나 많은 곳을 여행했다. 그리고 더없이 좋은 홈스테이 가족을 만났다.

하지만 꿈만 같던 1년을 보내고 다시 원래 자리로 돌아가야 할 시간이 다가오자 잊고 있던 두려움이 엄습하기 시작했다. 1년 동안 참 운이 좋았다는 생각이 들었다. 그게 다였다. 나를 따뜻하게 맞아준 홈스테이 가족이 애당초 내겐 너무 과분했다. 이탈리아에서의 모든 경험이 한낱 부질없는 것처럼 느껴졌다. 사교파티와 BMW를 미련 없이 포기했다고 내가 더 특별해지거나 용기 있는 사람이 된 것 같지도 않았다. 르네상스의 성과를 몸으로 직접 체험했다고 대학 졸업 후에 번듯한 직장을 보장받거나 숨 막히는 제도의 굴레에서 해방될 수 있는 것도 아니었다. 나는 늘 반항아였지만 진정으로 자유로웠던 적이 없었던 것 같았다.

내 부모님과 형제자매들, 친척들이 내 선택에 어떤 반응을 보이든 상관없이 모든 걸 내려놓고 굴레에서 벗어날 방법을 몰랐던 것이다. 나는 늘 나 자신에게 최악의 재판관이었다.

결국, 내가 틀리지 않았음을 입증해준 곳이 몬태나였다. 몬태나에서 나는 마침내 내가 이탈리아로 떠난 것이 나쁘거나 잘못된 행동이 아니라고 믿게 되었다. 그렇다고 좋거나 옳은 행동이라는 뜻도 아니다. 옳고 그름이나 선과 악을 따지지 않게 된 것이다. 바로 이것이 내가 말하는 자유다. 이탈리아를 제외하곤 몬태나만이 완전한 자유로움을 느낀 유일한 곳이다. 나는 1년 동안 이탈리아를 마음껏 느꼈고 이후 21년 동안 이탈리아를 그리워하면서 보냈다.

나는 나 자신을 보호하는 망토처럼 이탈리아를 두르고 있었다. 하지만 사실 나를 보호한다기보다 나를 감추기 급급했다. 그리고 바로 이 망토 안에서 나는 매일 소설을 쓰고 요리를 하고 정원을 가꾸었다. 하지만 이 망토 안에서도 부족한 것이 있었고, 그 부족함은 고급 실크와 캐시미어로 안감을 두른 사치스런 부족함이었다.

정신과의사와 소설가 친구의 말이 맞았다. 원하는 것과 창조하는 것은 큰 차이가 있다는 말. 아예 포기하는 것과 초연한 것에는 큰 차이가 있다는 말도. 내가 이것을 깨닫게 된 계기는 올 6월에 마침내 다시 이탈리아로 돌아갔기 때문이었다.

식료품점에서 우연히 친구를 만났다. 그 친구 얼굴이 확 피어보여서 무슨 좋은 일이 있었냐고 물어봤더니 친구는 말했다. "3주 동안 이탈리아 여행을 갔다 와서 그럴 거야." 투잡을 하면서 아이까지 키우고 이탈리아어는 한마디도 못하는데다가 이탈리아에 아는 사람이라곤 아무도 없는 친구인데 말이다.

"나도 꼭 다시 돌아가고 싶어. 이탈리아에서 한동안 살았거든."

내 말에 그녀는 한심하다는 듯 나를 쳐다보며 이렇게 말했다. "돌아가! 뭐가 문제야?"

마땅한 핑계를 찾지 못해 나는 잠시 말을 잇지 못했다. 그녀의 반짝이는 눈빛 앞에서 그 모든 변명이 구차해 보였다. "솔직히 나도 뭐가 문제인지 모르겠어."

나는 집으로 돌아왔고 눈 깜짝할 사이에 항공사에 전화를 걸어 그동안 쌓아둔 마일리지로도 가족 모두가 여행을 갈 수 있다는 것을 알게 되었다. 예전에 묵었던 홈스테이 가족에게 연락했더니 시골에 있던 별장을 비앤비(B&B, 아침 식사를 제공하는 숙박시설)로 개조했다며 내가 오면 대폭 할인을 해주겠다고 했다. 또 자동차도 빌려주고 매일 저녁 식사도 함께하고 이탈리아 요리법도 알려주겠다고 했다. 게다가 기차역까지 교통편도 제공하겠다고 제안했다. 그동안 나를 무척 그리워했다며 왜 그렇게 오랫동안 오지 않았냐고 물었다. 통화를 마치자 21년 동안 꾹 참아왔던 이탈리아에 대한 그리움이 물밀 듯 밀려오면서 울음이 왈칵 쏟아졌고 즉시 이탈리아행 항공편을 예약했다.

처음에는 남편과의 여행 정도로 생각했다. 남편 역시 반평생 이상을 이탈리아에 대한 나의 추억을 들으며 살아왔으니까. 게다가 남편은 스위스 국적을 가지고 있는 이중국적자이기 때문에 언젠가는 함께 유럽에 가서 살자고 늘 얘기해왔다. 이번 여행이 그러한 미래의 가능성에 문을 여는 여행이 될 거라는 환상을 품었다.

하지만 남편은 일 때문에 갈 수 없다며 딸과 다녀오라고 했다. 자기는 아들이 친구 집에서 놀거나 여름 캠프에서 시간을 보내도록 일정을 잡는다면 아들과 집에 남아있어도 괜찮다고 했다.

처음엔 실망했지만 남편이 함께 가지 않으면 르네상스에 대한 남편의 무관심을 옆에서 지켜보며 꾹꾹 참을 필요가 없다는 생각이 들었다. 물론 열두 살 된 딸이 우피치 미술관에서 줄을 서는 걸 싫어할지도 모르지만 그 정도는 참을 수 있을 것 같았다. 하지만 이곳저곳 가봐야 할 곳도 많은데 마흔한 살의 남편이 늦잠이나 잔다면 정말 못 봐줄 것 같았다.

그래서 나는 남편에게 말했다. "좋아요. 괜찮아요. 고마워요."

깨달음

다음날.

이른 아침 시간이라 아이들은 아직 잠들어 있고 나는 작업실에 앉아 남편의 말을 곰곰이 다시 생각해본다. 생각할 시간이 '며칠' 더 필요하다는 남편의 말은 무슨 뜻일까? 벌써 이틀이 지났는데. 이틀 동안 호숫가에 앉아 낚싯대를 드리우고 생각에 잠긴 남편이 오늘은 집으로 돌아와 뭔가 좋은 소식을 전한다는 뜻일까? 아니면 좋지 않은 얘기를 꺼내진 않을까? 아니면 '며칠 더'라는 말이 영영 집으로 돌아오지 않겠다는 의미일까?

나는 집 주위의 숲을 거닐었다. 무성하게 우거진 여름 숲을 사슴이 다니는 길과 남편이 낸 산책로를 따라 걸었다. 그 길에서 벗어나 바람에 쓰러진 나뭇가지들이 널브러진 야생의 숲길로 들어갔다. 나뭇가지들을 넘어 나대지로, 마당으로, 집 현관으로, 계단으로, 내 방으로…….

그리고 이탈리아 여행의 짐들을 정리하기 시작했다.

나는 여행 때 신었던 신발을 집어 들었다. 피렌체와 토스카나의 거리를 누비느라 닳아버린 가죽 밑창을 물끄러미 바라보았다. 불과 며칠 전만 하더라도 내 발걸음은 가볍고 활기찼다. 아무 걱정도 없었고 느긋했다. 뭔가에 쫓기거나 겁을 먹지도 않았다.

'하느님, 무척 피곤하네요. 제가 꿈을 이루었다고 저를 벌하시는 건가요?' 짐을 풀며 이런 생각이 들었다. 또다시 두 아이의 엄마 노릇을 하기 위해 노력하는 것도 지쳐가고 있다. 거기에 집도 정리해야 하고, 함께 이탈리아 여행을 가지 못해 소외감을 느끼고 있는 아들도 달래줘야 한다. 설레는 마음에 잠 못 이뤘던 밤과 시차 때문에 여독도 아직 채 풀리지 않았는데 말이다.

이럴 때 짐을 정리하는 게 생각보다 도움이 되었다. 정신과 치료에서도 '짐 풀기'에 대해 많이들 얘기한다.

어제 아이들이 숲에서 뛰어노는 동안 내가 푼 짐은 보물들로 가득한 여행 가방이었다. 아르노 강변에 있는 일파피로 문구점에서 직접 만들어 판매하는 수제 마블지, 덩굴로 덮인 조그만 공장에서 만든 실크(실제로 이 공장에서 만든 천은 모나코의 그리말디 궁전과 크렘린 궁전의 실내 장식용으로 쓰였다), 토스카나 올리브 오일, 말린 카넬리니 콩, 크리스마스 선물용으로 좋은 보석컬러의 스카프.

내 보물들을 늘어놓고 침실 바닥에 앉아 이탈리아를 떠올렸다. 20년 전과는 달리 길거리를 지나갈 때 치근대며 작업을 거는 파파갈리(길거리나 카페에서 모르는 여성에게 수작을 거는 이탈리아 남자)는 이제 없었다. "차오, 벨라(안녕, 아름다운 아가씨)"라고 말을 거는 풍경도 볼 수 없었다. 그 이유를 택시기사에게 물어보았더니 이탈리아 여성들도 이제는 바뀌었다고 딱 잘라서 말해주었다. 이렇게 바뀐 관습 덕분인지 기차역에서 택시 승강장까지 걸어가는 길이 훨씬 더 편안했다. (스무 살 때의 몸매를 그리워하는 마흔한 살의 아줌마가 됐지만 그래도 여전히 마음 한구석에는 사람들이 나를 매력적인 여성으로 바라봐주기를 바라는 마음이 있었다는 점은 인정하지만 말이다.)

이탈리아 남자들의 치근댐은 사라졌지만, 이탈리아 사람들은 딸이 말한 것처럼 '하나의 커다란 포옹처럼' 느껴졌다. 이보다 더 좋은 표현은 없는 것 같았다.

우리는 잠도 제대로 못 자 멍한 상태에서 짐까지 분실한 채 밀라노 말펜사공항에 도착했다. 이미 구입한 급행 열차표를 들고 왠지 불길한 예감이 드는 밀라노 첸트랄레 기차역으로 이동했더니 우리가 타려는 기차가 없다고 했다. 우여곡절 끝에 마침내 타게 된 기차 안에서 파니니(이탈리아식 샌드위치)를 파는 아저씨부터 한밤중에 우리를 조그만 호텔로 태워다준 택시기사 아저씨, 방으로 들어가는 데 필요한 열쇠 네 개를 보여주며 설명하던 나이 지긋한 호텔지배인 아저씨에 이르기까지 거의 모든 사람이 도움이 필요하면 연락하라며 우리에게 자신들의 집 전화번호까지 알려 줄 태세였다. 이 중 두 사람은 실제로 우리에게 집 전화번호를 알려주었다. 이탈리아에서 머문 채 한 달도 안 되는 기간 동안 한 페이지 분량의 연락처가 쌓였다. 이탈리아는 여전히 옛 모습을 간직하고 있었고 이탈리아 사람들은 여전히 하나의 커다란 포옹처럼 느껴졌다.

이탈리아 사람들에겐 부인할 수 없는 자부심이 있었다. 이번에 내가 목격한 자부심은 단순히 500년 전 폭발적인 두뇌집단으로

서의 이탈리아에 대한 것이 아니라 뭔가 새로운 것에 대한 자부심이었다. 다소 거만하기도 하고 다소 냉소적이기도 한 느낌이었다. 그리고 이탈리아 사람들은 미국인인 내게 묻곤 했다. "당장 달러가 폭락하면 어떻게 할 거냐?" "그래서 유가가 급등하면 어떻게 할 거냐?" "당신네 대통령이 일으킨 전쟁 때문에 국제사회에서 위신을 잃으면 어떻게 할 거냐?" 그들의 포옹에도 불구하고 그들의 눈에서 세계 유일의 초강대국이 현재, 어쩌면 영영 불구가 되었다는 의심의 눈빛을 읽을 수 있었다. 그리고 그들은 지나가는 말로 그런 문제를 제기하길 좋아했다.

나는 어쩌면 미국처럼 불구가 돼서 이탈리아에 갔는지도 모르겠다. 아버지가 돌아가시고 괴로워했지만 다시 내 영혼을 돌볼 수 있음을 나 자신에게 증명하기 위해.

딸을 여행에 함께 데리고 간 이유는 내가 그렇게 행복해하는 모습을 보여주고 싶었기 때문이었다. 그리고 이탈리아가 딸도 치유해줄 수 있을 거라 생각했다. 딸도 현실을 잘 알고 있었다. 직업적 어려움으로 말미암은 스트레스가 엄마와 아빠에게 어떤 영향을 끼쳤는지 직접 목격했다. 때론 스스로의 영혼을 외면하는 아빠의 모습을 목격하기도 했고, 할아버지를 잃고 비통한 슬픔에 잠긴 엄마의 모습을 목격하기도 했다. 사춘기의 방황을 겪으며 자신이 곧 온갖 도전에 직면하게 될 거라는 걸 알고 있었다. 딸도 나만큼이나 이탈리아가 필요했다. 그리고 이탈리아는 기대를 저버리지 않았다.

우리가 처음 방문한 곳은 다비드 조각상이 있는 박물관이었다.

내가 다비드를 좋아했기 때문이다. 대학 기숙사 침대 위에도 비틀 스나 짐 모리슨의 사진이 아니라 다비드의 우편엽서를 붙여둘 정도였다.

그리고 20년이 지난 그곳에 다비드는 여전히 위풍당당하게 서 있었다. 실오라기 하나 걸치지 않은 채 특유의 자태로 보는 이를 사로잡고 있었다. 다비드상 뒤에 서서 작품을 감상하는 사람들의 표정을 유심히 살펴보면 참 재미있다. 당신이 누구이건 간에—성별이나 성적 취향, 인종, 문화, 교육 수준에 상관없이 누구나 멋진 엉덩이를 감상할 수 있다. 미소로 그것을 인정하는 사람들도 있고, 한쪽 눈썹을 올린 채 흥미로운 신문 기사를 읽고 있는 것처럼 행동하는 사람들도 있다. 또 어떤 사람들은 얼굴이 홍당무처럼 빨개진 채 멀리 달아나기도 한다. 특히 열두 살 소녀라면 말이다.

내 딸 역시 민망했는지 다비드상을 감상하는 둥 마는 둥 대충 보고는 얼른 다른 갤러리로 이동했다. 하지만 나는 다비드상 뒤에서 한참을 떠날 수 없었다. 물론 다비드상의 매력적인 뒤태에 끌리기도 했지만 그보다는 다른 이유 때문이었다.

나는 남편을 만난 후로 다비드상을 한 번도 보지 못했다. 20년 만에 진정한 남성의 아름다움(어쩌면 내 남편의 아름다움)을 다시 느끼고 싶었다.

그러나 기대와는 달리 내 느낌은 실망스러웠다. 거기엔 에로틱한 면이 조금도 없었다. 다비드는 다소 식상해보였고, 생매장당한 것처럼 보이기까지 했다. 남편의 현재 상태와 다르지 않았다.

어쩌면 다비드는 메디치 궁 수호자로서의 원래 자리를 그리워하는지도 모른다. 자신만의 '궁전'인 아카데미아 미술관에 왕으로 모셔져 궁전을 호위하는 '노예들'(미켈란젤로가 교황 율리우스 2세의 영묘를 장식하기 위해 만든 조각 작품으로 현재 4개는 피렌체에, 2개는 파리에 있음)을 거느리고 있는 지금이 불편한지도 모른다.

스무 살 때 나는 미켈란젤로의 노예들을 감상하며 많은 시간을 보냈다. 그중에서도 특히 무거운 머리를 어깨와 두 손으로 힘겹게 떠받치고 있는 아틀라스(신들을 배반한 벌로 하늘을 짊어지게 된 그리스의 신)가 인상적이었다. 미켈란젤로는 아틀라스의 머리 부분을 조각하지 않고 원래 돌을 그대로 두었다.

시끌벅적한 피렌체로 돌아와 진짜 사람들(속박에 갇혀있건 자유롭건 간에 여전히 활기찬 사람들) 사이를 비집고 다닐 수 있게 돼서 행복했다.

피렌체에서의 나는 놀라울 만큼의 자유로움을 느꼈다. 한시라도 빨리 집으로 돌아가 이러한 마음 상태를 실의에 빠진 남편에게 전해주고 싶었다. 남편의 치유를 도와주고 싶었다.

그렇게 평안하고 행복한 나를 증명할 무언가를 남겨두고 싶었다. 그래서 카메라를 집어 들었지만 곧 다시 내려놓았다. 곰곰이 생각해보니 그런 사진을 찍을 필요가 없었다. 지금 이렇게 내 딸과 함께 있는데 굳이 누구에게 증명할 필요가 있겠는가. 우리는 이미 다비드에게, 노예들에게, 그리고 빛바랜 비너스에게 그것을 증명했다.

이탈리아에서의 마지막 날 아침이었다. 옆에서 입을 벌린 채 잠자고 있는 딸을 바라보며 침대에 누워있었다.

피렌체 거리의 어느 발코니에서 개가 짖는 소리, 베스파 스쿠터가 쌩하고 달려가는 소리, '본죠르노'라고 정답게 인사를 나누는 소리, 코끝을 간질이는 향긋한 커피 향, 어느 도시에서나 골칫거리인 자동차 매연, 그리고 아주 오래된 그 무엇.

이 모든 것을 뒤로하고 일상으로 돌아가야 한다는 것을 알기에 생각만큼 혼란스럽지는 않았다. 하지만 작은 발코니 너머의 세상으로 나가 한 번 더 혼자만의 시간을 보내고 싶은 마음이 간절했다.

그 순간 스무 살의 목소리도, 그렇다고 마흔 살의 목소리도 아닌 아침 숨결 같은 나지막한 목소리가 들려왔다. "그 모든 것이 여기에 있다. 바로 네 안에 있다."

내 마음 가장 깊숙한 곳에서 울리는 목소리였다.

어디선가 개 짖는 소리가 들리고 어린 딸이 옆에서 곤히 잠들어 있는, 그리고 향긋한 커피 향이 코끝을 간질이는 이탈리아의 마지막 날 아침에 나는 마침내 깨달았다.

'끊임없이 원하고, 갖지 못해 애태우며 아까운 세월을 흘려보냈구나!'

나는 마침내 소설가 친구의 "출판이 되고 안 되고의 유일한 차이는 책이 나왔다는 사실 뿐이야"라는 말의 의미를 깨달았다. 그 친구는 내게 잘난 체하려고 그런 말을 했던 게 아니었다. 우리의 행복은 우리의 밖에 있는 것이 아니라고 말했던 것이다. 향기로운 커피 향에 잠을 깨는 것이나, 어린 딸이 옆에서 잠들어 있는 모습을 지켜보는 것만큼이나 가깝고 자연스러운 것이었다. 힘든 하루가 당신을 기다리고 있다는 걸 알 때에도, 힘들어도 계속 전진해야 한다는 걸 알 때에도 우리의 행복은 여기, 우리 안에 있었다. 늘 그랬던 것처럼.

몬태나의 작업실에 앉아 여행 가방을 풀어놓은 채 오래된 키보드를 두드린다. 아이들은 여전히 잠들어 있다. 곧 천진난만한 모습으로 깨어나겠지. 그 모든 것이 여기에 있다. 바로 여기에. 지금 이 순간에. 나는 알고 있었다. 다만, 그것을 확인하기 위해 이탈리아가 필요했을 뿐…….

가혹한 유예기간

3일째. 남편이 요구한 '며칠'의 마지막 날.

남편은 여전히 돌아오지 않았다. 시차 때문에 며칠 동안 잠을 이루지 못해 진줏빛 달빛에 물든 집안을 서성이며 보냈다.

남편이 집에 돌아오지 않은 지 3일째가 되는 지금 내 눈은 무언가를 찾는 것처럼 이곳저곳을 둘러보기 시작했다. 머릿속에 떠오르는 이런저런 상념을 애써 외면하며 창밖에 보이는 커다란 나무들을, 희뿌연 이른 새벽의 애쉬 라벤더를 뚫어져라 응시했다. 하지만 어떤 육중한 힘이 뒤에서 나를 밀어붙였다. 내게 소중한 무언가가 빠져 있으며, 내가 두려워해야 한다는 것을 깨닫게 하는 힘이었다.

그리고 그 빌어먹을 또렷한 의식이 나를 괴롭혔다. 새벽의 앰뷸런스 체이서(사고 피해자들에게 소송을 유도하여 돈을 벌기 위해 구급차를 쫓아다니는 변호사)처럼 나를 끈질기게 쫓아다니며. 그리고 나는 깨닫는다. 침대에 나만 홀로 있다는 것을.

바로 그때 또 다른 생각이 떠올랐다. 그리고 그 생각은 좋은 소식을 가져왔다.

난 괜찮을 거야. 요리가 하고 싶어진 걸 보니까.

뭔가 거창한 요리를 하고 싶었다. 직접 만들어보고 싶었지만 시간이 없었거나 요리법을 몰랐거나 아니면 몬태나에서 재료를 구할 수 없어서 해보지 못한 요리를 말이다. 카술레(고기와 콩을 넣은 프랑스식 스튜)가 제격일 듯싶었다.

그전부터 늘 카술레를 만들어보고 싶었다. 그것도 프랑스 툴루즈에서 만드는 방식 그대로. 며칠이 걸리는 일이지만 지금 내게 남는 거라곤 시간뿐이지 않은가. 복잡하고 오랜 시간이 필요한 요리, 그렇게 힘들게 만들어서 맛있게 먹을 수 있는 요리를 만들고 싶었다. 지금 내 기분에 딱 맞는 요리처럼 보였다. 시차 때문에 우울하고 남편과 불화를 겪고 있는, 미치도록 내 영혼을 보살피고 싶은 기분에 안성맞춤인 요리.

그래서 당장 편한 옷으로 갈아입고 아래층으로 내려가 냉장고에서 이런 때를 대비해 재래시장에서 사다 놓은 다양한 재료를 찾았다. 돼지 등심, 마늘 소시지, 양갈비와 뼈, 소금에 절인 돼지고기 껍질, 돼지족 등이 있었다. 이것들을 꺼내 조리대 위에 올려놓고 해동을 시키는 동안 냉장고 육류 칸을 뒤져 판세타(소금과 향료로 처리한 이탈리아식 베이컨)와 프로슈토(향신료가 많이 든 돼지고기 넓적다리를 염장·훈제 처리한 이탈리아 햄)를 찾아냈다. 내가 좋아하는 음식들이다.

그리고 차고에 있는 냉동고에서 작년에 이웃으로부터 크리스마스 선물로 받은 오리고기를 찾아내고, 식료품 저장실에서 유리병에 담긴 정제된 거위 지방을 찾아냈다. 친구가 사냥에서 잡은 걸 준 것이다.

내가 몬태나를 사랑하는 이유 중 하나는 이렇게 자연이 준 풍요로운 선물들 때문이다. 말린 곰보버섯이며 허클베리, 서비스베리, 심블베리로 집에서 직접 만든 잼, 훈제 화이트피시(연어과에 속하는 민물고기)와 송어, 칠면조와 엘크(큰 사슴)고기로 만든 육포와 소시지 등 일일이 열거하기가 어려울 정도다.

이 모든 것을 요리로 만들어 내놓을 참이었다. 요리를 맛볼 남편이 있건 없건 간에. 응접실 테이블에 대고모가 물려주신 리넨 테이블보를 깔고 내가 가장 아끼는 그릇들을 올려놓았다. 크리스마스 만찬처럼 상다리가 부러지게 푸짐한 상차림을 선보일 것이다.

더구나 남편은 내가 해주는 요리를 무척이나 좋아한다. 어쩌면 내 요리가 남편을 집으로 불러올지도 모르는 일이었다. 어쩌면 말이다.

아이들과 함께 주방에서 요리에 들어갔다. 터프가이가 되고 싶어 하는 아들은 꽃무늬 앞치마를 두르고, 딸은 재즈 음악 CD를 골랐다. 오늘 아빠가 캠핑에서 돌아올 걸로 기대하며 우리가 직접 만든 요리로 아빠를 놀라게 할 마음에 한껏 들떠있었다.

차고로 트럭이 들어오는 소리가 들리는데 개들이 짖지 않았다. 그건 바로 한 가지를 의미했다. 남편이 돌아온 것이다.

아이들은 곧장 현관으로 달려나갔다.

얼른 앞치마를 벗고 손에 묻은 기름기를 닦아내고 어떻게든 멋지고 예쁘게 보이고 싶었지만, 이미 오리 콩피(오리 자체의 지방으로 천천히 조리해 보존할 수 있는 음식) 요리가 한창이라 몸치장을 할 시간이 없었다. 적어도 한 사람은 주방에서 요리를 마무리 지어야 했다.

나는 요리에 집중했다. 이탈리아 여행에서 얻은 깨달음을 어떻게 실행에 옮길 것인지를 생각하며. 남편의 가혹한 말에도 불구하고 여전히 올여름 내내 새로운 나를 보여주고 싶었다. 가족들에게, 특히 나에 대한 애정이 식어버린 남편에게.

지금이 그저 오랜 결혼생활에 찾아오는 잠깐의 위기라고 믿어야 했다. 그리고 나는 과거에 아버지가 조차장으로 고객을 만나러 가기 직전에 그러셨던 것처럼 숨을 들이쉬고 어깨를 폈다. 아버지가 혼잣말로 하시던 말씀을 되뇌었다. "어깨 펴, 먼슨." 그리고 내가 늙은 할머니처럼 허리를 굽히고 구부정하게 있었다는 걸 깨달았다.

주방 조리대 앞에서 나는 차분하고 강하고 용감했다. 심지어 밝은 표정까지 머금고 있었다.

그때 남편이 들어왔다. 꼬질꼬질하고 초췌한 모습이었지만 잘생긴 외모는 그대로였다. 그를 처음 만난 순간이 떠올랐다. 여전히 남자 친구처럼 느껴지는 남편이 문을 열고 들어와 내게 재밌고 멋진 소식을 전해줄 것 같았다. 당장에라도 그의 품에 안기고 싶었지만 한편으론 그가 나에 대해 어떤 감정을 갖고 있는지 알고 있기에 화가 났다.

'어깨 펴, 먼슨'이라고 생각했다. '나는 늙은 할머니가 아니라고.'

"아빠, 이탈리아에서 찍은 사진 못 봤죠?" 이탈리아 광장 작은 종탑의 교회종처럼 낭랑하게 울리는 목소리로 딸이 말했다. "제 노트북에 저장해놨어요. 슬라이드 쇼를 보여 드릴게요."

남편은 익숙한 장소에 온 것처럼 벽난로 옆 의자에 앉았다. 우리 집에 남편 의자가 있다는 게 다행이라고 생각했다. 남편에게서 나무 탄내가 났다. 기뻤다. 사실 그가 정말로 캠핑을 한 건지 의심했었기 때문이었다.

남편은 나와 전혀 눈을 맞추지 않았다. 아들이 남편의 무릎 위로 올라가며 물었다. "아빠, 물고기 잡았어요?" 아들은 자신의 슈퍼 히어로를 만난 것처럼 기뻐했다.

"몇 마리 잡았지." 남편이 말했다. "그런데 다 놔줬어." 남편의 목소리가 낯설게 느껴졌다.

딸이 노트북을 의자 위에 올려놓고 이탈리아에서 찍은 사진들을 설명하기 시작했다. "이건 엄마가 같이 살았던 홈스테이 가족의 부엌이에요. 참 좋은 분들이에요. 이건 오븐인데 나무로 불을 지펴요. 그리고 이 분이 주인아줌마인데 우리에게 티라미수(이탈리아 디저트 케이크)랑 토마토소스 만드는 법을 알려주셨어요. 그리고 이분이 주인아저씨예요. 눈이 참 멋지지 않아요? 직업이 대장장이세요."

나는 용기를 내어 남편을 바라보았다. 아이들에게 관심을 보이려 애썼지만 그의 눈빛에서 아픔을 느낄 수 있었다. 마음이 착잡해지기 시작했지만 오리 다리가 서서히 익고 있었기 때문에 스토브에 올려놓은 찜 냄비에서 눈을 뗄 수가 없었다.

"카술레를 만들고 있어." 내가 먼저 말을 꺼냈다. 너무도 절박한 심정으로. 그 요리가 내가 가진 전부인 것처럼 느껴졌다.

딸은 여전히 행복했던 이탈리아의 추억이 담긴 슬라이드 쇼에서 눈을 떼지 못했다. "이건 그랜드 운하에서 수상 택시를 타고 갔던 유리공장 사진이에요. 공장 아저씨가 그 자리에서 직접 유리를 긴

대롱 끝에 대고 불어서 만든 말 인형을 내게 공짜로 선물했고, 드디어 엄마의 이탈리아어 말문이 트였지요!"

잠시 참을 틈도 없이 나도 모르게 시시껄렁한 농담이 터져 나왔다. "유감스럽게도 그 아저씨는 말문이 막혔지."

남편도 웃었고 나도 웃었다. 우리는 시시껄렁한 농담으로 웃기를 좋아한다. 우리는 이런 식으로 20년간을 웃어왔다. 남편이 웃고 있는 동안 그와 눈을 맞춰보려고 했다. 남편은 카술레나 이탈리아보다 이런 유머를 더 좋아하기 때문이다.

그때 전화벨이 울렸다. 이웃집 아이들이었다. 우리 집 아이들과 그들의 아지트에서 만나자는 전화였다. 아이들이 밖으로 뛰어나가는데 왠지 보내기가 싫었다. 아니, 보내기가 두려웠다. 아이들이 우리 부부 사이에서 일종의 완충재 역할을 하고 있었기 때문이었다. 하지만 남편과의 진지한 대화를 위해서는 아이들이 없는 편이 나았다.

이제 드디어 남편과 대화를 할 기회가 왔고 우리는 그것을 알았다. 남편은 마치 생전 처음 대하는 사람처럼 나를 쳐다보았다. 자신의 집에, 자신의 주방에 들어와 자신의 삶을 불행하게 만들 여자로 생각하는 것 같았다. 하지만 나는 맛있는 음식 냄새와 노련한 주부의 앞치마, 그리고 나의 자연스러운 태도에 남편이 내심 놀라고 있을 거라고 믿어야만 했다.

"우리 얘기 좀 해." 내가 먼저 남편에게 말했다. 남편이 고개를 끄덕였다.

내겐 마음속에 담아둔 말이 너무 많았다. 당장에라도 터뜨리고 싶은 뜨겁게 응어리진 말들이었다. 우린 스크린 포치로 나가 대화를 나눴다.

남편은 눈물을 흘렸다. 생각을 많이 했다고 털어놓았다. 숨을 쉴 수 없을 것 같다고. 정말로 꺼내기 어려운 말이지만, 마음이 가는 대로 하고 싶다고 했다. 자신도 이런 말을 하게 되리라 생각하지 못했단다. 하지만 더는 내 곁에 머물고 싶지 않다고 했다. 혼자 있고 싶다고. 아이들도 아빠가 얼마나 절실하게 행복을 원하는지 이해해줄 거라고 했다. 시내에 살 집을 마련하겠다고 하면서 이렇게 덧붙였다. "당신, 글을 쓰는 직업으로는 성공하기 어려울 거야. 일이 잘 풀리지 않을 때마다 당신이 얼마나 자책했는지 알아. 난 더는 못 참겠어. 애초에 작가인 당신과 결혼하지 말았어야 했던 것 같아."

고작 이런 말을 하려고 했던 거야? 내가 작가로 성공하지 못했다고 나를 비난하는 거야? 내가 이룬 다른 성공은 무엇이란 말인가? 조금만 관심을 두고 살펴보면 내가 이룬 성공들을 분명히 볼 수 있을 텐데. 아이들의 눈을 바라보기만 해도 알 수 있을 텐데. 나는 성공이라고 부를 수 있는 많은 것을 이루었다고. 더구나 내가 쓴 글을 남편이 마지막으로 읽은 게 언제란 말인가? 출판계가 내 작품의 가치를 인정해주지 않는다고 해서 내 작품이 가치가 없다는 뜻은 아니라고.

변명이라도 하고 싶었다. 열악한 출판업계의 상황이 한탄스러웠다. 대부분의 작가가 버티지 못하고 나가떨어지는 험난한 과정을 내가 얼마나 잘 버텨왔는지를 남편에게 상기시켜줘야 하나?

오래된 수치심과 새로운 당혹감 속에서도 나는 냉정함을 잃지 않았다. 다시는 고통의 수렁에 빠지지 않겠다. 남편은 과연 나의 작가로서의 실패를 못 참겠다는 것일까, 아니면 자신의 사업 실패를 못 참겠다는 것일까?

"당신 말은 받아들일 수 없어." 내가 말했다.

남편은 어리벙벙한 표정으로 나를 바라보았다.

"아니, 받아들이지 않겠어." 이건 남편의 문제라는 내 생각을 밝혔다. 하지만 남편은 자신의 고통은 끝났고 확실히 입장을 정리했다고 했다. 그건 다행스러운 일이다. 응당 그래야 하고 환영할 만한 일이다. 고통 속에 지낸다는 게 어떤지 잘 알고 있으니까. "하지만 이것이 정말로 나에 관한 문제인지 이해할 수 없어. 어찌 됐든……" 나는 말을 이어나갔다. "우린 이 결혼에 너무나 많은 걸 투자했어. 그리고 아이들의 마음에 상처를 주고 싶진 않아."

나는 냉정함을 잃지 않았다. 내가 내 변함없는 사랑을 외쳐봤자 지금 당장에는 남편의 마음만 더욱 불편하게 할 게 뻔했다. 내 사랑은 의심의 여지가 없었다. 나는 남편에게 몇 달 동안 여행을 다녀오라고 제안했다. 그가 늘 말했던 것처럼. 알래스카로 낚시 여행을 가도 좋을 것 같다. 남편에겐 알래스카가 이탈리아나 마찬가지니까.

"지금 농담해? 난 지금 그럴 여유가 없다고."

남편은 만약 내 말대로 한다면 그다음에 무슨 일이 벌어질지 뻔하다고 했다. 다시 떠나야 한다는 걸 알고 돌아오거나 아니면 아예 돌아오지 않게 될 거라고 했다.

"그래도 좋아." 최대한 냉소적이지 않으려고 노력하며 나는 말했다. "정 그게 당신이 원하는 거라면." 그렇지 않을 거라 믿고 싶었다. "시도도 해보지 않는다면 어떻게 알겠어? 당신을 위한 여행이 시내에 독신자용 아파트를 얻는 것보다 아이들에게도 훨씬 더 이해시키기 쉽고. 조그만 마을에서 쇼핑 바구니에 냉동 피자를 들고 돌아다니는 이혼한 아빠들처럼 식료품점에서 애들이 당신을 만나게 된다고 생각해봐. 아직 어린아이들에게 당신의 행복에 대해 생각해달라고 부탁할 순 없잖아. 아이들은 틀림없이 아빠가 자신들을 버렸다고 생각할 거야." 심한 말은 하지 않으려고 노력했지만 쉽지 않았다.

"선택할 길은 많아." 남편에게 말했다. "그런데 당신은 너무 부정적으로만 생각하고 있어. 모든 걸 흑백으로만 보고 극단적으로 말하고 있다고. 우리는 함께 결정을 내려야 해. 사업하는 것처럼."

"그게 바로 내가 떠날 수 없는 또 다른 이유야. 사업 파트너를 내팽개칠 수가 없다고. 이 사업에 함께 많은 걸 투자해놓고 나만 훌쩍 떠나버릴 수 없다고."

남편의 사업이 막바지에 있다는 걸 안다. 남편은 몇 달 후에 사업을 접을 계획이다. 하지만 사실은 몇 년 전에 사업을 정리했어야 했다. 우리의 결혼생활이나 자신의 건강은 내팽개친 채 다 죽어가는 사업을 어떻게든 살려내려는 남편이 못마땅했다. "그러면 나는 내팽개칠 수 있단 말이야? 우리 결혼생활은? 아이들은? 우리가 함께 이룬 것들은?"

남편은 아무 말도 없었다. 그때 드라이브웨이(도로에서 집까지 이어지는 진입로)에서 요란한 모터 소리가 들렸다.

"누구지?"

남편 친구 몇몇이 남편과 함께 산악 오토바이를 타러 온 것이다. 남편은 내게 사랑한다고 말하며 서둘러 밖으로 뛰어나갔다. 남편의 말에 나는 더욱 혼란스러워졌다.

그렇게 나가고 난 이후 남편은 연락도 없이 그날 밤 집에 돌아오지 않았다. 이번만큼은 휴대전화가 터지지 않았다고 변명할 수 없을 터였다.

진짜 나쁜 마음이 들 때는 남편이 차라리 산악 오토바이를 타다가 불의의 사고로 죽는 게 어쩌면 더 나을지도 모른다는 끔찍한 생각마저 하기도 했다. 남편의 죽음을 애도하는 편이 버림을 받는 것보다 감당하기 쉬워 보였기 때문이다.

다음날 나는 소시지를 굽고 이미 다 익은 고기와 콩을 섞어 조렸다. 일요일 점심으로 카술레를 먹기로 했다. '안 될 거 없지? 굳이 남편을 기다릴 필요가 있겠어? 우리에겐 기분 전환이 필요해.' 차를 끓여서 스크린 포치에 앉아 주방에서 퍼져 나오는 음식 향을 음미했다.

문득 남편의 옛 모습이 그리워졌다. 일에 대한 자부심으로 뿌듯해하던 모습이. 그런 남편의 모습을 본 게 언제였지? 맥주회사를 운영하던 시절이 마지막이었으니까 8년 전이다. 성과 없이 고군분투하는 동안 남편에게선 자부심도 사라졌다. 적어도 나는 힘들게 작업을 마치면 최소한 손에 쥐어지는 원고라도 남는다. 출판이 안 된다 하더라도 말이다. 하지만 남편은 어떤가?

자부심을 카술레처럼 요리할 수만 있다면 남편에게 푸짐하게 만들어 줄 텐데. 하지만 그건 불가능한 일이다. 남편은 온전히 혼자 힘으로 자부심을 찾아야만 한다. 내가 남편을 위해 해줄 수 있는 게 아무것도 없다는 사실에 절망한다.

허리는 아프고 앞치마는 기름때에 절어있다. 주방은 마치 수술이 끝난 수술실처럼 엉망이다.

나는 아빠가 어디에 있는지 궁금해하는 아이들과 또 하루를 보내야 한다. 오늘은 아이들에게 뭐라고 핑계를 대야하나? 솔직히 이젠 마땅한 핑계도 없다. 더는 둘러댈 말이 없다. 아이들이 얼마나 많은 진실을 감당할 수 있을까? 아이들에게 뭐라고 말해야 하나? 어젯밤 늦게 아빠가 돌아오셨다가 오늘 아침 일찍 출근하셨다고 거짓말을 해야 하나? 남편 때문에 거짓말쟁이가 되고 싶지는 않다.

이런 내 마음이 남편에게 전달됐는지, 아니면 양심에 걸렸는지 전화벨이 울렸다. 남편이었다. 자신의 행방을 알리기로 마음먹은 것 같았다.

산악 오토바이를 타다가 사고는 나지 않았나 보다. 남편은 사과했다. 산악 오토바이를 탄 후에 친구들과 밤늦게까지 어울리다가 사무실에서 잠을 잤단다.

"점심때는 돌아오는 거야?" 남편에게 물었다. 아이들을 위해서라도 남편이 돌아오기를 바랐다. "카술레 만들고 있어."

"응." 남편이 힘없이 답했다. 남편의 목소리에서 그가 가족들을 힘들게 하고 있다는 죄책감에 괴로워하는 걸 느낄 수 있었다. 하지만 또한 자신도 어쩔 수 없다고 생각하는 것 같았다.

그래서 나는 그쯤에서 타협하기로 했다. 전화하지 않았다고 남편을 추궁하지 않았다. 어쩌면 남편은 내 추궁을 원할지도 모른다. 그러면 자신의 행동에 대한 죄책감이 조금 줄어들지도 모른다. 하지만 남편은 자신의 '죄'를 알고 있었다. 그런 남편을 더욱 궁지로 몰아넣고 싶지 않았다.

그 대신 나는 전화를 끊자마자 카술레를 오븐에 넣었다. 갑자기 남편이 이 요리를 꼭 맛봐야 할 것 같은 절박한 생각이 들었다.

복도에서 아이들 소리가 들렸다. 냉정함을 되찾을 시간이 얼마 남지 않은 것이다.

아이들이 주방으로 뛰어들어왔다. "다 됐어요, 엄마?" 두 아이가 동시에 물었다.

"거의!" 나는 밝게 보이려 애썼다. "점심때 먹을 거야!"

"아빠가 오실 때까지 기다려야 해요?" 아들이 오븐 창으로 푸짐한 찜 냄비를 바라보며 물었다.

"그런데 아빠는 어디 계세요? 아마 아빠는 점심에도 안 오실 거야!" 못 참겠다는 듯 딸이 말했다.

다행히 아이들에게 해줄 말이 있었다.

"아빠가 점심때는 오신대." 깊게 심호흡을 하고 대수롭지 않다는 듯 미소를 지으며 말했다. "아빠는 지금 일 때문에 힘든 시간을 보내고 계셔. 우리나라에, 전 세계에 많은 사람이 그러는 것처럼. 우리가 참고 아빠를 응원해 줘야 해. 할아버지가 돌아가셨을 때 엄마가 얼마나 힘들어했는지 기억하지? 지금 아빠도 그만큼 힘들어하고 계시거든."

아이들 모두 걱정스러운 표정이었다.

"하지만 모든 게 다 잘 될 거야." 나는 아이들에게 말했다. "자, 영국 여왕님을 맞이하는 것처럼 근사하게 상을 차리자꾸나."

응접실 테이블에 정성껏 차린 아름다운 음식과 그릇들을 보고 싶었다. 오랫동안 참아온 눈물이 쏟아지려 했다. 응접실 테이블 아래에서 '온 가족'이 돌아오기를 기다리며 조바심을 냈던 어린 시절이 생각났다. 나는 어린 시절 대부분을 이렇게 온 가족이 모이는 날만을 기다리며 보냈다.

나는 아이들과 점심상을 차렸고 이 일이 점점 더 중요하게 느껴졌다. 마치 점심상을 차리는 일이 남편이 나를 떠나더라도 나는 괜찮을 거라고 스스로 약속하고 다짐하는 일이 되어버린 것처럼. 테이블에 은 식기를 하나씩 올려놓을 때마다, 정성스럽게 접은 냅킨을 하나씩 올려놓을 때마다, 얼룩 한 점 없이 투명한 크리스털 잔을 하나씩 올려놓을 때마다. 그렇게 아름다운 테이블을 차렸다. 우리 네 식구를 위한.

내 안의 또 다른 나

6월의 마지막 날.

남편이 카술레를 먹으러 집으로 돌아왔다. 아무런 말도 없이 5분 만에 그릇을 비우고 테이블에서 일어나 곧장 거실 소파에 누워 야구 경기를 시청했다.

오늘처럼 가족끼리 푸짐한 식사를 한 날에는 온 가족이 게임을 즐기곤 했다. 그리고 남편은 대개 설거지를 해주었다. 하지만 오늘은 달랐다. 그는 가족들과 어울릴 마음이 전혀 없는 듯했다. 일부러 나와 아이들을 피하는 눈치였다.

아빠를 위로하고 싶었는지 아니면 아빠를 집에 잡아두고 싶었는지 아이들이 남편 곁으로 파고들었다.

나는 테이블에 앉아 촛불이 다 탈 때까지 반짝이는 식기들을 물끄러미 바라보며 남편의 속마음을 헤아려보려 노력했다.

이건 남편의 심리전이다. 고약한 심리전. 고통 속에서 죽어가는 개처럼 한동안 현실에서 도망치고 싶은 마음은 이해한다. 그런 방황의 시간을 허락할 용의는 얼마든지 있다. 하지만 남편은 다른 길을 가고 있다. 내게는 그게 너무나 뻔히 보인다. 남편은 나의 화를 돋우고 있었다. 그러면 모든 게 성질 못된 아내 때문이라고 변명할 수 있을 테니 말이다.

그러나 이번 위기만큼은 끝까지 견뎌보련다. 여기에 머물며 내일에만 집중할 것이다. 고통받지 않겠다는 나의 결심을 지킬 것이다.

남편이 내 작업실로 들어왔다. 그리고 남은 여름 동안 아이들을 데리고 위스콘신에 있는 내 친구의 별장으로 휴가를 가지 않겠느냐고 물었다. 남편이 생각해낸 최선의 해결책이었다. 아빠가 가족을 유기하고 있다고 믿는 아이들을 생각해서 말이다.

남편의 제안을 이리저리 생각해보았다. 적어도 남편은 혼자 집을 나가 다른 곳으로 이사 가는 것이 아이들에게 좋지 않을 것임을 알고 있었다. 또한 연락도 없이 외박한 자신의 행동이 아이들에게 잘못된 메시지를 보낼 거라는 것도 알고 있었다. 그런데도 나에게 아이들을 데리고 여행을 떠나라는 남편의 제안이 왠지 수상쩍게 느껴졌다.

"나는 그토록 꿈에 그리던 이탈리아 여행을 다녀왔잖아. 이제 새로운 기분으로 돌아와 잘 지내고 있다고. 여름은 몬태나에서 보내고 싶어. 승마도 하고 정원도 가꾸고 글도 쓰면서. 여행이 필요한 사람은 바로 당신이야. 당신이 가."

정말로 까다로운 장애물이 우리 앞을 가로막고 있을지도 모른다는 생각이 들었다. 우리가 이 위기를 극복하려면 반드시 넘어야 할 장애물.

그래도 나는 위스콘신에 사는 친구에게 전화를 걸었다. 여러 가지 선택지를 만들어두는 게 필요하다고 느껴졌다. 여러 개의 생명

선처럼. 그리고 그녀에게 안부를 물었다. 친구의 안부를 묻는 게 남편의 제안을 공식적으로 선포하는 것처럼 느껴졌다.

"당연히 놀러 와도 되지. 하지만 네 자리를 지킨 건 잘한 일이야. 거긴 너의 집이잖아. 솔직히 나 같으면 네 남편을 당장에 쫓아내겠어."

"하지만 그건 내 전략이 아니야." 내가 말했다. "지금은 폭풍이 지나가고 있는 거나 마찬가지야. 냉정함을 유지해야지. 남편에게 어디까지 요구할 수 있는지 잘 모르겠어. 그이는 외박하면서도 전화 한 통도 없다니까."

그녀가 분통을 터뜨리는 게 수화기를 통해 느껴졌다. "남편에게 철 좀 들라고 해. 가장답게 책임 있게 행동을 하라고 말이야."

"맞아. 하지만 지금 남편이 그럴 상황이 아니야. 상황 판단을 제대로 못 하고 있어. 가족들을 돌보기는커녕 제 앞가림하기도 벅찬 상황이라고. 남편에게 늘 바라던 대로 호주로 스쿠버다이빙을 가라고 했어."

"그렇게 하면 되겠네. 뭐가 문제래?"

"비용이 너무 많이 든대. 하지만 내 생각엔 훌쩍 떠나는 게 쉽지 않은 것 같아. 제길, 나도 이탈리아로 다시 돌아가는 데 20년이나 걸렸잖니."

"남편한테 너무 그렇게 관대하게 봐주려는 아내들이 많아."

"맞아. 하지만 남편이 다시 마음을 잡을 수만 있다면 난 기꺼이 그렇게 할 거야. 난 그이의 마음을 얻고 싶어. 그이를 사랑한다고. 너도 알다시피 몇 년 전에 친정아버지가 돌아가신 후로는 남편을 소홀히 대한 게 사실이거든.”

“지금 무슨 말을 하는 거야? 이게 네 탓이라는 거야? 넌 친정아버지가 돌아가셔서 상심이 컸어. 게다가 끝까지 갈 것처럼 큰소리치던 대형 출판사에서 무명작가라는 이유로 퇴짜를 맞았잖아. 그래도 넌 책임 있게 행동했어! 외박하면서도 집에 전화 한 통 하지 않은 네 남편이랑은 달랐어, 이 아줌마야!”

“그렇긴 해. 하지만 나도 작가로서 완전히 실패했다는 생각에 작업실에서 밤새 술을 마시며 얼마나 울었다고. 아직도 아버지가 그리워. 아버지가 돌아가신 후로 술을 얼마나 많이 마셨는데. 다시는 그렇게 못 살 것 같아.”

“그래서 뭐? 그렇다고 네가 여자로서 매력을 잃은 것도 아니잖아? 아니면 네가 다른 사람한테 모든 책임을 뒤집어씌우려고 했니? 넌 빨리 정신 차리고 치료를 받았잖아! 어려운 문제가 아니야. 남자들은 다 겁쟁이들이야. 틀림없어. 네 남편도 아마 네가 세게 나와주기를 바랐을 거야. 그래야 너를 욕하고 자기는 불쌍한 사람이 될 수 있지. 틀림없이 네 남편도 호주에 갈 생각은 없어. 그저 그럴듯한 핑계일 뿐이라고!”

“나도 이런 일은 생전 처음이라서 어떻게 대처를 해야 하는 건지 잘 모르겠어. 더구나 시차 적응이 안 돼서 아직도 고생이야.”

“네가 마침내 원하던 걸 얻고 나니 이런 일이 벌어지다니 유감이다. 일단 네 일이나 챙겨. 차근차근 하나씩 풀어나가라고. 남편한테는 절대 아무것도 요구하지 마. 아예 모르는 척해. 혼자 헤쳐 나가야 할 일이니까. 하지만 물론 언제라도 우리 집에 놀러 오는 건 대환영이야. 같이 요리도 하고 선착장에서 책도 읽으면서 여름을 함께 보내는 것도 좋을 것 같다. 우리 집 아이들도 너희 아이들이랑 같이 놀면 좋아할 테고. 하지만 내 생각엔 꼼짝 말고 자리를 지키는 게 더 좋을 것 같다. 너희 부부를 오랫동안 지켜봐 온 사람으로서 하는 얘기야. 둘 다 너무 보고 싶다.”

“고마워. 정말 큰 위로가 됐어.” 그건 사실이었다. 그리고 나는 지금처럼 힘든 시기에는 친구가 필요하다는 사실을 새삼 깨달았다. 친정아버지가 돌아가시고 작품 출간이 좌절된 후에 한동안 친구들과 연락을 끊고 지냈던 것이 후회되었다. 고립은 위험할 수 있으니까.

물론 결국 나는 혼자서 이 문제를 풀어가야 한다. 정말로 밑바닥까지 파헤치고 싶다면, 정말로 자유로워지고 싶다면.

그렇지만 지금은 몇 명의 진정한 친구가 절실하다. 섣불리 나를 판단하거나 모든 답을 알고 있는 것처럼 행동하거나 남편을 몰아세우지 않을 든든한 응원군이 필요하다. 왜냐하면 나는 내 남편을 사랑하니까. 나는 그런 친구들을 현명하게 선택해야 할 것이다. 위스콘신에 사는 친구도 내가 믿을 수 있는 친구 중의 하나였다. 단지 그녀가 너무 멀리 살고 있다는 게 안타까울 뿐이었다.

나는 나 자신을 위해 뭔가 특별한 것을 해야만 했다. 비록 경제적 여유가 많지는 않았지만 진정한 미국인이라면 다소 분에 넘치는 소비를 해줘야 한다. 나가서 스시를 사 먹어야겠다. 돈 걱정하지 않던 옛날처럼 말이다. 그 당시만 하더라도 돈을 쓰는데 망설일 필요가 없었는데.

도시에서 살다 우리 마을로 이사 온 부유한 사람들 덕분에 드디어 우리 마을에도 근사한 스시바가 생겼다. 이곳 시골 마을에서 누릴 수 있는 몇 안 되는 사치 중 하나였다. 그리고 오늘 밤 나에겐 쇼핑이 필요하다. (아직 대출을 받아가며 돈을 쓰고 싶진 않았다. 하지만 설령 대출을 좀 받으면 어떤가? 바로 지금이 흥청망청 돈을 써야 할 때가 아니겠는가? 세상이 무너지는 것처럼 괴로운 이때에.)

남편도 나와 같은 충동을 느꼈던 것 같다. 스시바 계산대에서 포장해갈 음식을 기다리며 서 있는데 부드러운 손길이 내 허리를 감쌌다. 깜짝 놀라 뒤를 돌아보니 남편이었다. 그 역시 나와 같은 생각을 한 것이다. 내가 왜 진작 생각하지 못했을까?

"아빠! 아빠랑 같이 차 타고 집에 가면 안 돼요? 네?" 아이들이 남편에게 매달렸다. 아빠가 그리웠던 것이다. 순간 남편이 아직도 우리 집에 머물고 있다는 사실이 떠올랐다.

주문한 음식이 동시에 나왔다. 그가 지갑을 꺼내며 웨이트리스에게 말했다. "같이 계산할게요." 적어도 남편은 아직 우리의 가족이었다.

포장된 음식을 남편이 집어 들었다. 그리고 아이들과 함께 가게 문을 나섰다. 두 아이가 남편의 양옆에 꼭 붙었다. 아빠에게 집으로 가자고 조르는 아이들의 모습을 지켜보며 오랜만에 온 가족이 하나가 된 것 같은 기분을 느꼈다.

그러나 한편으론 외로움의 파도가 나를 때렸다. 저 세 사람 말고 내가 믿을 수 있는 친정식구가 그리웠다. 엄마나 언니가. 하지만 그들 모두 너무 먼 곳에 있고 나는 그들에게 지금의 내 상황에 관해 이야기하지 않았다. 그들의 걱정은 내게 짐처럼 느껴질 것이다. 내겐 내가 사는 이곳에서 내 얘기를 들어줄 수 있는 사람, 그러면서도 냉철하고 객관적인 판단을 내려줄 수 있는 사람이 필요했다. 위스콘신에 사는 친구처럼 나나 내 남편을 섣불리 판단하지도 않고 나를 꼭 안아줄 수 있는 사람, 내 얘기에 귀를 기울여주고 내 침묵에도 묵묵히 지켜봐 줄 수 있는 사람.

그때 그럴만한 사람이 떠올랐다. 지금 내 말을 돌봐주고 있는 친구였다. 그 친구와 함께 말을 타면 큰 힘이 될 것 같았다. 갑자기 내 말이 너무나 보고 싶었다. 크리스털 구슬처럼 맑은 말의 눈을 들여다보고 싶었다. 벨벳처럼 부드러운 말의 코를 쓰다듬고 싶었다.

그녀의 집으로 차를 몰고 가면서 그녀의 삶에 대해 생각했다. 그녀는 몹시 어려운 가정환경 속에서 성장했다. 여덟 명의 식구가 수돗물과 전기도 없는 단칸방에서 살았다고 한다. 구멍 난 신발을 신고 다녔고, 트럭이 고장 나면 말을 타고 마을로 나와야 했다고 한다.

그녀는 항상 내 말에 귀를 기울여주는 사람이지만 오늘만은 일방적으로 그녀에게 내 푸념을 털어놓지 않으리라 마음먹었다. 단 몇 시간만이라도 내 결혼생활의 시련에서 벗어나고 싶었다.

그녀는 현관까지 마중 나와 나를 안아주었다. 그리고 예리하게도 내가 속상해하고 있다는 걸 눈치챘다. "너 숲에서 말을 타고 한바탕 달려야 할 것 같은데?"

아직 어두워지려면 시간이 많이 남은 것 같아서 나는 집에 전화를 걸어 남편에게 좀 늦을지도 모른다고 알렸다. 그녀의 말이 맞았다. 나는 지금 그 어느 때보다 숲에서 말을 타고 한바탕 달릴 필요가 있었다.

"저녁 안 먹을 거야?" 남편이 믿지 못하겠다는 듯 말했다.

"내 몫은 냉장고에 넣어둬. 두세 시간 후에 돌아갈게. 바람 좀 쐬어야겠어." 나에겐 휴식이 필요했다. 승마야말로 걱정을 훌훌 털어버릴 수 있는 가장 좋은 방법이었다.

우리는 각자의 말에 안장을 채웠다. 어디선가 풍경 소리와 호로새 울음소리가 들렸다.

우리는 한동안 아무 말 없이 산등성이를 올랐다. 숲은 어느새 풀이 무성한 들판으로 바뀌어 있었고, 저물어가는 태양 아래 오렌지색으로 밝게 빛나는 낡은 헛간이 하나 보였다. 한쪽에는 낡은 철조망이 얽혀 있었고 녹슨 트랙터가 버려져 있었다. 마치 누군가가 아무도 눈치채지 못하게 어둠을 틈타 도망간 것처럼 보였다.

친구에게 남편에 관해 털어놓고 싶었다. 하지만 나는 말없이 손을 뻗어 친구의 손을 잡았다. 그리고 오랫동안 놓지 않았다.

친구도 내 손을 꼭 잡아 주었다. 그 느낌이 나를 행복하게 만들었다. 마음의 문이 활짝 열리고 하늘을 날 것처럼 뿌듯한 행복감이었다.

나는 친구에게 함께 달려줘서, 또한 행복하게 해줘서 고맙다고 말했다. 그리고 집으로 향하기 전에 내 말의 눈을 오랫동안 들여다보았다.

하지만 행복한 시간은 잠시뿐이었다. 자동차 앞유리가 나를 보고 비웃는 듯했다. 몬태나에서 흔히 볼 수 있는 바위들이 거미줄처럼 복잡하게 갈라진 나의 결혼생활처럼 보였다. 그리고 집에 도착할 때쯤 나는 잠시 들판의 우체통 옆에 차를 세워놓고 엄청난 고통의 절벽에서 뛰어내리려는 나를 스스로 달래야만 했다. 남편은 가족 모두를 거친 바다로 몰아가고 있었다.

이런 제길. 앞으로 우리에게 무슨 일이 닥칠까?

나는 트럭에 앉아 혼란스러움에 대비했다. 아이들을 아빠에게 보내고 한겨울에 쓸쓸히 홀로 남아있는 모습을 상상했다.

그런 일은 없을 거야! 내 아이들의 어린 시절을 그렇게 망칠 순 없어! 결국 나만 혼자 남게 되면 어쩌지? 더 이상 젊지도 예쁘지도 않은 내가 몬태나 촌구석에서 누구를 만날 수 있겠는가? 난 외롭고 쓸쓸한 죽음을 맞게 될 거야! 집도 잃고 작고 허름한 아파트에서 살아야 할 거야. 말도 팔아야 할 거고, 낡고 녹슨 스바루 자동차를 타고 다녀야 할 거야. 남편은 골프클럽 파티에서 알게 된 돈 많은 여자랑 재혼하겠지. 그리고 아이들은 나보다 그 여자를 더 좋아하게 될 거야. TV가 설치된 자동차도 있고, 아침으로 도넛을 내어줄 테니까. 억지로 당근을 먹게 하거나 개에게 먹이를 주는 심부름도 시키지 않을 거야.

마음속의 야수가 쇠고랑을 끊고 포효하며 날뛰기 시작했다. 오래전에 죽었다고 생각한 야수가 아직 살아있다는 사실이 두려웠다.

그날 밤 나는 아버지가 돌아가신 후 그랬던 것처럼 모두가 잠든 후에 와인을 진탕 마시고는 작업실에서 옛날 사진을 보며 눈이 퉁퉁 붓도록 울었다. 그리곤 다음 날 아침 후회를 했다.

침대에 누워 있을 때 마음속 야수가 고개를 쳐들었다. 지독한 숙취에도 끄떡없었다. 어쩌면 숙취 때문에 깨어났을지도 모르겠다. 마음속 사악한 쌍둥이 언니 셰일라. 셰일라는 내 오랜 '친구'였다. (혹시 당신 이름이 셰일라라면 날 용서해 달라. 나도 솔직히 그녀의 이름이 어쩌다 셰일라가 되었는지 모른다.) 오늘 아침 셰일라는 예전에 그랬던 것처럼 요란스럽게 떠들어댔다.

이 멍청이야! 네가 지금 술이나 퍼마실 때니? 그렇게 너 자신을 망가뜨릴 상황이 아니라고! 네가 아니라 남편을 망쳐놔야지! 당장 일어나서 아래층으로 내려가 베이컨을 구워!

아침으로 베이컨과 비스킷을 만들건 말건 남편은 11시까지 잠을 자고 있었다. 마침내 나는 남편이 살아있는지 알아보려고 방에 가보았다. 남편은 구들장이 꺼져라 큰소리로 코를 골다 그 소리에 깨어났다. 그리곤 곤히 자는 사람을 깨웠다고 투덜거렸다.

샤워하고 나와 밖을 보니 남편이 드라이브웨이에서 골프채를 조심스럽게 트럭에 싣고 있었다.

당장 뛰어나가 남편에게 오늘은 가족과 시간을 보내라고 요구하고 싶었지만 참았다. '오늘 주말이잖아. 글레이셔 국립공원에 하이킹 가자. 어머니날에 심어두었던 근대도 캐고 보라색 감자랑 콩도 캐자!'

하지만 나는 천천히 나 자신을 말렸다. 남편은 어차피 우리 곁에 있지 않을 테니까. 난 편안한 차림으로 아이들과 한가로운 시간을 보내기로 맘을 바꾸었다. 남편의 트럭이 드라이브웨이를 빠져나가는 소리가 들렸다.

아래층에서 만화를 시청하고 있던 아이들이 한목소리로 외쳤다. "아빠 골프 치러 가신대요. 엄마한테 그렇게 말씀드리래요."

후덥지근한 스크린 포치에 온종일 앉아 있었다. 시트로넬라 양초(시트로넬라 오일을 섞어 만든 양초로 모기 퇴치 효과가 있음) 옆에 바짝 붙어 앉아 있었지만 모기들이 계속 극성을 부렸다. 스크린 포치의 문이 7년째 고장 나 있었기 때문이었다. 아이들과 모노폴리 게임(부동산을 취득하는 보드게임)을 했다. 은행에서 돈을 훔치고 서로에게 돈을 던질 때까지. 그때 남편에게서 전화가 왔다. 골프를 끝내고 농산물 시장에 가려 한다고 했다.

우리도 토마토가 필요해서 시장에 가려고 했다고 말했다.

"거기서 만나면 되겠네." 두려움이 섞인 자신감 없는 목소리로 내가 말했다.

"으응……" 남편은 농산물 시장을 공유하고 싶은 목소리가 아니었다. "어쩌면 호수에 갈지도 몰라."

차라리 남편이 호수로 가버렸으면 좋겠다. 남편이 물에 빠졌다가 나온 개처럼 머리를 흔들며 이렇게 말했으면 좋겠다. "내 생각이 짧았어. 다 내 잘못이었어. 당신을 사랑해. 소중한 우리 결혼생활을 지키고 싶어. 7월 4일이 얼마 남지 않았네? 당신이 좋아하는 날이잖아. 장인어른이 좋아하셨던 날이기도 하고. 퍼레이드 구경 가자. 우리는 서로 다시 사랑하게 될 거야. 이제 그 어느 때보다 당신을 아끼고 사랑해줄게. 다 잘 될 거야. 우리가 스무 살 때

애기했던 것처럼 늙어서는 함께 세계여행을 떠나자. 이탈리아에도 가보고. 그리고 먼저 내 영혼을 돌봄으로써 오랫동안 아내를 사랑하는 방법에 대해서도 배울게."
 남편이 양손 엄지손가락으로 후회의 눈물을 훔쳐내기를 바랐다.

웨딩케이크 위의 신랑신부

7월.

내게 헬리콥터 학교를 연 친구가 있다는 게 우연은 아닐 것이다. 학교도 우리 집에서 직선거리로 얼마 떨어지지 않은 곳에 있었다. 남편은 20년 전 우리가 처음 만났을 때부터 헬리콥터 조종에 대한 환상을 품고 있었다.

이메일로 남편에게 이런 정보를 흘렸다.

"새로 문을 연 항공 학교에 대해 들어봤어? 내 친구의 남편이 운영하는 학교야. 이번 주말에 고속도로와 40번 국도의 교차로에서 헬리콥터 전시회를 연대. 4인승 헬리콥터와 소형 슈와이처 헬리콥터도 전시될 거래. 당신이 오래전에 품었던 꿈을 잊지 마. 헬리콥터를 타고 로키산맥으로 스키여행을 가는 것이었지, 아마? 자 이제 좋은 기회가 왔어! 한번 도전해봐!"

그리고 회신을 기다렸다. 헬리콥터를 조종할 좋은 기회인 것 같다는 답변을 기다렸다. 전문적으로나 아니면 그저 취미로라도 헬리콥터를 조종해볼 수 있을 거라는. 이런 회신을 받으면 나는 사놓고 한 번도 설치해보지 못한 드럼 세트를 헬리콥터에 싣고 한적한 곳에 가서 마음껏 쳐보라고 권해볼 요량이었다.

하지만 그런 긍정적인 답변은커녕 집을 나가겠다는 남편의 회신을 받았다. 친구가 시내에 집을 샀는데 '상황이 좀 정리될 때까지' 거기서 지내겠단다. 나는 혼란에 휩싸여 작업실 컴퓨터 화면을 멍하니 바라보며 사태를 파악해보려고 애썼다.

나는 또 다른 친구를 찾아갔다. 한 번은 벌목 사고로, 다른 한 번은 알코올 중독으로 두 번이나 남편과 사별한 친구였다. 그 친구는 내게 말했다. "당황하지 마. 네가 허둥대면 너에게 이로울 게 하나도 없어. 지금은 그저 너 자신을 추스르는 데만 집중해."

"다른 여자가 생긴 거면 어떡하지?" 나 자신의 소신과는 정반대로 나는 훌쩍거렸다.

"그렇게 생각해선 안 돼." 친구가 단호한 목소리로 말했다. "그렇게 생각해봤자 이로울 게 하나도 없다니까."

그녀의 말이 아픈 내 상처를 어루만져주는 것 같았다.

"로라, 이건 네 남편이 알아서 해야 할 일이야." 친구는 마치 '네 일이나 잘하라'는 식으로 냉정한 조언을 해주었다. 그녀는 알아논(Al-Anon, 알코올중독자 가족들로 구성된 자조 모임)에 오랫동안 참여한 경험이 있고 자신이 끼어야 할 때와 그렇지 않을 때를 잘 안다. 바로 이런 이유 때문에 나는 남편과의 일을 그녀에게 털어놓기로 한 것이었다. 그녀는 내가 이 난관을 슬기롭게 극복할 수 있도록 도와줄 수 있는 능력과 경험이 있었다.

하지만 여전히 난 남편에게 이메일을 보내고 싶은 마음을 참을 수 없었다. 결국 나는 그에게 내가 아는 정신과의사의 이름과 전화번호를 보냈다. 그 정도는 내가 기꺼이 감수할 만한 위험이었다. 하지만 최종 결정은 내가 아닌 남편이 내려야 했다. 어쨌든 나는 남편에게 이메일을 보냈고 "당신의 영혼이 치유를 원하고 있다"는 말로 끝을 맺었다.

"그럴지도 몰라." 남편에게서 회신이 왔지만 정신과의사에 대해서는 아무런 언급도 없었다.

나는 내 정신과의사에게 남편이 시내에 집을 얻고 싶어 한다고 털어놓았다.

그녀는 시큰둥한 반응을 보였다. 지저분한 이혼 사례를 지겹도록 봐왔고, 그 모두가 처음엔 남편이 시내에 아파트를 얻는 것으로 시작했을 테니 그럴 만도 했다. "남편분이 잠시 혼자 여행을 떠나도록 권할 수는 없나요?"

"이미 제안해봤어요. 일 때문에 시간을 낼 수가 없대요. 여행 경비도 만만치 않고. 제가 뭘 할 수 있죠? 남편을 위해 해줄 수 있는 게 아무것도 없는 저 자신이 너무나 무기력하게 느껴지네요."

그녀는 파일에서 서류를 한 장 꺼냈다. "아무것도 요구하지 마세요. 그리고 이걸 남편분에게 주세요. 지금 잠깐 쭉 읽어보세요."

Divorce.com이라는 웹사이트에서 발췌한 내용이었다. 별거에 들어가는 부부들이 결정해야 할 사항이 적힌 리스트였다. 가령, 누가 어떤 신용카드를 사용할지, 집에 들르면 화이트보드에 기록하기, 열쇠를 받은 경우에만 집에 오기 등등…….

"우리 집에는 열쇠도 없는데요!"

이 리스트는 나를 기겁하게 하였다. 나는 남편에게 접시를 던진 적도 없고 부부싸움을 하고 주말에 짐을 싸서 집을 나간 적도 없었다. 남편을 미워한다고 말한 적도 없다. (남편에게 개자식이라고 욕을 한 적은 몇 번 있지만 그 정도는 누구나 하지 않는가?)

"남편에게 그 리스트를 보여주고 읽어보라고 요구하세요. 그렇게만 하세요." 난 내 정신과의사가 정말로 맘에 들었다. 그녀는 항상 대비책이 있었다.

"사실 지난 몇 년 동안 좋은 일보다는 나쁜 일이 많았던 것 같아요. 하지만 그렇다고 이혼을 계획하거나 염두에 두지는 않았어요. 남편도 마찬가지일 거라고 생각했죠."

"남편분에게 책임 있는 별거생활을 원한다면 고려해야 할 사항이 담긴 그 리스트를 보여주세요. 그건 전략이에요." 그녀가 윙크했다.

아하, 전략이었구나! 남편에게 미리 잔뜩 겁을 먹게 하려는 속셈이었다. 바로 그때 사악한 쌍둥이 언니 셰일라가 전략이라는 말에 깨어났다. 그녀는 황홀함에 신음 소리를 냈고 그 소리에 나는 정신이 번쩍 들었다. "하지만 이건 일종의 게임이 아닌가요? 나는 게임을 별로 좋아하지 않아요."

"아니에요. 꼭 그렇진 않아요. 남편이 져야 할 책임을 알려주는 전략에 불과해요. 남편은 별거를 원하고 있어요. 남편이 책임감 있는 가장이라고 생각하시죠? 이건 책임 있는 별거를 위한 사항들이에요. 남편분도 그걸 원한다면 말이죠. 남편에게 그 리스트를 보여주세요."

"그래야 남편이 내 탓을 못하겠군요. 집을 나가겠다고 한 건 애당초 남편의 생각이었어요."

"맞아요. 남편이 집을 나가길 원한다면 어떤 책임을 져야 하는 지를 보여줘야 해요. 이 전략이 모두에게 통하는 건 아니지만 남편분에게는 효과가 있을 것 같네요."

나는 리스트를 접어서 지갑에 넣었다. "남편에게 언제 건네줘야 하나요?"

"차차 아시게 될 거예요."

리스트가 지갑에서 불을 내며 구멍을 뚫고 나와 바닥에 떨어질 것처럼 느껴졌다. 이게 뭐야? 남편이 말하겠지. 그리고는 잘못 건드려 손가락을 데고, 그런 위험한 소지품을 갖고 다닌다며 나를 욕할지도 모른다. 함부로 사용해서는 안 되겠다는 생각이 들었다.

그날 밤 아이들이 옆방에서 숙제하는 동안 나는 남편과 마주 앉았다.

"내 이메일 받았어?" 남편이 물었다.

"응. 시내에 아파트 얻는다는 메일 말하는 거지?"

"맞아."

"당신 큰 실수를 하는 거야." 침을 삼키고 당장에라도 봇물처럼 터져 나오려는 말과 감정을 억눌렀지만 결국엔 터져 나오고야 말 았다.

"당신은 여유가 없다고 말했지만 당신에겐 정말 여행이 필요할 것 같아. 해변에서 캠핑도 하고 드라이브도 하고. 두어 달 머물면서 바람을 쐬다 와. 그렇게 하는 게 결국은 아이들과 내 마음을 아프게 하는 것보다 훨씬 더 많은 비용을 절약하는 길이야. 당신은 한번 집을 나가면 다시는 돌아오지 않을 거라고 말하는데 어떻게 그렇게 확신할 수 있어? 지금은 잠시 길을 잃고 모든 걸 내 잘못으로 돌리려 하고 있는데 난 그걸 믿지 않아."

남편은 고개를 가로저었다.

남편은 정작 큰 비용을 생각하지 못하고 있었다. 그래서 나는 결국 비장의 카드를 꺼냈다. 하지만 그건 정신과의사가 건네준 리스트가 아니었다. 지금으로선 훨씬 더 멋진 카드였다. 헬리콥터 얘기였다.

"좋아. 그러면 나가서 다시는 돌아오지 마. 하지만 난 헬리콥터를 탈 거야. 그건 당신의 꿈이었다고! 이 조그만 산골 마을에 헬리콥터 학교가 있을 가능성이 얼마나 되겠어. 너무나 좋은 기회라고! 내 이메일 못 받았어? 이번 주말에 전시회를 한다잖아. 헬리콥터 조종사 면허를 따서 헬리스키잉(헬리콥터를 타고 눈이 많은 산간지방에 가서 스키를 타는 레저 활동) 사업을 시작할 수도 있잖아. 산골 마을에서 실제로 돈을 벌 수 있는 사업이 되지 않겠어? 당신에게 너무나 잘 맞는 일이라고! 당신이 좋아하는 일을 하면서 돈도 벌 수 있다고. 그리고 어쩌면 친구 남편이 운영하는 학교라 당신이 장학금을 받도록 해줄 수 있을지도 몰라. 아니면 장작이나 다른 물건으로 수업료를 대신 받을 수도 있고. 어쩌면 괜찮은 세일즈맨이 필요할지도 모르니 수업료 대신에 일을 해주고 헬리콥터 조종을 배울 수도 있다고. 이런 사업 초기에 당신은 그들에게 큰 자산이 될 수도 있어!"

잠시 그의 시선이 먼 곳을 응시했다. 마치 그 모든 것을 눈앞에서 보기라도 하는 것처럼. 로키 산맥을 배경으로 펼쳐지는 자신만

의 헬리스키잉 사업을. 고통과 번민의 세상에서 빠져나와 마침내
자신의 오랜 꿈을 실현할 수 있을 것 같다는 실낱같은 희망을 보
는 듯했다.

나는 냉정함을 유지하려고 애썼다. 하지만 지금은 남편에게 구
걸이라도 하고 싶었다. 조그만 산골 마을에서 이런 기회는 자주
오지 않는다. 나는 침을 꿀꺽 삼키고 말했다. "내 말을 팔면 어때?
자금을 조금 융통하려면 말이야. 많은 돈은 아니겠지만 식비 정
도는 도움이 될 거야. 몇 년간은 소설 쓰는 것도 포기하고 잡지
프리랜서로만 일할게."

"그 정도로 우리가 궁핍하지는 않아." 남편이 말했다. 마치 내가
그를 모욕이라도 한 것처럼. 그리고 그는 나를 바라보았다. 그의
눈빛에선 전혀 고맙다는 감정을 찾아볼 수 없었다. "난 내가 뭘
해야 하는지 알고 있어. 친구가 시내에 집을 마련했는데 내가 공
짜로 머물러도 좋다고 했어. 내 인생은 항상 그래 왔어. 내가 사라
지면 모든 게 좋아지지."

말문이 막혔다. 남편은 오래전부터 이 일을 계획해온 것처럼 보
였다.

지갑에 들어있는 리스트가 생각났지만 지금은 때가 아니었다.
나는 고개를 가로저으며 그 자리에 묵묵히 앉아 있었다.

남편이 말했다. "제발 정신과 상담을 받아보라는 말은 말아줘."

"난 당신에게 강요하지 않을 거야. 다만 내가 정신과 치료로 큰
도움을 받았기 때문에 당신이 원하면 좋은 정신과의사를 소개해
주고 싶을 뿐이야. 당신도 아는 다른 집 남편들도 그 의사한테서

치료를 받았으니 그 사람들한테 어떤지 물어봐."

그리고 흥미롭게도 남편이 반응을 보였다. "그것도 좋은 방법일 수 있겠지."

우리는 또한 아이들이 없는 조용한 곳에서 깊은 '대화'를 나눌 필요가 있다는 데에도 의견의 일치를 보았다. 그 대화에서 남편이 시내 아파트로 이사 나가는 문제를 매듭지으려 한다는 걸 눈치챘지만 나에게는 비장의 무기가 있었다. 그것도 매우 강력한 무기가 말이다.

그날 밤 남편은 소파에서, 나는 침대에서 잠들었다. 나는 잠에서 깨어 일어날 때마다 정신과의사에게 받은 리스트를 훑어보았다. 나의 마지막 희망이 Divorce.com이라는 웹사이트가 될 줄은 생각조차 못했다.

지금 남편은 자신이 그토록 원하던 꿈 앞에 정면으로 마주 섰지만 제대로 알아보기도 전에 그 꿈을 포기하려 하고 있었다. 나는 남편이 틀림없이 헬리콥터 조종사가 되는 꿈을 이룰 수 있을 거라 확신했다.

하지만 남편은 꿈을 포기한 것 같았다. 애당초 그런 꿈을 꾸지도 않았던 것처럼. 그 모든 것이 다 거짓말이었던 것처럼. 어쩌면 남편은 꿈을 두려워하는 건지도 모른다. 두려움이 정면으로 응시하고 있어 남편은 주눅이 들었는지도 모른다.

이 남자는 누구인가? 그를 알아보지 못하겠다. 보스턴에 있던 그 남자, 사랑하는 여자와 날개를 펼쳐 마음껏 날아가고 싶어 했던 그 남자는 어디로 갔는가?

이제는 내가 남편에 대한 감정을 정리해야 할 때가 된 듯싶었다. 내가 나약한 남자와 결혼을 한 걸까?

우리가 약혼을 발표했을 때 친정아버지가 그에게 던진 한 가지 질문은 "안정된 직장을 가질 수 있겠는가?"였다. 당시 미래에 대한 확신으로 가득 차 있던 우리는 그런 질문이 우습다고 생각했다.

왠지 속은 기분이 들었다. 나는 우리가 사랑과 꿈이라는 토양에 단단히 뿌리내린 동등한 관계라고 믿었다. 하지만 우리는 위태로운 받침대로 떠받친 웨딩케이크 위의 밀랍 신랑신부 같았다. 언젠가는 떨어질 운명에 처한.

우리는 결혼이라는 제도가 우리를 든든하게 떠받쳐줄 거라고는 기대하지도 않았다. 우리는 따로 또 같이 서로의 든든한 버팀목이 되기로 했다.

하지만 엄청난 위선이 아닌가? 우리 부부를 이어줬던 힘은 우리의 사랑이나 서로에 대한 헌신, 심지어 결혼이라는 제도에 대한 어리석은 믿음이 아니라 훨씬 더 위험한 것이었다. 우리에게 찬란한 미래가 열릴 거라는 신화 말이다. 가장 위험한 신화는 우리가 직업적으로 성공을 거둘 거라는 믿음이었다. 그리고 그 성공은 죽음이 우리를 갈라놓을 때까지 우리를 함께 하도록 붙잡아줄 거라는 허황된 신화였다.

"어쩌다 우리가 이렇게 됐지? 이건 우리가 바라던 모습이 아닌데." 나도 모르게 혼잣말이 나왔다. 내 잘못일까? 무너진 꿈이라는 것이 정말로 이런 것인가? 직업적 실패라는 것이 이런 것인가? 우리의 사랑처럼 이렇게 갑작스러운 추락이 정말로 가능한가? 우리의 사랑이 그렇게 취약했던 것인가?

내가 바보였던가 보다. 나는 늘 사랑, 적어도 우리의 사랑은 돈이나 일, 자부심보다 더 크다고 생각했다. 아마도 내 생각이 틀렸나 보다.

이 모든 게 내가 남편이 기대했던 대로 성공하지 못한 것에 대한 앙갚음은 아닐까? 결국 나에 대한 남편의 사랑은 조건이 걸린 사랑이었나? 이런 생각이 나를 더욱 깊숙이 이불 속으로 파고들게 했다.

남편의 사랑이 식은 게 내 잘못인가? 내 잘못이 그렇게 용서하기 어려운 것인가? 남편은 얼마나 더 나를 나쁜 여자로 만들어야 할까? 남편이 나에게 상처를 주기 위해 최선을 다할 때에도 나는 그를 나쁜 남편으로 만들려고 애쓰지 않는데.

이불을 목까지 끌어올려 심호흡을 크게 세 번 했다. 하지만 부끄러움은 쉽게 사라지지 않았다. 지독한 전염병처럼 끈질기게 되살아났다. 남편이 나와 함께 있길 거부한다는 부끄러움. 내 책이 출간되지 않는다는 부끄러움. 우리의 거창한 꿈에도 불구하고 우리는 결국 이렇게 초라하게 살고 있다는 부끄러움.

성공한 어른이란 어떤 것일까? 성공한 결혼생활이란 어떤 것일까? 우리가 누릴 수 있었던 사회적 기득권을 뒤로하고 새로운 삶을 개척한다 해도, 우린 여전히 그런 사회적 기준에 의해 정의되는 것일까? 우리가 그렇게 벗어나고자 했던 바로 그 기준에 따라 성공을 정의하며 스스로 실패자라는 절망감에 빠져있으니 말이다. 성공은 사랑이어야 하지 않을까? 지금 우리는 서로의 품에 안겨

시련 속의 응원군이 되어야 하지 않을까?

이런 생각이 지금 전 세계 모든 가정을 괴롭히는 생각이다. 전 세계 모든 남자와 여자들을 괴롭히는 생각이다.

독립기념일의 기적

7월 4일, 주말.

7월 4일(미국 독립기념일)은 우리 가족에게도 큰 명절이다. 화려한 퍼레이드가 펼쳐지고 프라이드치킨과 콘온더캅(통째로 익힌 옥수수) 요리를 나눠 먹으며 집집이 불꽃놀이가 벌어지고, 길 건너 들판에서는 대형 불꽃 축제가 펼쳐진다. 우리 집 아이들은 침낭을 가지고 나와 트럭 위에 자리를 잡고 누워, 우리가 뒤에서 테일게이트 파티(왜건 등 자동차의 뒷문을 내려 음식을 차린 간단한 야외 파티)를 벌이는 동안 감탄사를 연발하며 불꽃놀이를 즐긴다. 우리 가족은 이런 식으로 몇 년째 독립기념일을 즐겼다.

우리는 독립기념일마다 밝고 환한 분위기 속에서 가족끼리 오붓한 시간을 보내곤 했었다. 하지만 집을 나가겠다는 남편의 뜻밖의 선언 때문에 남편과 나는 3일 오후에 만나 다시 얘기를 나눠보기로 했다.

정신과 상담을 받고 온 터라 차분한 마음으로 남편에게 하고 싶은 말을 정리할 수 있었다. 나는 모든 남녀관계에 냉각기가 필요한 이유에 관해 이야기할 작정이었다. 그건 그만큼 관계가 원만하고 건강하다는 증거였다. 나 역시 최근 우리 관계의 위기에 대해 뭔가 대책이 필요하다는 점을 인식하고 있었다. 우리 부부와 가족 모두에게 이로운 해결책을 제시하고 싶었다. 우리는 지금까지 가정에 충실했고, 이제는 뭔가 효과적인 대책을 마련해야 할 때가 왔다.

남편이 시내로 거처를 옮긴다는 것은 해결책이 되지 못한다. 너무나 심란한 일이다. 아이들에게도 분명 좋지 않은 영향을 줄 것이다. "아이들도 내가 행복하길 바랄 거야"라는 남편의 변명은 무책임한 자기 합리화에 불과하다. 아이들보다 자신의 행복을 우선시하면서 아이들도 그것을 원할 거라는 이유가 말이 되는가?

물론 아이들도 아빠를 위해 이해하는 척할 수는 있다. 하지만 남편은 아이들에게 평생 남을 상처를 주게 될 것이다. 이제 막 사춘기에 접어든 딸은 물론 왜 아빠가 자신들을 등한시하는지 이해하기에는 아직 어린 아들에게도 말이다.

남편에게 혼자 여행을 떠나보라는 제안을 한 번 더 해봐야겠다고 마음먹었다. 아니면 집에서 머물며 고통의 바닥까지 떨어져 보던가. 차고 위층에 자신만의 공간을 마련하는 것도 좋은 방법일 것이다. 원시사회 남자들이 괴로울 때 찾아가던 동굴처럼 말이다. 자신이 좋아하는 드럼도 설치하고 상담도 받으면서 주말에는 혼자 훌쩍 여행을 떠나는 것도 괜찮을 것이다. 가족과 함께 보내는 시간을 제한하되, 그 시간이 언제인지를 명확히 정하고 지내는 방법도 생각해 볼 수 있다. 나는 모든 준비가 끝났다. 냉정함을 유지하기 위해, 평안한 마음을 유지하기 위해 내가 할 수 있는 건 모두 했다.

오후 5시가 되자 남편에게서 연락이 왔다. 약속을 지키지 못하겠다는 것이었다. 골프클럽에서 열리는 파티에 가봐야 한다고 했다.

"혹시라도 날 고용해줄 가능성이 있는 사람들과 친분을 쌓아둬야지."

"오늘 밤 들어오기는 할 거야?"

"아마 못 들어갈 것 같아."

"그럼 내일 독립기념일 퍼레이드에는 올 거야?"

"아니."

"내일 오후에 열리는 바비큐 파티와 불꽃놀이는 아이들과 함께 보낼 수 있어?"

"물론이지." 평상시에도 늘 그랬다는 듯이 말했다. 물론 결국 남편은 올 것이다.

"몇 시에 올 수 있어?"

"2시."

아이들에게는 집에 못 오는 이유를 직접 설명해줘야 할 거라고 남편에게 말했다. 그리고 딸에게 수화기를 건네주었다. 계속 TV에 한눈을 파는 척했지만 아빠와 통화하는 딸의 표정이 점점 굳어져 갔다. TV는 지금 딸이 유일하게 기댈 수 있는 것이었다.

중요한 일 때문에 집에 오지 못하고 있다고 아이들에게 설명하는 남편의 목소리가 수화기 너머로 조그맣게 들려왔다.

두 아이 모두 아빠를 "이해한다"며 괜찮다고 말했다.

아빠와 통화를 마친 아이들은 서로에게 소리를 지르고 괴롭히기 시작했다. 그리곤 줄곧 서로 치고받고 싸웠다. 배드민턴을 하면서도, 주사위놀이를 하면서도, 심지어 TV에서 영화를 보면서도. 아이들은 아빠가 와주기를 바랐던 것이다.

다음날 정오가 되자 남편이 내 휴대전화로 연락을 해왔다. "행복한 독립기념일이야!" 마치 아무 일 없었다는 듯 태연하게 말했다. "아이들이랑 뭐 하고 있어?"

"지금 막 퍼레이드 구경하러 나왔어."

"정오에 집에서 보기로 하지 않았나?" 남편이 말했다. 분명 '집'이라고.

"아니야. 2시에 만나기로 했잖아."

"아! 그랬었나? 호수로 놀러 갈까 하는데, 아이들 데리고 거기로 오는 게 어때? 수영도 하고 불꽃놀이도 할 수 있을 거야."

"퍼레이드 구경하고 돌아가는 길에 전화할게. 3시쯤? 차가 많이 막혀서."

"좋아. 3시쯤. 그럼 내가 먼저 가서 폭죽 좀 살게. 집에서 만나자." 남편이 말했다.

"아이들은 당신과 같이 폭죽을 사고 싶어 할 거야. 우리가 시내 근처에 가서 당신 휴대전화로 연락할게. 폭죽 가게에서 만나면 되잖아."

"좋아."

최근에 남편은 휴대전화를 잘 받지 않았다. 그래서 남편에게 당부를 잊지 않았다. "3시경에 휴대전화 잘 가지고 있어. 알았지?"

"알았어." 약간 짜증이 난 듯 남편이 답했다. 남편은 딱 못 박아 약속하는 걸 좋아하지 않았고 나 역시 그렇게 강요하는 걸 좋아

하는 건 아니었다. 하지만 지금 남편에겐 정확히 못 박아 둘 필요
가 있었다. 더구나 오늘은 7월 4일이 아닌가?

아이들은 인도의 가장자리에 서서 깃발을 흔들며 사탕을 얻기
위해 환호성을 질렀고, 나는 뒤쪽에서 다른 가족과 연인들 사이에
서 있었다.

대견하게도 난 쏟아질 것 같은 눈물을 참았다. 눈물에 젖은 속
눈썹이 선글라스에 붙었지만 눈물이 흐르지는 않았다. 다른 사람
들이 보기엔 아이들과 퍼레이드 구경을 나온 행복한 엄마의 모습
이었다.

"아빠랑 언제 만날 거예요?" 아들이 사탕이 가득 든 봉지를 손
에 쥔 채 물었다.

"엄마가 3시에 전화하겠다고 알려드렸어. 시내에서 만나 같이
폭죽을 사러 가기로 했어."

"조금만 기다리면 아빠랑 폭죽을 살 수 있겠네. 아빠는 어떤 폭
죽을 사야 하는지 잘 아니까. 신 난다!" 아들이 말했다.

3시가 돼서 남편에게 전화를 걸었다. 하지만 남편은 전화를 받
지 않았다. 5분 후에 다시 걸어보았지만 역시 받지 않았다. 10분
후, 15분 후에도 마찬가지였다. 우리를 바람 맞힌 것이다.

솔직히 남편이 중요한 휴일에 가족을 외면할 거라고는 생각하지
않았다. 만약 정말 그렇다면 그건 한 가지를 의미했다. 남편은 내
가 생각했던 것보다 훨씬 더 심각한 위기를 겪고 있다는 의미였다.

이상하게 들릴지도 모르지만 한 사람을 오랫동안 사랑해보았
다면 내 심정을 이해할 것이다. 남편이 불쌍하게 느껴졌다. 중요

한 가족 휴일에도 헤어 나오지 못할 만큼 그의 목을 강하게 옥죄고 있다면 그가 고통받고 있는 세상은 너무나 가혹한 곳임이 틀림없다.

그때 폭죽 가게가 보였고 나는 아이들에게 말했다. "폭죽을 좀 사야 하지 않겠니? 주인아저씨가 어떤 폭죽이 제일 좋은지 알려주실 거야."

"싫어요. 난 아빠를 기다릴 거예요." 아들이 고집을 부렸다. "다시 전화해보세요." 아들 말대로 다시 전화했지만 남편은 여전히 받지 않았다.

집에 도착한 후에도 딸이 자신의 휴대전화로 남편에게 여러 번 전화를 걸었지만 그는 받지 않았다.

아들이 말했다. "아빠는 독립기념일을 망치고 있어."

"맘이 상했니?" 내가 말했다.

"개떡 같아요." 여덟 살 된 아이의 대답이었다.

"그러지 말고 우리 폭죽 사러 가자." 내가 제안했다. "네가 좋아하는 게 뭐지?"

아들의 눈빛이 조금 밝아졌지만 여전히 풀이 죽어 있었다. "낙하산이 달린 거요."

4시가 넘어 집을 나서는 길에 남편에게서 연락이 왔다. "당신이 전화하겠다고 말한 것 같은데." 남편의 목소리가 이상하리만치 날카로웠다.

"전화했어. 그것도 여러 번. 그런데 당신이 받지 않았지."

"친구가 4시 15분에 시내 큰 파티에 얼음 조각 배달하는 걸 도와줘야 한다고 말했잖아.”

남편이 기계라면 뜯어고쳐 새것으로 만들고 싶었다. 하지만 나는 애써 침착하게 말했다. “좋아. 폭죽 사러 나가는 길이야. 음식도 샀고. 6시 30분쯤에 저녁을 먹을 계획이야.”

“알았어. 기다리지 마.”

그 말을 듣는 순간 내 심장은 쿵 하고 떨어졌다. 퍼즐이나 연하장에서나 보았던 측은하고 커다란 눈망울로 나를 바라보고 있는 아이들. 귀엽고 활발하고 건강한 내 아이들의 모습이 아니었다.

“뭐라고?!” 내가 날카롭게 쏘아붙였다.

“다시 전화할게.” 남편은 그렇게 말하고는 전화를 끊었다.

하지만 남편은 다시 전화하지 않았다.

폭죽을 사고 돌아오는 길에 친구네 집에 들렀다. 친구는 아이들에게 젤리 파이를 나눠주고, 바람이나 쐬자며 나를 강가로 데리고 갔다. 그녀의 남편은 몇 년 전 이혼을 요구했다가 마음을 바꿨다. 지금 그 남편은 아직 어두워지지도 않았는데 비싼 폭죽을 터뜨리고 있었다.

“다른 여자가 생긴 거 같니?” 친구가 물었다.

“그런 것 같지는 않아. 그이는 지금 머리가 너무 복잡해서 다른 여자한테 한눈팔 겨를도 없어 보여.”

“네 남편이 이렇게 행동하는 데는 무슨 이유가 있을 거야.”

“돈 때문이야. 사업에 실패했다고 느껴서 자존심에 상처를 입은 것 같아.” 나는 울지 않았다. 강가에서 달려드는 모기를 쫓으며 당당하게 서 있었다.

남편이 돌아올지도 모른다는 생각에 한 시간 후에 집으로 나섰다. 얼음 조각을 배달하고 돌아오는 길에 폭죽을 사올지도 모를 일이었다. 적어도 휴일의 마지막은 함께 폭죽을 터뜨리며 보낼 수 있지 않을까? 그러면 아이들이 무척 좋아하겠지?

하지만 끝내 남편은 돌아오지 않았다. 내 휴대전화에도, 집 전화에도, 딸의 휴대전화에도 아무런 메시지가 없었다.

우리는 저녁을 먹고 어두워질 때까지 파클 게임을 했다. 그리곤 능숙한 척 내 생애 처음으로 직접 폭죽을 터뜨렸다. 포장에 해골과 악마, 마녀가 그려진 무시무시한 이름이 붙은 폭죽들이었다.

지금 나는 몬태나의 드넓은 하늘 아래서 폭죽에 불을 붙여 혼자 이리 뛰고 저리 뛰고 달리고 있다. 나 자신에 대한 깊은 연민을 느끼면서도 그런 감정이 드는 내가 미웠다. 자기연민에 굴복했다는 사실이 싫었다.

하지만 아이들은 환호하며 좋아했다. 나 역시 기분이 나쁘지는 않았다. 적어도 폭죽에 불을 붙일 때마다, 하늘로 치솟아 펑하니 터지는 멋진 불꽃을 볼 때마다 지금 내게 벌어지고 있는 일들을 잊어버릴 수 있었다. 나도 아이들처럼 "우~와~!"를 연발했다.

바로 그때 남편이 드라이브웨이로 들어오는 소리가 들리는 것 같았다. 갑자기 남편이 오지 않았으면 싶었다. 길 건너 들판으로 아이들을 데리고 가서 트럭 지붕 위로 기어 올라가 담요를 덮고 멋진 불꽃놀이를 감상할 수 있게 해주고 싶었다. 오늘 밤은 내가 아이들을 책임지고 싶었다. 그리고 그 공을 독차지하고 싶었다.

하지만 걱정할 필요는 없었다. 내가 잘못 들은 것이었으니까.

우리는 들판에서 우리만의 뜻깊은 시간을 보냈다.

난 계곡 아래서 열리는 또 다른 불꽃놀이는 애써 외면하려 했다. 매년 성대한 파티가 열리는 그곳. 남편이 얼음조각을 배달한 그곳을 말이다. 모르긴 몰라도 남편은 지금 그곳에서 불꽃놀이를 보며 감탄사를 연발하고 있을 것이다. 지금 이 순간 아이들이 아빠를 그리워하고 있다는 사실을 알면서도 어떻게 혼자 시간을 보낼 수 있을까? 평안함을 다시 찾으려고 노력했지만 허사였다.

집에 돌아온 우리는 아들의 퀸사이즈 침대에 함께 파고들어 갔다. "아빠는 독립기념일을 망쳤어." 아들이 슬픈 목소리로 말했다.

아마 남편은 지금쯤 어딘가에서 이렇게 생각하고 있을 것이다. '가족들은 내가 나의 행복을 선택했기 때문에 기뻐할 거야.'

그래, 그렇다 치자.

아이들이 잠들 때까지 나는 아이들과 함께 있었다. 그리고 문을 잠갔다. 보통 남편이 집에 있을 때는 문을 잠그지 않는다. 우린 순박한 시골 마을에 살고 있으니까. 하지만 지금은 문을 잠그는 게 더 안전하게 느껴졌다. 지금은 내가 아이들의 유일한 보호자다. 하지만 그때 문득 남편에게 열쇠가 없다는 사실이 생각났다. 남편이 혹시 늦게 돌아와서 내가 일부러 문을 잠갔다고 오해하지 않길 바랐다. 결국 나는 가족의 안전이냐 남편의 기분이냐는 선택의 갈림길에 섰다. 그리고 남편이 가족을 생각해 집으로 돌아올 때를 대비해 1층 창문을 몇 개 열어두었다.

아침에 잠에서 깨어났을 때 누군가 코를 고는 소리가 들렸다. 아들 침실에 가보니 남편이 거기서 아이들과 자고 있었다. 그리고 오전 11시까지 일어날 생각을 하지 않았다.

1층으로 내려가 아침을 준비했다. 한 사람, 아니 두 사람, 아니 한 사람을 위한 커피를 끓이고 신선한 비스킷과 베이컨, 블랙베리를 준비했다. 세 사람, 아니 네 사람, 아니 세 사람을 위해서. 그래, 어쩌면 네 사람이 먹을 만큼.

남편이 내려와 내 옆을 지나쳐 소파에 있는 딸 옆에 앉았다.

"아빠 너무해." 아들이 말을 꺼냈다.

"알아. 미안해. 변명의 여지가 없다." 남편은 아이들이 보고 있는 디즈니 영화에서 시선을 떼지 않으며 말했다. 아빠가 자신에게 거짓말을 했다는 이유로 아들이 가출하자 정신을 차린 아빠가 아들을 찾아 안락한 동물원을 벗어나 야생의 세계로 모험을 떠난다는 줄거리의 〈와일드〉라는 애니메이션 영화였다. 그 영화를 보고 남편도 뭔가 깨닫는 게 있지 않을까?

"어제 열린 파티 얘기를 해주세요." 딸이 말했다.

남편이 아이들에게 설명을 시작했다. "정말 대단했어. 대관람차와 회전목마, 롤러코스터 같은 온갖 놀이기구들이 있었지. 그리고 유명한 팝 밴드가 공연을 펼쳤어. 너희가 아이팟으로 듣는 노래를 부른 밴드였지. 거기다 엄청나게 크고 신선한 새우 요리가 산더미처럼 쌓여있었고, 할리우드 연예인들처럼 잘생긴 사람들도 많았어. 전직 NFL 쿼터백도 댄스장에서 춤을 췄고 마치 올림픽처럼 폭죽이 끊임없이 터졌지."

"길 건너에서 열린 불꽃놀이보다 좋았나요?" 아들이 물었다. 남편의 말에 홀딱 빠져서.

"오, 훨씬 좋았지. 자그마치 200만 달러나 들인 파티라고. 200만 달러나. 그리고 에어컨이 되는 거대한 텐트도 있었어. 진짜 유리문이 달린 텐트였어. 우리 집 스크린 포치에 달린 문처럼."

"와우~!" 아이들은 넋을 잃고 남편을 바라보았다. 마치 올림픽 개막식 때 펼쳐지는 불꽃축제를 그가 지휘하기라도 한 것처럼.

"그리고 성대한 저녁 식사에 이어서 베이컨과 달걀, 훈제 연어, 베이글 등이 아침 식사로 나왔지." 남편은 '너희도 거기에 갔어야 했는데'라고 말하는 것 같았고 나는 화가 났다. 그리고 난 그런 감정을 숨기고 싶지 않았다. 어제 남편의 행동은 분명 잘못된 것이었다. 그런데도 지금 그의 태도는 뻔뻔하기까지 했다.

나는 아이들을 위한 아침 식사를 가지고 갔다.

"커피 마실래?" 차갑게 남편에게 물었다. "비스킷?" 분노가 차가운 독설처럼 내 입에서 튀어나왔다.

"아니야. 내가 직접 갖다 먹을게." 남편은 나를 보지 않았다. 일부러 내 시선을 피한 것이다. 나는 마음을 진정시켰다. 분노를 진정시켰다.

"오늘 폭죽 사는 데 데리고 갈래요?" 아이들이 그에게 매달렸다.

"물론이지." 그가 말했다.

나는 끓어오르는 분노를 음식물 처리기에 넣고 갈아서 물과 함께 씻어 내려보냈다. 분노는 고통이다. 특히나 아이들을 지키기 위한 분노일 때는 더욱 그렇다. 하지만 나는 분노를 삭이기 위해 최선을 다했고 깊게 심호흡을 했다. 목이 꽉 막힌 배수관처럼 갑갑하게 느껴졌지만 내 감정을 숨기려고 일부러 헛기침을 했다.

주방 싱크대 앞에서 남편과 마주쳤다. 번민하는 남편에 대해 어제 느꼈던 나의 슬픔이 떠올랐고, 햇볕에 심하게 탄 그의 등을 보자 약간의 애처로움이 느껴졌다.

"오늘 뭐 할 거야?" 애써 아무렇지도 않은 듯 남편에게 물었다. 어제 남편의 행동은 문제였지만 아직 주말이 남은 상황에서 괜히 민감한 문제를 건드려봤자 좋을 게 없었다.

"글쎄." 남편이 자신의 발을 내려다보며 말했다. "아마도 당신과 하기로 했던 얘기를 좀 해야 할 것 같은데."

"어제 이후로 생각한 건데 하루 정도는 아이들과 함께 온 가족이 시간을 보내야 할 것 같아. 아이들과 주말을 함께 보내는 게 어때? 얘기는 월요일에도 할 수 있잖아."

남편도 내 말에 동의했다.

그런데 상황이 이상하게 흘러갔다.

남편과 아이들은 스크린 포치에서 파클 게임을 했고, 나는 옆에서 그들의 모습을 구경하며 긴 의자에 누웠다. 그때 나는 남편이 내게 눈길조차 주지 않는다는 사실을 깨달았다. 짧은 여름용 리넨 팬츠에 얇게 비치는 블라우스를 입고 나름 신경 써서 머리도 손질하고 장신구도 했건만 남편은 내게 눈길 한번 주지 않았다.

마음이 아팠고 바보가 된 느낌이었다. 나는 모두에게 말했다. "난 침실로 올라가서 잠시 쉬어야겠어. 폭죽 사러 갈 때 부르러 와."

침실로 올라와 심란한 마음을 달래보려고 이탈리아에서 찍은 슬라이드 쇼를 훑어보았다. 슬라이드를 보는 순간 저절로 미소가

퍼졌고 나도 모르게 "O Mio Babbino Caro"를 흥얼거리기 시작했다.

그때 누군가가 침실문을 열고 들어와 문을 잠그는 소리가 들렸다. 우리는 부부관계를 가질 때를 제외하곤 침실문을 잠그지 않는다.

남편이 침대로 올라와 내게 키스를 하기 시작했다.

"뭐하는 거야?" 당황한 내가 물었다.

"당신에게 키스하고 있지." 남편이 나를 원한다는 사실에 기분이 좋았다. 난 내가 잠이 들어 꿈을 꾸고 있는 건 아닌가 하는 생각이 들었다.

얼핏 모든 게 다 잘 될 거라는 생각이 들었기 때문에 잠깐 남편에게 농담을 건넬 수 있었다. "당신이 나를 떠날 거로 생각했는데. 이러면 내가 너무 혼란스럽잖아."

하지만 남편은 대답 대신 내게 키스를 퍼부었고 우리는 섹스를 했다. 나름 괜찮은 섹스였다. 혹시 작별 섹스란 게 이런 게 아닐까?

우리는 폭죽 가게로 갔다. 그런데 우연히도 그곳은 내 친구 부부가 헬리콥터 전시회를 하는 바로 그 고속도로 교차로였다.

나는 친구와 포옹하며 반갑게 인사를 나눴다. 친구는 전시회로 정신없이 바쁘고 예약도 꽉 찼다고 했다. 그리고 친구와 그녀의 남편은 현지인이면서 사람들과 어울리기 좋아하는 사람을 채용하고 싶다고 말했다.

나는 친구 남편에게 이 기회가 모든 걸 바꿔놓을 수 있는 얼마나 좋은 기회인지 남편이 전혀 모르고 있다고 말해주었다. 그에게 내가 할 수 있는 모든 방법을 동원해 나의 애타는 마음을 전하려고 노력했다. 나는 그에게 내 남편이 지금 매우 절박한 상황에 있다는 걸 알리려 애썼다. 그가 내 뜻을 알아차렸길 바라면서……

친구 남편 역시 과거에 힘든 시기를 보냈다고 털어놓았다. 그가 헬리콥터 조종을 하기 전까지는 말이다. 그의 얼굴에서는 광채가 뿜어져 나왔다. 그의 미소는 너무나 환했다. "취미를 직업으로 삼는다는 건 꿈같은 일이에요. 더 이상 고된 일이 아니거든요. 사람들을 헬리콥터에 태우고 겨울에는 아무도 갈 수 없는 얼어붙은 호수로 데리고 가서 무스(북미에 사는 큰 사슴)와 곰을 구경합니다. 그리곤 가족과 저녁을 먹으러 헬리콥터를 타고 집으로 돌아옵니다. 이 일이 내게는 천직입니다. 전 마침내 제게 딱 맞는 일을 찾았죠." 그가 말했다.

'저도 남편이 바로 그런 남자라고 생각하고 결혼했어요'라고 말하고 싶었지만 참았다. 그 대신 나는 진지하게 물었다. "제 남편을 고용해주시면 안 될까요?" 주제넘은 부탁이라는 건 잘 알고 있었다.

친구 남편이 고개를 끄덕였다. "저도 그렇고 싶습니다."

"헬리콥터 조종도 배워야 할 텐데……, 비행학교 수업료가 그렇게 비싼가요?" 내가 물었다.

친구 남편이 비용을 조목조목 설명해주었는데 정말 엄두가 나지 않았다. 요즘 우리 형편으로는 상상조차 할 수 없는 일이다. 하지만 내가 사랑하는 남자를 도울 수만 있다면 충분히 가치 있는 일이 아닐까? 어쩌면 추가로 대출을 받을 수 있을지도 모른다.

지금 내가 상상할 수 있는 것이라곤 이혼한 부모를 둔 아이들의 불안한 미래와 남편이 찾는(어쩌면 이미 찾았을지도 모르는) 어떤 여자, 그리고 그 여자가 내 아이들을 재우고 남편과 함께 잠자리에 드는 모습과 가족 없이 홀로 외로운 밤을 보내는 나의 초라한 모습뿐이었다. 심장이 폭죽처럼 터질 것만 같았다. 혼란스러웠다.

내가 없을 때 남편이 친구 남편과 직접 대화해볼 기회를 주는 게 좋을 거라는 생각이 들었다. 그래서 나는 식료품 쇼핑을 핑계로 서둘러 그 자리를 빠져나왔다. 옥수수와 감자, 햄버거 미트를 잔뜩 사서 쇼핑 카트에 담고는 여기저기 통로를 따라 카트를 밀어붙였더니 사람들이 알아서 옆으로 비켜주었다. 나는 독립기념일의 기적을 빌었다. "부디 기원합니다. 이번이 좋은 기회가 될 수 있게 해주소서. 이번 일로 남편이 치유되고 우리 곁에 머물 수 있는 길을 찾도록 해주소서. 하늘에서 자신의 자리를 찾고 하루 일과가 끝나면 행복한 얼굴로 우리에게 돌아올 수 있게 해주소서."

두 남자가 팔짱을 낀 채 하늘을 바라보며 나란히 서 있었다. 남편은 오래전 우리가 연애하던 시절 나와 함께 차를 타고 오하이오의 시골 길을 내달리던 그때의 모습이었다.

우리는 또 하루를 보냈다. 같은 침대에서 보낸 또 하룻밤을. 남편은 심지어 그의 변변찮은 산악자전거를 타고 스키산을 오르기까지 했다. 몇 년 전 남편이 빨간색 스포츠카의 몬태나 버전이라고 할 수 있는 비포장도로용 오토바이를 타고 나타났을 때 눈치챘어야 했는지도 모르겠다. 남편이 곤경에 처해있다는 걸 말이다. 묘하게도 남편이 새로운 직장에서 처음으로 위기를 겪은 시기와 일치했다.

오늘 아침 나는 남편에게 이메일을 보냈다. "우리 언제 얘기할 수 있을까?"

"오늘 밤." 남편의 답장이었다.

남편이 지금 드라이브웨이로 들어오고 있다. 하루 종일 아이들과 쿠키를 만들고 마당에서 라크로스(하키 비슷한 게임)를 하느라 내 꼴이 말이 아니었다. 샤워를 하러 서둘러 위층으로 뛰어 올라갔다. 오늘 밤 뭐를 입어야 할까?

하지만 결과에 초연해야 한다. 서두르지 마라. 나를 믿어라.

대화

시간이 멈춤.

이쯤에서 내가 작년부터 1년 6개월간 매주 수요일 정오에 정신과 상담을 받아왔다는 사실을 밝혀두는 편이 좋겠다. 마흔한 살의 아줌마에게 정신과 상담은 결코 쓸데없는 돈 낭비가 아니다.

그래서 나는 남편의 가시 돋친 말과 방어, 분노로부터 나 자신을 다스리는 방법을 잘 알고 있다. 언제 심호흡을 하고 언제 눈물을 멈추고 언제 두려움을 감지해야 하는지, 그리고 특히 남편의 엉터리 같은 말을 어떻게 간파해야 하는지를 다시 한 번 상기했다. 늘 입버릇처럼 하는 말이 있다. '설득하려 하지 마라. 탐색하려 노력하라. 중요한 건 진상을 파악하는 것이다. 또한 울지 않도록 노력하라.'

아이들을 보모에게 맡기고 우리는 시내에 있는 남편의 사무실로 향했다. 나는 예전에 남편과 격렬한 섹스를 나눌 때 입었던 드레스를 입었다. 우리는 소파의 양쪽 끝에 자리를 잡았다. 편안한 자세로. 열린 마음으로. 울지 않을 테니까.

남편이 나에 대한 불만을 늘어놓기 시작했다.

"당신에게 아무런 감정도 남아있는 것 같지 않아. 당신이 쓰는 글이나 당신의 상처에 대해서도 아무런 관심이 없어. 당신과는 달리 영적인 것에 대해서도 말이야."

난 마음속으로 말했다. 그런 말 하지 마. 당신이 무엇을 싫어하는지 말하는 데 쓸 힘이 있다면 차라리 그 힘으로 지난 20년간 함께 이룬 모든 것을 허물지 않고 자신의 행복을 어떻게 책임질지 고민하는 게 나을 거야. 아이들의 행복을 포함해서 말이야.

"더 이상 우리 결혼생활을 위해 노력할 힘도 자신도 없어." 남편이 말했다.

노력? 무슨 노력? 언제 당신이 노력을 하기나 했어? 저녁을 함께 먹거나 어쩌다가 요리나 빨래, 설거지를 하는 게 노력이야? 추수감사절에 식구들과 둘러앉아 푸짐하게 차린 만찬을 즐기는 게 노력이야? 아이들이 뛰어놀고, 겨우내 벽난로에서는 온기가 가시지 않고, 주방에서는 맛있는 음식 냄새가 퍼져 나오는 집에서 부족함 없이 사는 게…… 그런 걸 노력이라고 할 수 있어?

남편의 말을 반박하고 싶은 마음을 다잡으려 했지만 쉽지 않았다.

그러면 난? 나도 '노력'의 대상인가? 남편은 지금 자신의 이야기가 결국 얻는 것도 없이 괜히 상대방의 마음만 아프게 한다는 걸 모르는 걸까?

그리고 남편은 덧붙였다. "우린 너무도 달라. 나나 아이들은 주말마다 스키를 타고 싶어 하지만 당신은 한 번도 그래 본 적이 없어."

오, 저런! 또 스키 얘기야! 대단한 주제가 나왔구먼. 제길. 결국 또 그 얘기가 나오는구먼.

당신이 내게 스키 타러 가자고 했던 게 언제였지? 난 당신 뜻에 따르려고 노력했지만 당신은 날 무시하기만 했어. 내가 스키를 잘 타지 못한다는 이유로 당신은 늘 내 기분을 상하게 했어. 그래도 난 꾹 참고 당신이 하자는 대로 했지. 내가 스키를 타야 한다는 내용이 결혼서약 어디에 나와 있는지 말해봐.

스키 말고도 눈 오는 겨울날 할 수 있는 게 얼마나 많다고. 눈 썰매 파티, 크로스컨트리 스키, 개썰매 타기, 눈신 신고 달리기. 당신은 이런 것들은 싫어하잖아.

하지만 나는 이 모든 불쾌한 감정들은 잊어버리려 노력했다. 예쁜 드레스를 입고 소파에 한쪽 팔꿈치를 기대고 편하게 앉아 있었다. 마음을 열되 울지는 않았다.

'우리가 너무 다르다'고? 세상에! 우리는 너무 비슷해서 문제야. 당신은 자신을 잘 이해하지 못하고 있어. 언제부터 우리의 관계에서 스키가 그렇게 중요했지? 내겐 스키를 좋아하는 것과 승마를 좋아하는 게 다르지 않아 보이는데?

"정신과 치료를 받게 한다면 총알을 머리에 박고 죽어버릴 거야." 남편은 마치 총을 쥐고 있는 사람처럼 말했다.

하지만 나는 아무 말도 하지 않았다. 아무 말도.

"난 내가 뭘 해야 하는지 깨달았어. 난 집을 나갈 거야." 그리고 그는 늘 하던 변명을 늘어놓기 시작했다. "아이들도 이해할 거야. 아이들도 아빠가 행복하기를 바랄 거라고."

더 이상은 봐주기 어려웠다. 나도 참을 만큼 참았다.

"좋아. 당신이 아이들을 심리적으로 불안정하게 키우고 싶다면,

그리고 아이들이 자신들보다 아빠의 행복을 더 중요하게 생각하길 바란다면 좋아. 아니면 당신을 기쁘게 하려고 그런 척하길 원하거나. 가정을 지키기 위해, 그리고 나와 결혼할 때 당신이 했던 약속을 지키기 위해 최선을 다했다면 좋아."

더는 남편을 설득하기 어려울 거라는 판단이 들었다. 얼굴이 목까지 벌겋게 상기되었다. 하지만 난 곧 탐색 모드로 전환했다.

"가정을 지키면서 당신에게 필요한 거리를 주려면 우리가 할 수 있는 일이 뭐야?" 가정을 지키면서(즉, 남편이 아이들의 행복한 어린 시절을 망친다면 가만두지 않겠다는 뜻이었지만 차마 말은 하지 못했다) 당신에게 필요한 거리를 주려면(남편의 요구를 인정하면서도 그를 방해하지 않는 거리) 우리가 할 수 있는 일(나 자신과 남편을 대등한 입장에 두는 질문)이 뭐야? 몇 시간 전에 정신과의사에게 급히 전화를 걸어 준비한 말이었다.

"내가 시내로 거처를 옮기면 되지."

"그러면 어떨 것 같아?"

지갑에 담긴 비장의 카드를 꺼내고 싶은 마음을 억눌렀다. 불과 몇 주 전만 하더라도 피렌체 시장의 한 상점에 얌전히 놓여있던 이탈리아 가죽 지갑 속에서 그 리스트가 벌겋게 달아오르는 것처럼 느껴졌다. 부부가 별거생활에 들어가기 전에 답해야 할 모든 질문이 담긴 리스트. 다시 말해 남편이 정말로 책임 있는 별거를 원한다면 말이다.

"글쎄," 남편이 말을 이어갔다. "바뀌는 건 아무것도 없을 거야. 매일 밤 집에 와서 가족과 식사를 하고, 아이들과 놀아주고, 아이들을 재우고 돌아갈 거니까."

뭐? 그게 책임 있는 별거야? 그건 내가 지금껏 들었던 말 중에 가장 터무니없는 얘기야! 벌떡 일어나 있는 힘껏 남편의 뺨을 후려치고 싶은 마음을 억눌렀다.

나는 침을 삼키고 말했다 "도대체 그렇게 한다고 어떻게 당신에게 필요한 거리가 만들어지는지 모르겠어. 그런 선택이 아이들에게 어떤 영향을 미칠지도 걱정이고."

그리곤 지갑으로 시선을 돌렸다. 드디어 때가 온 것이다.

"여기 정신과의사가 내게 준 게 있어. 무책임한 별거로 고통받는 부부들을 늘 상대하는 경험 많은 전문가야." 나는 리스트를 남편에게 건넸다.

"이게 뭐야?" 남편은 리스트를 건성으로 받아들고는 재빨리 대충 훑어보았다. "좋아, 돈 문제. 지금 우리가 처한 경제적 상황을 제대로 알기나 하는 거야? 내가 매일 처리해야 하는 책상 위에 쌓인 서류들이 뭔지 알기나 해?"

그러면서 자신의 책상을 가리켰다. "정신과 치료에 돈을 얼마나 더 쏟아 부을 작정이야?"

"보험이 되는 걸 당신도 알잖아." 나는 침착하게 말했다. 이렇게까지 치사하게 나올 줄이야! 남편은 누군가를 흠씬 두들겨 패주고 싶어 일부러 싸움을 거는 불량 청소년 같았다.

돈 문제로 그렇게 스트레스를 받는다면 경제적 상황이 어떤지 내게 솔직히 말해주지그래? 내가 그래서 재무 전문가를 만나보라고 권했었잖아. 예산을 다시 짤 수 있게 도와줄 수 있는 전문가 말이야. 그렇게 혼자 끙끙대기만 한다고 일이 해결될 수 있겠어?

남편은 돈 문제에 관한 한 부끄러움과 죄책감에 사로잡혀 있었고, 그건 나도 마찬가지였다. 우리 둘 다 열심히 일한 만큼 많은 수입을 올리지는 못했다. 그래서 가족의 도움을 받아야 했고 그 점에 대해서는 우리 두 사람 모두 부끄럽게 생각하고 있었다. 하지만 남편의 말은 너무 치사했다. 책임감보다는 피해의식에 사로잡혀 있을 때 비겁해지기 쉽다는 건 안다. 하지만 그래도 이건 너무 했다.

나는 심호흡을 하고 침을 삼키며 말했다. "당신이 그걸 읽어봤으면 좋겠어. 당신이 정말 집을 나가고 싶다면 먼저 답해야 할 문제들이 적혀있어."

"제기랄. 이건 말도 안 돼." 리스트를 읽던 남편이 말했다. "현관에 바보 같은 화이트보드를 달아 아이들에게 전할 메시지를 남기는 게 뭐가 좋다는 거야?"

나는 일어나 물을 마시고 심호흡을 했다.

"제길! 이건 순 엉터리야!" 그가 거침없이 말했다. "오~ 알겠어, 알겠어. 당신은 지금 아이들을 볼모로 이용하고 있어. 이 리스트로 나를 협박하고 있다고. 이런 말도 안 되는 질문에 답하게 하면서!"

"당신에게 뭔가를 억지로 시키겠다고 말한 적은 없어. 무책임한 별거로 고통받는 부부들을 위한 현명한 별거 생활에 대한 조언을 당신에게 알려줄 뿐이야."

남편은 리스트를 가리키며 말했다. "오, 이건 또 뭐야? 누가 누구랑 자도 좋다는 거야?! 이게 결국 그런 문제에 대한 답이야? 당신은 내가 다른 여자한테 한눈이라도 팔고 있다고 생각하는 거야?"

그의 눈빛에서 분노가 느껴졌다. 하지만 솔직함도 느껴졌다.

"도대체 정확히 시내 어디에 집을 얻겠다는 거야? 리스트에 있는 질문 중의 하나야. 아이들이 그 집에 들락거려도 괜찮아?"

남편이 말을 흐렸다. "아직 사지는 않았어. 뉴욕에서 온 친구가 그 집을 사려고 생각 중이야."

"그러면 당신은 그 집에 세 들어 살겠다는 거야?"

"아니야. 우린 그럴 형편이 안 되잖아."

이건 미친 짓이다.

내가 따졌다. "우리가 지금 확실히 정할 수 있는 걸 알고 싶어. 다음 달을 얘기하는 게 아니야. 바로 지금을 얘기하는 거야. 내일 당장 트럭에 치일지도 모르는 게 인생이라고. 당신에게 필요한 거리를 주기 위해 우리가 당장에 할 수 있는 일 말이야."

"그런 짜증 나는 질문 좀 그만할래?! 당신은 늘 그래. 질문! 질문! 질문! 그러는 당신이 약속할 수 있는 건 뭐야?"

"내가 약속할 수 있는 게 뭐냐고?" 내가 되물었다. "당신에게 필요한 거리는 줄 수 있지만 아이들에게 상처를 주고 싶지는 않아. 당신이 행복에 이르는 길을 찾을 때까지 당신을 도와줄 수 있어. 당신이 방황하는 동안 우리 가정을 지켜줄 수도 있고. 호주에 가는 게 어렵다면 낚싯대와 자전거를 챙겨서 트럭을 몰고 국내 여행이라도 떠나는 게 어때? 차고 위의 스튜디오에 당신 작업실을 마련해줄 수도 있어. 가족과 거리를 두고 혼자만의 시간이 필요할 때 가서 쉴 수 있는 공간 말이야. 친구가 운영하는 비행학교에서 헬리콥터 조종 강습을 받을 수 있도록 해줄 수도 있고."

"시내에 거처를 마련하는 걸 허락하지 않겠다는 얘기네."

제발. 남편은 이 문제를 복잡하게 만들고 있었다. "당신에게 뭔가를 강요하는 어떤 얘기도 하지 않았어. 다만 당신이 집을 나간다고 어떻게 당신에게 필요한 거리가 만들어지는지 이해를 못 하겠다는 것뿐이야. 당신은 저녁이면 일찍 곯아떨어지는 사람인데 밤늦게 시내까지 차를 몰고 가서 자고 다음 날 아침 일찍 일어나 출근을 한다는 게 터무니없는 얘기로 들린단 말이야. 그것도 지금 당장 확실한 거처가 정해진 것도 아닌 상황에서 말이야. 우리가 지금까지 열심히 일군 삶과 우리의 가정과 우리의 집에서 아이들에게 상처를 주지 않으면서 함께 할 수 있는 게 무엇일까? 아이들을 버림받게 내버려두는 거?"

남편은 아무 말도 없었다.

물론 난 바보같이 행동하고 있었지만 솔직했다. 당연히 이건 말도 안 되는 계획이다. 그러면 나는 어쩌라고? 요리며 청소며 온갖 집안일은 내가 다 하고 남편은 그저 내키는 대로 왔다가 사라진다? 나는 어쩌라고? 하지만 이 말은 하지 않았다.

"난 단지 나만의 공간이 필요할 뿐이야."

"그건 알아. 당신도 당신만의 공간이 필요해. 하지만 당신은 아이들의 아빠이고 한 여자의 남편이야. 그리고 당신이 지금까지 일군 모든 삶에서 당신이 빠지면 안 되잖아."

마음 한편으로는 이렇게 말하고 싶었다. 제발 철 좀 들어라. 이건 다 배가 불러서 생긴 문제야. 함부로 대할 가족이 있고, 떠나고 싶은 집이 있고, 보기 싫은 아내가 있다는 것만으로도 당신은 행운아야. 스키라고? 배가 불렀구먼. 정신 차려. 주어진 것에 감사할 줄은 모르고. 스무 살 철부지처럼 밤새 파티나 즐길 때가 아니라고. 철 좀 들어! 하지만 내가 실제로 한 말은 다음과 같았다. "어디로 휴가를 가보는 게 어때? 가서 자신을 좀 추슬러봐."

"아무 데도 가기 싫어. 아니 갈 수가 없어. 처리해야 할 일이 너무 많아." 남편은 짜증을 부리다 엄마 품에 안긴 아이처럼 몸을 웅크렸다. "난 신경쇠약에 걸릴 지경이야. 미칠 것 같다고."

"여보. 당신은 이미 신경쇠약에 걸렸어. 중요한 건 이런 상황에서 당신이 어떻게 대처하는가야. 지금이 중요한 때야. 그런 질문 리스트에 답해야 하는 상황을 원하는 사람은 없어. 그런 삶을 원하는 사람은 더더욱 없고."

조금 대담해진 나는 남편에게 물었다. "당신은 뭘 약속할 수 있어?"

남편은 창밖으로 스키산을 바라보았다. 마치 힘을 얻기 위해 그러는 것처럼. 남편은 입술을 굳게 다물었다. "아이들에게 좋은 아빠가 되겠다고 약속할 수 있어. 차고 위 공간을 작업실로 쓰는 것도 생각해볼게. 비행학교도 생각해볼 수 있고. 또… 또… 정신과 상담도 알아볼게. 그리고 당신과의 미래도 약속할 수 있고. 하지만 솔직히 확신을 갖고 장담은 못하겠어. 도저히……."

바로 그 순간 나는 울기 시작했다. 하지만 우리가 집에 도착할 때쯤엔 눈물이 말라있었다. 남편으로부터 결국 '약속'이라는 말을 받아낸 것이다.

다음 주 우리는 행복한 가족으로 돌아갔다. 리스트 전략이 먹힌 것이다. 남편은 주위를 둘러보았다. 자신이 무엇을 엉망으로 만들어놓을 수 있는지 깨달은 듯이.

앞으로는 그렇게 대범하고 세련되고 멋진 말을 더 많이 하리라 마음먹었다. 그리고 남편이 자신의 문제를 곰곰이 곱씹어볼 수 있도록 자리를 비켜 줄 것이다.

그래서 나는 될 수 있으면 남편을 배제한 채 말을 하기 시작했다. "아이들을 데리고 스키산에 하이킹 갈 거야, 아이들이 친구들과 보트를 타는 데 데리고 갈 거야, 오늘 저녁에는 일찍 아이들을 데리고 나가서 외식할 거야." 다행히도 계절이 여름이라 할 수 있는 일이 널려있었다.

그리고 흥미롭게도 남편으로부터 시내에 있는 친구 집에 대해서는 단 한마디도 듣지 못했다. 하지만 난 절대 방심하지 않았다. 꼭 필요한 순간에 집중하고, 내가 할 수 있는 것만 하고, 나머지는 그대로 남겨두리라 마음먹었다. 적어도 당분간은. 그리고 사실 그것이 전부다. 지금으로서는.

하지만 세일라는 여전히 큰소리를 쳤다. 그리고 난 다른 여자가 없다는 남편의 말을 믿으려고 부단히 노력했다. 세일라는 너무 배가 고팠다. 그녀는 내가 남편과 멀어지기를 바랐다. 내가 고통받기를 바랐다. 내게는 바로 그녀가 다른 여자였다. 아예 그녀를 내 마음속에서 영영 지워버리고 싶었다.

가장 어려운 싸움은 나 자신을 행복하게 만드는 것이었고, 남편이 감히 저항할 수 없을 만큼 매력적이고 예뻐 보이려 노력하는 것을 그만두는 것이었다. 그렇게 살고 싶지 않았다. 나는 지금까지 항상 나 자신의 모습에 충실해 왔다. 화장도 진하게 하지 않고 머리가 빠지거나 뱃살이 좀 붙는다고 호들갑을 떨지도 않았다. 하지만 사람들의 시선에 신경 쓰지 않고 산다는 건 생각만큼 쉽지 않다. 그렇지 않은가?

내일은 남편의 생일이다. 남편에게 뭔가 뜻깊은 선물을 해줘야 할 것 같다. 하지만 뭘 선물해야 할지 모르겠다. 지금까지 나는 남편에게 많은 것을 주었다. 그러나 현재 그의 행동으로 비춰볼 때 남편이 그 중 어느 하나라도 제대로 받았는지 의심스럽다.

물론 아이들은 예외였다. 사무실 창밖으로 스키산을 바라볼 때, 그리고 내게 몇 가지 '약속'을 할 때 남편의 눈빛에서 강한 부성애를 느낄 수 있었다. 그이의 부성애는 바다에 침몰하는 배의 밸러스트(배의 안정을 유지하기 위해 싣는 중량물)였다. 그에겐 그것이 세상 전부였다. 그리고 지금 난 그런 남편을 이해해주고 싶다. 지금 당장 자기 자신이 그토록 싫은데 어떻게 나를 사랑해줄 수 있겠는가? 여전히 자신의 아이들을 사랑한다는 사실은 아직 남편에게 희망이 있다는 증거였다. 어쩌면 독립기념일이 가장 밑바닥이었을지도 모른다. 그는 지옥 같은 위기에서 벗어나기 위해 몸부림을 치고 있는지도 모른다.

남편에게 적당한 생일 선물이 떠올랐다. 잡지에 기고한 글의 원고료가 때마침 도착해서 그에게 헬리콥터를 조종해볼 수 있는 300달러짜리 상품권을 사주었다. 원격조종 모형 헬리콥터였다.

모형 헬리콥터를 날리며 행복해하는 남자의 모습이 담긴 카드에 나는 이렇게 적었다. "하늘에서 당신의 자리를 찾아봐."

그날 밤 남편을 위해 조촐한 생일파티를 연 호숫가에서 아이들이 엄마아빠의 사진을 찍어주었다. 남편과 나는 정말로 환한 미소를 지었다. 우리 아이들을 바라보고 있었기 때문에.

하지만 사람 마음은 쉽게 변한다.

"나 갈게." 아이들을 잠자리에 재우고 남편이 말했다. "좋은 사업 아이템을 알려줄 사람을 시내에서 만나기로 했어."

남편을 믿는다고 말하고 싶었다. 하지만 솔직히 완전히 믿지는 못하겠다. 의심과 함께 찾아오는 고통이 가장 물리치기 어렵다.

나도 모르게 현관까지 남편을 따라나갔다. "제발 너무 늦지 않게 돌아와."

"그럴게." 남편이 다소 귀찮다는 듯 대답했다. "상품권 고마워."

그리고 진짜로 남편은 돌아왔다. 새벽 2시쯤 집안을 돌아다니는 남편의 소리가 들렸다. 그리고 밤새 스크린 포치에서 맥주에 취해 평소보다 더 크게 코를 골며 잠을 잤다.

우리 가족이 이 위기를 잘 극복할 거라고 믿고 싶었다. 호숫가에서 미소 짓던 우리 부부를 믿고 싶었다.

어쩌면 남편은 아이들에 대한 사랑을 통해 자신에 대한 사랑을 찾을 수 있을 것이다. 그리고 그렇게만 된다면 남편은 나에 대한 사랑도 찾을 수 있을 것이다. 난 이미 그렇게 된 것처럼 살 것이다.

천사의 방문

7월 중순.

　내 머리에서 나사가 풀리지 않도록 나는 계속해서 스스로 물었다. 어떻게 해야 분노에서 벗어날 수 있을까? 피해의식과 고통에서 벗어날 수 있을까? 고통에서는 벗어났지만 남편과는 풀어야 할 숙제가 남아있었다. 그리고 나는 남편이 나를 완전히 버렸다고 생각하지 않았다. 난 남편과 함께 늙고 싶었다.

　올여름에는 모든 것이, 치과에서 틀어놓은 음악과 아이들이 즐겨보는 만화와 라디오 토크쇼가 모두 내게 말을 걸었다. 거의 모든 것이 사랑을 잃을지도 모른다는 두려움이나 깨진 사랑, 실연의 아픔을 이야기하고 있다는 걸 깨달았다. 주변의 모든 게 내게 말을 걸었다. 내가 혼자가 아니라는 메시지를 전했다.

　예전에 할머니가 하시던 말씀이 떠올랐다. "네가 아는 것보다 더 많은 눈이 너를 지켜보고 있단다."

　나는 할머니 말씀의 진리를 이탈리아에서 깨달았다. 나를 지켜보는 눈은 곳곳에 있었고 단지 눈뿐만이 아니었다. 어디선가 사람들이 나타나 우리에게 올바른 길과 기차, 장소로 안내해주었고 우리를 보호해주었다.

나는 친정식구들에게는 지금 겪고 있는 위기에 대해 알리지 않았다. 식구들이 걱정하는 것도 싫었고 식구들의 해결책도 듣고 싶지 않았다. 내 문제를 해결해주기 위해 매달릴 것이 뻔했기 때문이다. 손위 형제자매들과 나이 차가 많이 나는 집안의 막내라면 다들 비슷한 경험을 해봤을 것이다. 하지만 내겐 지금 대등한 입장의 상대가 필요하다.

그리고 친정 엄마는 아버지가 돌아가신 후 재혼을 하셔서 새아버지와 행복한 시간을 보내고 계신다. 지금 한창 행복한 신혼부부처럼 세계여행 중이신데 방해하고 싶지 않았다. 엄마에겐 이런 행복이 필요했다. 그보다 지금 내게 필요한 건 편한 사람이었다. 아니, 천사가 필요했다. 까칠하거나 과격하거나 거만하지 않은 천사 말이다.

천사는 어젯밤에도 내게 나타났다. 최근에 이혼한 옛 친구 둘이 시애틀로 여행을 가는 길에 예정에도 없이 미줄라(몬태나 주 서부의 도시)에 들렀다가 내 생각이 났다며 찾아왔다. 이보다 더 타이밍이 좋을 수는 없었다.

부랴부랴 집안을 정리하고 나자 곧 친구들이 나타났고, 우리 집 포치로 그들을 안내했다. 젊은 시절에 그리스를 여행하다가 만난 친구들이었다. 그 이후로 줄곧 마음이 잘 통하는 친구로 지내왔다.

남편은 오늘도 밤늦게까지 돌아오지 않고 딸의 휴대전화로 문자 메시지를 보냈다. 스키산에 있는 사교 클럽에서 친목 모임이 있다고.

화가 났다. 나에게 보낼 메시지를 딸에게 보내다니. 내가 문자 메시지를 잘 사용하지 않는다 해도 말이다. 문자 대신 직접 전화를 하면 되지 않는가? 전화는 잘 받는데……. 물론 내가 자신의 결정(또다시 외박한다는)에 부정적으로 반응할 게 뻔하다면 전화하기가 싫기도 하겠지만. 올여름에는 자신의 그런 무책임한 행동에도 내가 정말로 쿨하게 나오는 게 이상하다고 생각할지도 모르겠다.

아이들은 잠들어 있고 남편은 돌아오지 않은 야심한 밤에 나는 오랜만에 만난 반가운 친구들에게 내 이야기보따리를 풀어놓았다.

우리는 촛불을 켜놓고 스크린 포치의 매트리스에 옹기종기 모여 담요를 덮고 와인을 마셨다. 두 친구 모두 최근에 이혼이라는 아픔을 겪으면서 개인적으로나 직업적으로 큰 변화를 겪었기 때문에 처음엔 다소 말을 꺼내기가 조심스러웠다. 이번 여행은 그들의 미래를 위한 전환점이었다.

나는 미래에 대해 생각하지 않으려고 노력했다. 내게 정말로 필요한 건 내 현재에 대한 목격자였고, 이 친구들이 적격인 것처럼 보였다.

그래서 나는 그들에게 모든 걸 털어놓았다. 이탈리아에서 돌아온 내게 남편이 했던 말이며, 최근 남편의 무책임한 행동이며……. 하지만 난 여전히 남편의 편이라고 말했다. 남편이 곁에 있건 없건 간에 가정을 지킬 것이라고 말했다. 살다 보면 누구에게나 힘든 시기가 있기 때문이다. 그러면서도 한편으로는 내심 친구들에게서 따끔한 충고를 듣고 싶었다.

그런데 친구들은 뜻밖의 반응으로 나를 놀라게 했다.

한 친구가 말했다. "남편이 나를 사랑하지 않는다고 말했을 때 너처럼 행동하지 못한 게 후회스럽다. 나는 전혀 반대였어. 불같이 행동했지. 정신병자처럼 부엌칼을 휘둘렀어. 하지만 내 경우에는 다른 여자가 있었거든."

친구는 끝내 눈물을 보였고 우리는 그 친구를 위로해주었다.

그녀는 훌쩍이며 이 말만은 꼭 해야겠다는 듯 말을 이어갔다. "내가 잃어버린 것을 깨닫고 남편에게 용서할 테니 돌아오라고 말했지만 남편은 더 이상의 결혼생활을 원치 않았어. 파탄의 책임이 자기 탓이라고 말하면서도 말이야. 나에 대한 사랑이 식었다면서……. 그걸로 끝났지 뭐. 날벼락처럼 닥친 일이었어. 맹세컨대 우린 정말 행복했었거든."

"퍽 행복했겠다." 다른 친구가 끼어들었다. 그리곤 담배를 꺼내 들었다. "담배 피워도 되니? 마흔둘에 담배를 배우다니 나도 참……."

난 재떨이로 쓰라고 빈 와인병을 건네주었다. 다른 친구는 또 다른 사연을 털어놓았다. 그녀는 차인 게 아니라 남편을 찬 쪽이었다. "직장을 잃지 않았다면, 내가 가족의 생계를 책임지지 않았다면, 내가 반평생을 일에 매달리다가 하루아침에 쫓겨나지 않았다면 난 남편과 헤어지지 않았을 거야." 그녀는 피우던 담배를 와인병에 집어넣고 담요 안으로 파고들며 말을 이어갔다. "하지만 난 짙은 안갯속에서 길을 잃은 것처럼 혼란스러웠어. 한 치 앞도 볼 수 없을 만큼. 어떻게 해야 할지 몰랐어. 난 그저 혼란스러운 상황에서 빠져나오고 싶었을 뿐이야. 그리곤 결국 빠져나왔지. 그건 확실해. 그런데 아이들은 그 때문에 나를 미워해."

"아이들도 너를 용서할 거야." 다른 친구와 나는 나름의 방식으로 그녀에게 위로의 말을 건넸다.

하지만 그녀는 명쾌했다. "여전히 남편을 사랑해. 그게 문제야. 하지만 내가 다 망쳐놨어. 그리고 남편은 새 출발 했어. 이혼소송에서 판사가 남편 손을 들어주었어. 내가 일하는 동안 아이들의 양육을 남편이 책임졌고 내가 먼저 이혼소송을 제기했다는 이유로. 난 외로워. 정말 죽을 맛이야." 그녀는 쓴웃음을 지었다. "하지만 직장을 다시 얻었어! 그렇다고 상황이 즉시 좋아지지는 않겠지만." 그리곤 고개를 가로저었다.

그녀의 이런 냉소적인 모습은 처음 보는 것 같다. 그녀를 안아주고 싶었지만 마음의 문을 꽁꽁 닫아둔 것처럼 보였다. 경직되고 부자연스러워 보였다. 눈물도 말라버릴 정도로. 난 이렇게 되고 싶지 않았다.

다음날 친구들이 떠날 때 난 다시 혼자가 되는 게 슬펐다. 밤새도록 친자매 같은 친구들과 서로의 고민을 털어놓고 위로를 주고받으며 보낸 시간은 잠시나마 날 행복하게 만들었다.

하루하루가 쏜살같이 지나갔다. 난 마음의 평안을 유지하려고 노력하면서 지냈다. 그 와중에 잡지 기고문도 몇 편 썼다.

남편은 유령처럼 집에 왔다 사라지곤 했다. 일거리도 점점 줄어들고 나와 눈을 맞추는 횟수도 점점 줄어들었다. 남편은 짙은 안갯속에서 길을 잃고 헤매고 있었다.

아이들은 이런 상황을 담담하게 받아들이는 것처럼 보였다. 아빠의 행동이 평상시와 다르다는 걸 눈치챘지만 내가 알려준 대로 일 때문에 그러시는 거라고 알고 있었다. 아이들도 아빠를 원했지만 아빠들, 특히나 울적한 아빠들이 하는 게 낚시나 골프, 등산이란 걸 이해했다. 아이들도 그들의 직감에 따라 행동하고 있었다. 아직 사춘기가 되지 않은 순수한 아이들에게 가정은 여전히 안정적으로 보이는 듯했다.

나는 남편을 억지로 집안에 붙들어두려고 하지 않았다. 그래 봤자 소파에 누워 TV로 스포츠 경기나 볼 것이다. 그래서 감옥에 갇힌 죄수 같은 아빠가 교도관 같은 엄마를 증오하는 모습을 아이들이 옆에서 지켜보도록 하는 게 전혀 도움이 될 것 같지 않았다. 시내 어딘가에 집을 구해 가족과 떨어져 사는 무기력한 아빠의 모습을 보이는 건 더더욱 싫었다. 나에겐 그런 선택은 도저히 용납할 수 없는 일이었다. 도저히.

어젯밤 남편이 들어오는 소리가 들렸다. 난 굳이 시계를 보지 않았다. 어쨌든 한참 늦은 시간이었으니까. 아이들은 거실에서 침낭을 깔고 '캠핑'을 했다. 그래서 남편은 아들 방을 독차지할 수 있었다. 그리고 다음날 정오가 될 때까지 늦잠을 잤다.

나는 아들을 축구 캠프에 데려다 주고, 딸을 친구 집에서 놀도록 데려다 주었다. 장을 보고, 이것저것 분주한 가운데서도 냉정함을 잃지 않으려고 노력했다. 이런 상황을 짜증 내거나 자기연민에 빠지지 않으려고 애를 썼지만 쉽지 않았다.

남편이 자기가 마실 커피를 끓이려고 내 뒤로 슬쩍 지나갔다.

"나 오늘 4시 반에 둘째 축구 시합에 갈 거야. 스페인 팀 소속이래. 어젯밤 함께 지도에서 스페인 국기를 찾아봤어. 자기 셔츠를 스페인 국기처럼 색칠하더라고."

집안에서 가장 열렬한 스포츠팬은 남편이다. 나를 떠나야 할 이유를 찾을 때 그가 자주 써먹는 레퍼토리 중의 하나가 스포츠였다. 나는 팀 스포츠를 별로 좋아하지 않는다. 남편은 커피와 신문을 가지고 자리에 앉았다. 오늘따라 유난히 말이 없다.

"당신도 갈래?"

"아니. 난 낚시 갈 거야." 기회가 있을 때마다 함께 마당에서 축구를 하거나, 아들 축구팀의 코치를 도맡는 남편의 반응이었다.

나를 화나게 하려고 일부러 그러는 걸까? 어떻게 내가 싫다고 아이들한테까지 무관심할 수 있는지 이해가 되지 않았다. 아니, 좀 더 정확히 말하면 자기 자신이 싫다고 어떻게 나와 아이들한테까지 싫어하는 내색을 하는지가 더 이해되지 않았다. 게다가 더 이상 일을 하지 않을 작정이라면 나와 경제적인 문제를 상의해야 하지 않는가? 하지만 지금 내가 그 문제를 꺼낸다면 남편은 화를 낼 게 뻔했다. 남편은 틀림없이 그것을 기분 나쁘게 받아들일 테니까.

그래서 난 주방에 남편을 두고 빠져나왔다. 과일 그릇에는 복숭아와 자두를 탐스럽게 담아두고 조리대에는 저녁으로 아이들과 맛있게 먹을 옥수수를 올려놓은 채. 어쩌면 남편은 싱크대에서 해동되고 있는 닭을 볼지도 모른다. 남편은 닭고기구이를 너무나 좋아한다.

나는 작업실로 가서 인터넷에서 '골든비트'와 '펜넬샐러드'를 검색했고 나만의 조리법에 관한 몇 가지 정보를 찾을 수 있었다. 그러고 보니 민트가 필요했다. 그건 미처 생각하지 못했다. 민트를 넣으면 더욱 완벽할 것이다.

그래서 나는 이웃집 허브 가든으로 향했다. 허브 가든으로 가는 내내 셰일라는 나를 '파티에서 가장 예쁜 소녀'라고 불렀던 남편에 대해 생각해보라고 했다. 늘 내가 나이를 먹으면 더 예뻐질 거라고 말했던 남편에 대해서 말이다. 오드리 헵번처럼. 내가 남편의 환상을 깨버린 것일까? 10킬로그램이나 살이 찌면서 망가진 내 몸매가 결혼생활을 망쳐놓은 것일까? 그 모든 것이 판타지였을까?

집으로 돌아오는 길에 나는 다시 화창한 여름처럼 밝은 기분을 되찾았다. 지난 한 달 괴롭고 우울한 일들도 많았지만 그렇다고 풀이 죽거나 우울해하지 않으리라. 당당히 내 갈 길을 가리라. 고통받지 않겠다는 내 전략을 고수하고 남편의 일에 끼어들지 않을 것이다. 화를 내지 않는다고 내가 맨날 당하기만 하는 바보는 아니다. 사실 남편의 행동 때문에 내 기분이 좌지우지된다면 그것이야말로 내가 당하기만 하는 바보가 되는 것이다.

그래서 나는 밝고 행복하게 느끼려고 애썼다. 모든 게 좋아질 거라고 생각했다. 남편은 곧 자신이 좋아하는 일을 찾을 것이고, 나도 내 책을 출간하게 될 것이다. 그리고 우리의 결혼생활도 다시 좋아질 것이다.

집으로 돌아와 드라이브웨이에서 집 주변의 우리 땅을 둘러보았다. 몇 년 전 남편이 처음 발견해 흥분한 목소리로 내게 전화했던, 연못이 두 개나 있는 8만 제곱미터 면적의 아름다운 땅이다. 그렇게 좋아하며 흥분한 남편의 목소리를 오랫동안 듣지 못했다는 사실에 슬퍼하지 않으려고 노력했다. 그 대신 담장에 앉은 산파랑지빠귀와 하늘 높이 날고 있는 매, 풀과 함께 춤추는 바람을 바라보았다. 나의 몬태나, 아니 우리의 몬태나를 실컷 눈에 담았다.

우리 집 개들이 가던 길을 멈추고 드라이브웨이 쪽을 바라보았다. 남편이 트럭을 타고 커브 길을 돌고 있었다. 트럭에 보트를 매단 채.

저런, 보트도 남편이랑 낚시를 가는 모양이군. 정말 낚시에 온갖 정성을 쏟는군. 강가에서 몇 시간 즐기는 낚시가 아니었다. 온종일, 어쩌면 밤새 즐기는 낚시였다. 친구들이랑.

나는 그저 허무한 마음으로 거기에 서 있었다. 잠시나마 차분했던 마음이 사라지고, 몇몇 친구들과 어울려 호수의 보트 위에서 레드제플린의 음악을 들으며 맥주에 취한 채 줄담배를 피우고 있는 남편의 모습이 그려졌다.

남편은 가던 길을 멈추지 않을 수 없었다. 나를 치고 갈 작정이 아니라면 말이다.

"안녕." 남편이 말했다. 뭔가 잘못한 게 있는 듯 쭈뼛쭈뼛 내 눈치를 살폈다. 숙취에 시달린 듯 보이기도 했다.

나는 민트를 쥐고 있는 손에 힘을 주었다. 그리고 트럭의 차창 위로 들어 보였다.

"그게 뭐야?" 남편이 관심 있는 척하며 물었다. 남편의 꼴이 정말 말이 아니었다.

"민트야." 미소를 지으며 남편의 코로 가까이 가져갔다. 그가 힘든 시간을 보낸 것을 알면서도 애써 모르는 척했다. 나 역시 힘든 시간을 보냈으니까. 그리고 이제 자책은 충분하다는 걸 알았으니까. 불안한 받침대에서는 아예 멀리 떨어져 있는 편이 상책이다. 남편에게 왜 보트를 가지고 가는지 묻지도 않았다.

오늘 아침 아들이 했던 말이 떠올랐다. "봐요! 아빠 트럭이 드라이브웨이에 있어요!" 선크림을 바르고 세 군데나 물집이 잡힌 상처에는 반창고를 붙인 채 축구를 하러 나가다 아빠의 트럭을 발견한 것이다. 남편이 깨어나기 네 시간 전의 일이었다.

남편은 이렇게 제안했다. "보트 수리 좀 맡기고 올게. 수리가 금방 끝나면 오늘 밤엔 호수에 가서 같이 보트를 탈 수 있을지도 몰라." 호수에서 보트를 타는 일은 우리 가족이 가장 좋아하는 소풍이었고 남편도 자주 가족들을 데려가고 싶어 했다. 이건 좋은 징조였다.

어쩌면 남편은 작은 구원을 '걷어 올리고' 싶은 건지도 모른다. 아니면 그저 자신이 폐인처럼 지내는 게 지겨웠는지도 모른다. 남편도 자신이 폐인이 아니라는 건 안다. 사실 대개 우리의 적은 우리의 마음이다.

어찌 됐건 내가 남편 트럭에 매달린 보트를 처음부터 못 본 척한 게, 또다시 남편이 밤늦게 집에 돌아온 걸 모른 척한 게 다행이었다. 나는 행복을 만들 수 있다. 어쩌면 이런 내 마음이 남편에게 전염될지도 모른다.

"좋아." 나는 몸을 굽혀 남편에게 키스했다. 남편의 입술이 부드럽게 느껴졌다. 그리곤 민트를 들고 개들과 함께 집으로 걸어갔다. 어쩌면 산다는 게 이렇게 단순한 것인지도 모른다.

남편이 트럭에서 소리쳤다. "전화할게. 꼭."

그리고 남편은 정말로 몇 시간 후에 전화해서 이렇게 말했다. 보트를 타고 캠핑을 하겠다고. 그래서 며칠 집에 들어오지 못한다고 말이다. 자연에서 마음을 비우고 싶단다.

남편은 잠시 머뭇거리더니 쭈뼛쭈뼛 말을 이어갔다. "아무래도 사업을 정리해야 할 것 같아. 아무런 소득이 없잖아. 이제 때가 된 것 같아. 다른 일을 찾아봐야겠어. 앞으로 얼마 동안은 우리가 투자해놓은 돈으로 먹고살 수 있을 거야. 하지만 오래가지는 못하겠지."

그런데 이상하게도 하얀 눈처럼 포근한 안도감이 나를 감쌌다. 남편이 마음을 잡은 것일까? 모든 게 다 남편의 일 때문이었을까? 내 직감이 옳았던 것일까?

"그럼 시간을 갖고 차분하게 잘 생각해봐. 그렇다고 너무 복잡하게 생각하지는 말고. 다 잘 될 거야." 내가 말했다.

얼마 후 나는 침대에 누워 모든 위험한 생각들을 하나씩 정리했다. 남편이 결국은 끝내야 할 일을 매듭짓고 있다는 생각이 들었다. 그리고 매듭짓고 있는 건 우리의 결혼생활이 아니었다.

자유낙하

8월.

정신과의사와 나는 지금이 내가 더욱 힘을 내서 내 자리를 지켜야 할 때라는 데 동의했다. 가라앉고 있는 건 남편이지 내가 아니다.

하지만 그래도 끔찍하다. 여름내 수행을 했건만 남편의 셔츠에서 여자의 향수 냄새가 나지 않나 맡고 싶은 마음을 억누르는 건 여전히 힘든 일이다. 남편의 주머니를 뒤져보고 싶은 마음을 억누르는 것, 혹시 무슨 단서라도 나오지 않을까 남편의 트럭을 뒤지고 싶은 마음을 억누르는 것, 특히나 주변 사람들에게 혹시 시내에서 남편을 보지 않았느냐고 묻고 싶은 마음을 억누르는 것은 모두 여전히 힘든 일이다.

난 항상 사람들이 안부를 물어오면 진심으로 대답했었다. "잘 지내요." 하지만 이젠 그렇지 못하다. 그래서 나도 사람들에게 더 이상 지나가는 말로 안부를 묻지 않기로 했다.

이번 주 내내 속이 쓰리고 밤에는 신물이 올라왔다. 그래서 앉은 채로 잠을 청해야만 했다. 그리고 무엇보다 올여름 남편이 현실을 직시할 용기가 없어 나를 희생양으로 삼으려 한다는 망상을 억누르려 애써야 했다. 어쩌면 내가 남편을 그렇게 몰아가고 있다는 망상도.

정신과의사가 내게 남편을 사랑하는 이유를 물었다. 하지만 당장 마땅한 이유가 떠오르지 않았다. 사실 내 머릿속에는 온통 근처에 있는 태국 레스토랑 생각뿐이었다. 정신과 치료가 끝나면 그곳에 가서 '톰카까이'(코코넛으로 요리한 매콤한 닭 수프)를 먹어야겠다고 생각했다.

"틀림없이 그 질문에 대한 답을 생각해낼 수 있을 거예요." 정신과의사가 말했다.

"난 남편을 사랑해요. 남편의 미소와 남편의 피부에서 느껴지는 냄새와 촉감, 그의 심장 박동소리까지도 사랑합니다. 남편은 내게 나 자신의 모습 그대로를 요구했지 그 이상의 어떤 것도 요구하지 않았어요. 지금은 그렇지 않지만."

내가 그렇게 자주 했던 생각이지만 막상 다른 사람에게 털어놓으려니 조금 부끄러웠다. 하지만 나는 말을 계속 이어갔다. "남편이 집 안에서 걸어 다니면 전 모든 게 괜찮을 거라는 안도감을 느껴요. 내 남자친구가 왔구나. 이제 즐거운 시간을 보낼 수 있겠구나. 든든하면서도 짜릿하고 유쾌한 기분이 들죠. 남편은 아이들에게 좋은 아빠이기도 하고요. 대개는요."

정신과의사는 내게 숙제를 내주었다. 나는 정신과의사가 내주는 숙제를 좋아했다. "모든 결혼은 말로 하건 그렇지 않건 간에 결혼계약이라는 게 있어요. 결혼생활의 문제는 배우자 중의 한 명이나 둘 다가 이런 결혼계약을 지키지 않을 때 발생하죠. 결혼계

약을 글로 남기세요. 결혼할 때 당신이 했던 약속이나 남편이 했던 약속을 말이죠."

'난 남편에게 프러포즈도 받지 않았는데…….' 사실 남자가 무릎을 꿇고 여자에게 청혼하는 건 구식이고 성차별적이고 손발이 오그라드는 의식이라고 생각했다. 나는 남편에게 농담처럼 말했었다.

"설마 당신 스키리프트나 그런 곳에서 나에게 청혼을 할 생각은 아니지?"

몇 주 후 우리는 워싱턴주의 한 강변에서 서로에게 청혼했다. 우리는 앞으로 닥칠 온갖 시련을 함께 극복하기로 약속했다.

친구와의 점심 약속 때문에 외출했다. 최근에 남편과 이혼하고 지금은 새로운 사람을 만나 행복한 시간을 보내고 있는 친구였다. 그녀의 아이들도 새아빠를 좋아했고 잘 따랐다. 그녀의 전남편 역시 재혼을 하고 더없이 행복한 삶을 살고 있었다. 아이들에겐 부모가 네 명으로 불어났고 모두가 행복했다. 이혼은 이렇게나 좋은 것이다.

나는 가깝게 지내는 몇몇 친구에게 내 고민을 털어놓았고 이 친구에게도 내 고민을 털어놓기로 마음먹었다. 여행 도중 내게 들렸던 친구들처럼 그녀 역시 이혼에 관한 경험이 있으니 나름 보는 눈이 있을 것이다.

그녀는 내가 남편 일에 끼어들거나 남편 때문에 속상해하거나 남편에게 윽박지르지 않기로 한 결정을 칭찬했다. 하지만 기본적으로 그녀는 남편에게 이렇게 말하라고 조언했다. '꺼져버려!'라고.

그녀가 모든 여성을 대변하는 목소리처럼 느껴졌다. 그리고 나 자신이 한없이 초라하고 바보같이 느껴졌다. 내 전략이 그녀 앞에서 힘없이 무너지는 소리가 들렸다. "그래, 네 말이 맞아. 있는 힘껏 남편의 뺨을 후려치고 정신 차리라고 말해야겠어. 다 큰 어른이잖아. 나잇값을 해야지. 안 그러면 어쩌겠다는 거야."

"그런데도 남편이 정신을 차리지 못하면……, 잘 들어." 그녀가 말했다. "억지로 결혼생활을 이어가려고 애쓰지 마. 세상엔 얼마든지 좋은 남자들이 많아. 넌 행복할 자격이 있어."

그녀는 내가 먹어야 할 약을 처방해주고 있었다.

정신과의사에게도 이 친구의 조언에 관해 이야기했다.

"좋아요. 예전에도 얘기한 것처럼 그런 전략도 괜찮아요. 중요한 건 당신이 끝까지 가보겠다는 의지를 잃지 않는 거예요. 그런 마음가짐은 돼 있는 거죠?"

"남편이 여전히 저를 사랑한다고 믿고 있어요. 지금은 단지 하나의 과정일 뿐이에요. 그게 내 직감이에요. 그리고 전 제 직감을 믿고 싶어요."

"그렇다면 중심을 잃지 말고 끝까지 가보세요. 당신은 아직 자신을 표현할 수 있어요. 책임을 전가하거나 화를 내거나 울거나 하지 말고 차분하게 자신의 감정을 표현해 보세요. 남편이 짜증을 낼 수도 있어요. 하지만 거기에 연연해 할 필요는 없어요."

남편은 이틀째 전화도 없이 집에 돌아오지 않고 있었다. 그리고 삼일째가 되는 날 아침에 아들이 내 침실의 창밖을 내다보고 소리쳤다. "보세요. 드라이브웨이에 아빠 트럭이 있어요!" 마치 자신의 삶에 게스트 스타가 카메오로 출연한 것 같았다. 이건 옳지 않다. 내가 얼마나 더 이런 일을 참을 수 있을까? 아이들에게 전하고 싶은 메시지는 이런 게 아니다. 남편 역시 마찬가지일 게다.

아들 말을 듣고 창밖을 내다보니 정원 문이 찌그러져 있었다. 남편이 술에 취해 후진하다 부딪친 것이다.

울고불고 난리 치며 남편을 영원히 쫓아내고 싶었다. 하지만 난 심호흡을 하며 마음을 가다듬었다. 남편이 이토록 자신답지 않은 행동을 한다는 사실은 지금 남편이 위기를 겪고 있다는 것을 더욱 여실히 드러내 주는 것이었다. 제기랄. 그가 위기를 겪고 있다고 해서 내가 남편을 사랑하지 않는 건 아니다. 그리고 남편은 집으로 돌아왔다. 집으로 돌아오겠다고 마음을 먹은 것이다.

어딘가에서 남편이 코 고는 소리가 들려왔다. 집안 이곳저곳을 살펴보니 남편은 또 스크린 포치에서 얇은 담요만 한 장 덮은 채 잠을 자고 있었다. 8월이라 해도 몬태나의 저녁은 꽤 쌀쌀한데 말이다.

그날 아침 남편은 내 눈치를 살폈다. 목이 말랐는지 물을 잔뜩 마시고, 직접 설거지까지 했다. 그리곤 아이들과 TV에서 골프 경기를 보며 아침을 보냈다.

나는 에이전트에게 또 다른 소설을 보냈다. 내 작품에 관심을 보인 편집자가 있다고 했다. 그리고 홀가분한 마음으로 말을 타러 가기로 마음먹었다. 나는 승마복을 입고 TV 앞에 섰다. "오늘 저녁엔 밖에서 식사하는 게 어떨까?"

남편은 웬일로 내 제안에 고분고분하게 따랐다. 우리는 글레이셔 국립공원 근처에 있는 한적한 마을로 저녁을 먹으러 가기로 했다. 4시로 출발 시각을 정했다.

나는 승마로부터 내게 필요한 것들을 얻었다. 말이 평소보다 느리게 달렸다. 마치 내게 냉정함이 필요한 때라는 걸 눈치챈 것처럼. 말 위에 올라있으면 말발굽이 땅에 닿는 곳을 제외하고는 세상과 떨어져 있게 된다. 내가 아는 가장 종교적이고 성스러운 의식이다. 이 의식에서는 기도하는 사람이 애원하지 않는다.

약속한 대로 우리는 4시에 모여서 거친 비포장길을 차로 달렸다. 우리는 모두 유쾌한 기분이었다. 남편은 미친 사람처럼 차를 모는 척했다. 아이들이 재미있어했다. 벌건 대낮에 이렇게 한적하고 뻥 뚫린 대로에서 별일이야 있겠나. 남편이 우리를 차에 태우고 멀리 모험을 떠나는 것처럼 느껴져 신이 났다. 모두 들뜬 기분에 취해있었고 남편은 그런 기분을 우리와 함께 나누었다.

돌아오는 길에 아이들은 잠이 들었다. 나는 드라이브웨이에 주차된 아빠의 트럭을 보고 했던 아들의 말이 떠올랐다. 그리고 화가 나기 시작했다. 난 이 순간의 평화에서 떨어져 자유낙하하고 있었다. 나 자신이 말도 못하고 당하기만 하는 바보처럼 느껴졌다.

"남편에게 정신 차리라고 말해. 아니면 돈이며 집이며 아이들 모두를 잃게 될 거라고." 친구가 했던 말이다.

맞아. 그런 남편에게 내가 뭘 할 수 있겠어? 하지만 난 남편을 원해. 언젠가 그와 멋진 해변에서 함께 살고 싶어.

나는 집으로 돌아오는 차 안에서 내내 노력했다. 말하지 않고 참는 건 그만큼 어려웠다. '당신이 원하면 우리 결혼생활을 끝낼 수도 있어. 하지만 어떻게 사업 실패와 가정에 대한 무책임을 내 탓으로 돌리고 나를 나쁜 여자로 만들 수 있어? 잘 생각해봐. 당신은 잃을 게 너무도 많아.'

문득 아버지가 돌아가신 해 여름이 생각났다. 그때를 생각하면 지금도 가슴 한쪽이 욱신거리듯 아려온다. 그해 여름에도 남편은 나를 외면했었다. 그렇지 않아도 아버지가 돌아가신 슬픔에 괴로웠던 나에게 남편의 그런 행동은 큰 상처가 되었다.

당시에 나는 강하게 밀어붙였다. "당신은 잃을 게 많아! 잘 생각해!" 그리고 그런 전략이 통했다고 생각했다. 하지만 정말 그랬을까? 어쩌면 분노가 암세포처럼 증식했을지도 모른다. 그리고 4년이 지난 지금 우리는 여기에 와있다. 4년이란 세월은 남편에게 자신이 배우자와 직업을 잘못 선택했다는 확신을 심어준 기간이었는지도 모른다. 남편은 자신의 주변에 확신이라는 바리케이드를 둘러쳤다.

우리는 드라이브웨이에 들어섰다. 아이들은 여전히 뒷자리에 잠들어 있었다. 그때 남편에게 꼭 하고 싶은 말이 떠올랐다.

심호흡을 했다. "우리 아들이 오늘 아침 창밖에서 당신 트럭을 발견하고 얼마나 좋아했는지 알아? 난 그런 게 놀라움이 되는 걸 원치 않아. 아이들에게나 내게 말이야."

남편은 내 말을 말없이 듣더니 갑자기 급브레이크를 밟았다. "잘 놀다 와서 기분 잡치는 소리 할 거야?" 남편은 트럭 문을 쾅 하고 닫으며 내렸다. 그리곤 또다시 스크린 포치에서 잠을 잤다.

난 도통 잠을 이루지 못했다. 그러다 문득 떠오른 생각이 있었다. 남편은 내 말에 아이처럼 반응했고 자신도 그걸 잘 안다. 난 틀린 말이나 잘못된 행동을 하지 않았다. 그는 진실에 발끈했고 현재 자신의 모습이 몹시 불만스러운 것이다. 그의 분노는 자신을 향한 것이었다. 그건 내 잘못이 아니다.

나는 정신과의사에게 이런 얘기를 털어놓았다.

그녀는 모든 폭력이 미끼일 뿐이라고 말했다. 상대를 겁먹게 하기 위한 미끼라고. 그래서 자신이 나설 필요가 없도록, 책임질 필요가 없도록 하기 위한 것이라고 말이다. '보세요. 다 이 여자 잘못이에요. 구석에서 운 것도 이 여자예요. 나를 떠난 것도 이 여자고요. 참 못된 여자예요.'

그렇다. 미끼.

며칠 후 우린 강에서 보트를 탔다. 딸이 워터스키를 배우고 싶다고 했다. 딸은 물에 들어가고 남편은 보트를 운전했다. 그리고 나는 남편 옆자리에 앉아 있었다. 남편은 스포츠에 관한 한 집안의 독재자다. 스포츠와 관련해 내가 끼어들거나 의견을 제시하면 싫어한다. 그래선 난 빠져있었다. 비록 워터스키에 대해 많이 알고 있었지만.

딸이 로프를 놓쳤다. 남편은 몸을 뻗어 로프를 당겨 감아서 내게 건네주었다. "이걸 던져줘."

나는 딸에게 로프를 던졌지만 거리가 충분하지 않았다.

남편은 화를 냈다. "로프를 그렇게 던지면 어떡해! 이렇게 던져야지." 남편은 로프를 공중에서 빙빙 돌리더니 정확히 딸에게 던져주었다. 그리곤 능숙한 로프 솜씨를 보여준 낚시 친구의 아내 이야기를 꺼냈다.

이건 틀림없이 미끼다. 난 여기서 할 말이 너무 많기 때문이다. '당신이 말굴레를 얼마나 잘 다루는지 보고 싶다. 당신이 할 수 있다고 해서 나도 당연히 할 수 있다고 생각하지는 말라고.'

하지만 나는 잠자코 있었다. 덥석 미끼를 물어 화를 내지 않으려고 노력하면서. 불쾌한 기분은 잊어버리려 노력했다. 명심해라. 중년의 남편이 아이처럼 짜증을 내면 그냥 내버려둬라. 다만 조금 몸을 낮춰라!

남편은 딸이 호수 바닥을 차고 출발해야 한다고 생각했다. 그건 잘못된 생각이었지만 나는 잠자코 있었다. 딸은 워터스키를 다룰 수 없었다. 아이는 울먹이기 시작했다. "못하겠어요!"

"제길! 좀 도와주지그래?" 남편이 나에게 소리쳤다.

나? 우리 가족이 스포츠 하는 걸 도와달라고? 그건 절대 안 되는 걸로 알았는데. 급하긴 급했나 보군.

나는 물로 뛰어들어가 스키를 바로잡아주었다. 하지만 딸은 울먹이며 자꾸 로프를 놓쳤고 나는 제때 로프를 잡아주지 못했다.

"그만둬." 남편이 소리쳤다. "그냥 일반적인 방법으로 시작하자."

나는 말하고 싶었다. '진작 그랬어야지.' 하지만 참았다. 올여름은 하고 싶은 말을 너무 많이 참는 것 같다. 나에겐 익숙하지 않은 일이다.

나는 다시 보트로 돌아와 남편 옆자리에 앉았다.

남편은 나를 쏘아보며 말했다. "가끔 당신은 너무 무능해."

순간 치밀어 오르는 화를 속으로 삭여야만 했다. 이 정도는 내가 참을 수 있는 미끼다. 지금 당장은. 하지만 속마음의 난 우아하지 않았다. 마음속으로는 받은 만큼 돌려주고 싶었다. 짜증에는 짜증으로.

'지금 당신 얘기하는 거야?'라고 말하고 싶었다. 하지만 나는 묵묵히 내 전략을 따랐다.

"무능하다고?" 나는 침착하게 말했다.

남편은 나로부터 추가적인 반응이 나오길 기다렸다. 그는 이 드라마에서 눈물을 보기를 원했다. 천만에. 그럴 일은 없을 것이다.

남편은 시선을 돌렸다. 그가 자신과의 싸움 중이라는 걸 나는 안다. 그는 나에게 사과를 해야 하지만 차마 말하지 못한다는 것도 알고 있었다.

내가 얼마나 더 오랫동안 이런 걸 견딜 수 있을까? 다음 정신과 치료가 너무나 기다려졌다.

이상하게도 그날 이후 남편이 집에 머무는 시간이 점점 길어졌다. 꼬박 일주일 동안 다시 예전으로 돌아간 것 같았다. 어쩌면 내게 무능하다고 말한 이후 자신과 충분한 대화를 나누었는지도 모른다. 또는 자신이 망가뜨린 정원 문을 한참 동안 자세히 살펴봤을지도 모른다.

이 전략이 우리의 결혼생활에 유리하게 작용하고 있다는 생각이 들기 시작했다. 적어도 내게는 말이다. 나는 고통에서 훌쩍 벗어났다. 셰일라를 입 다물게 하고 해야 할 일을 했다. 자유를 얻기 위해 노력했다. 그것이 불가능하게 느껴질 때에도. 하지만 점점 더 나아지고 있었다. 내 행복을 외부의 힘에 의존하지 않기 때문이다. 그렇게 비겁한 미끼 앞에서 남편이 그렇게 짜증을 내더라도 나는 속으로 삭였다. 분노가 끓어오르는 소리가 들렸다. 하지만 내게만 들렸다.

다음 주에 나는 정신과의사에게 걱정을 털어놓았다. 남편이 온갖 독설과 가시 돋친 말을 하고 짜증을 내는 게 버릇이 되지 않을까 두렵다고. 남편이 이것을 이제 자기 맘대로 해도 된다는 신호로 받아들이지 않을까 염려된다고 말했다. 내가 언제까지 이 험한 꼴을 참고 견딜 수 있을까.

그녀는 내게 더 많은 숙제를 내주었다. "당신의 기준을 적어보세요. 어디까지 견딜 수 있는지 결정하세요. 하루에 얼마나, 그리고 몇 달 또는 몇 년 동안이나. 그러면 선택지가 보일 겁니다. 바로 거기에서 힘을 얻을 수 있어요."

상담 후 태국 레스토랑에 가서 일부러 무척이나 자극적인 음식을 주문했다.

확실한 기준이라고 느껴지는 것은 이것뿐이었다. "폭력만은 참지 않겠다. 아이들에 대한 언어적, 신체적 폭력 또한 용서하지 않겠다." 꽤 오랫동안 이 전략을 고수할 수 있을 것이다. 하지만 지금으로서는 6개월 정도면 딱 적당하리라 생각했다.

웬일인지 상황이 조금씩 변화를 보이기 시작했다. 남편이 예전 모습을 찾기 시작한 것이다. 6시에 시간을 맞춰 저녁을 먹으러 돌아왔고, 집으로 전화해 가족에게 자신의 행방을 알렸고, 침실에서 잠을 잤다. 주방에서 나와 눈을 맞추기까지 했다.

테라스에 자신이 손수 설치한 티크 목제 테이블에 앉아 있기도 했고, 내가 정원을 내다보면 차양을 펼쳐 햇볕을 가려주었다. 남편이 그늘을 만들어준 것이다.

올여름 텃밭에서는 각종 채소가 풍성하게 자랐다. 아이들과 함께 콩이며 근대, 상추, 아루굴라(약간 쌉쌀하고 향긋한 샐러드용 채소)도 따고 보라색 감자도 캤다. 하지만 남편은 관심이 없는 듯했다. 지금 남편은 테이블 그늘에 앉아 집에서 만든 야채 수프를 먹고 있다. 아들이 말했다. "나도 이 수프 좋아해요." 남편이 말했다. "이건 우리 감자야." 우리 감자.

때마침 올림픽도 개막하고 그 와중에 시카고 컵스가 좋은 성적을 내고 있어서 TV를 볼 일이 많아졌다. 지금으로선 이렇게 사는 것도 나쁘지 않았다. 가족이 함께 모일 수 있으니까.

TV가 마법의 힘을 가지고 내 인내심을 희망으로 보상하기로 한 것처럼 느껴졌다. 뭔가 기적이 일어날 것처럼.

토요일 오후였고 나는 위층에서 책을 읽고 있었다. 미켈란젤로의 삶에 관한 책이었다. 500년 전 피렌체로 돌아간 듯한 느낌이었다. 하지만 현실의 모든 것은 너무나 힘들게 느껴졌다.

그때 아래층에서 통화하는 남편의 목소리가 들렸다. 다른 여자와 통화할 때 나오는 정중하고 부드러운 목소리로. 솔직히 인정하겠다. 스피커폰으로 남편의 통화를 엿들었다. 이번만큼은 도대체 누구와 통화하기에 저렇게 상냥하게 얘길 하는지 궁금해서 도저히 참을 수 없었다.

이럴 수가! 위성방송사의 안내원이었다. 남편이 위성안테나를 업그레이드하기로 했구나! 집을 떠나지 않기로 마음먹었구나!

잔디밭에 물을 주는 남편의 모습을 볼 때마다 그가 집을 떠나지 않을지도 모른다는 생각을 하곤 했지만 TV는 전혀 다른 얘기다. 잔디밭은 집을 팔려면 잘 관리해야 하지만 TV는 주위에 둘러앉아 볼 가족만을 위한 것이다. 그렇다면 위성안테나 업그레이드는? 그건 남편이 이렇게 말하는 것이나 다름없었다.

"당신을 사랑하지 않는다고 말할 때 내가 무슨 생각이었는지 도대체 모르겠어. 내게 정말로 필요한 건 스포츠 채널만 몇 개 추가하면 되는 것이었는데!"

TV같이 하찮은 물건에 우리 결혼생활의 미래가 달려 있다니……

월요일 아침 위성 TV 기사가 와서 다른 방에서도 위성 TV를 볼 수 있도록 온종일 장비를 설치했다. 딸과 나는 집주변의 숲으로 말을 타러 나가고 남편은 집 안에 머물렀다. 누군가가 지하실에 홈바를 만들러 온다면 남편이 아예 들어앉기로 작정했다는 걸 확신하겠지만 지금으로서는 위성 TV만으로도 만족할만한 소식이었다.

승마를 마치고 집으로 돌아와 보니 TV 기사와 남편이 차고 위에 있는 스튜디오로 올라가고 있었다. 나도 따라 올라가 보았다.

홈 엔터테인먼트 시스템을 설치하자고 얘기했던 곳이다. 근사한 소파도 들여놓고, 남편을 위한 홈 오피스로 꾸미기로 했다. 지금 당장은 형편이 안 돼 어렵겠지만 상황이 나아지면 앞으로 해 보자고 내가 말을 꺼냈었다. 그런 제안에 대한 남편의 반응만으 로도 남편이 집에 머무를 의향을 알 수 있었기 때문이었다.

"여기 올라온 김에 하는 얘긴데 이곳에도 위성 TV를 설치할 수 있나요?" 나는 그들을 바라보며 물었다. 어떤 반응을 보일지 조 마조마했다. 내가 무시당할 수도 있고, '무능하다'는 핀잔을 들을 지도 몰랐다. 남편이 한심하다는 듯 자리를 뜰 수도 있었다.

하지만 뜻밖에 남편은 눈을 반짝이며 이렇게 말했다. "그래. 가 능한가요?"

TV 기사는 즉각 이렇게 말했다. "그러실 거면 건식 벽체를 설치 하기 전에 지금 케이블을 까는 게 좋겠네요."

"그래. 여기에도 케이블을 까는 게 좋겠어." 남편이 말했다.

순간 내 몸과 마음이 모두 "휴~"하고 안도의 한숨을 내쉬었다. 가족 모두가 이곳에 모여 오붓한 시간을 보내는 모습이 그려졌 다. 다시는 가족들이 TV를 많이 본다고 불평하지 않으리라.

얼마 후에 전화벨이 울렸다. 건축업자인 이웃집 남자가 남편의 연락을 받고 전화를 해온 것이었다. 그는 기꺼이 우리 집으로 와 서 차고 위의 공간을 실측해보겠다고 했다.

어쩐지 예감이 좋았다. 이탈리아 여행에서 돌아온 그날 이후 올 여름 처음으로 우리라는 느낌이 들기 시작했다. 그건 우리의 감자 고 우리의 위성 TV다.

끝없는 나락으로 추락하던 자유낙하의 마지막 주에 무엇인가 가 나를 갑자기 천국 쪽으로 낚아채는 것처럼 느껴졌다.

하트모양의 돌

여전히 8월.

아무것도 변한 것이 없다. 우리는 올림픽 경기를 보고 개학 준비를 하고 있다. 하지만 한편으론 모든 것이 변했다. 시누이가 시한부 선고를 받았기 때문이다. 지난 9년 동안 그 모든 역경 속에서 암과 싸워왔는데, 앞으로 3개월에서 18개월밖에 남지 않았다고 한다.

남편이 사랑하는 누나다. 어릴 때부터 그에게 제2의 엄마 역할을 해 준 사람이다. 다섯 아이를 둔 엄마고, 세상의 소금과 같은 존재다.

나는 남편이 시누이 집으로 가서 아이들을 돌보고 집안일을 좀 도와줬으면 한다. 시누이와 30년 가까이 동고동락한 그녀의 남편은 지금 20대 여자와 바람이 났기 때문이다. 그리고 둘이 약혼했다고 동네방네 떠들며 다니고 있다. 시누이의 충격은 이루 말할 수 없었고 그 스트레스와 함께 암이 재발했다.

시누이의 아이들은 한꺼번에 닥친 불행에 더욱 고통스러워하고 있을 것이다.

죽어가는 사람에게 힘이 되어주는 것이 어떤 것인지를 남편이 좀 느꼈으면 한다. 아버지가 죽어가는 침상 곁에서 내가 직접 경험한 것이기 때문에 나는 안다. 남편이 지금 처한 위기가 무엇이든, 그것을 바라보는 다른 관점이 있다는 것을 그도 알아야 한다. 그는 건강하다. 그에게는 가족이 있다. 그를 믿고 사랑하는 아내가 있다.

나는 그가 시누이에게 달려가 그녀를 안아 주고, 함께 시간을 보내고, 그녀의 이야기를 들어 주었으면 좋겠다. 그래서 그의 마음을 지독히도 괴롭혔던 아픔의 세계에서 이제 그만 빠져나왔으면 좋겠다. 그리고 서서히 깨닫게 되기를 바란다.

'실패한 사업이나 대출 따위는 잠시 잊어버리고 사랑하는 누나를 위해 더 중요한 일을 하자. 사실, 직업 없이 단순하게 사는 산동네 생활에 감사하는 습관을 들이는 것도 나쁘지 않다. 우리는 시내에서 약 8킬로미터, 학교에서 약 3.2킬로미터, 스키장에서 약 16킬로미터, 골프장에서 약 800미터밖에 떨어지지 않은 곳에 산다. 물론 계절에 따라 좀 다르지만, 맘만 먹으면 언제든지 스키를 타러 가거나 골프를 치러 갈 수 있는 곳이다. 통근 열차도 없고, 주차 전쟁도 없고, 교통 체증도 없고, 한 잔에 4달러나 하는 커피도 없는 곳이다'라고.

남편은 누나를 만나러 가기 위해서 몇 주 후 출발하는 항공권을 구매했다. 누나를 책임지고 돌볼 수 있다면 스스로도 책임지고 돌볼 수 있을 것이다. 어쩌면 꿈을 되찾을지도 모른다. 누나도 그것을 원할 것이다. 한때는 꿈으로 가득 찬 귀여운 남동생이었으니까.

그러고 보니, 지난주에 있었던 일이 생각난다. 아이들을 친구 생일파티에 내려주고 집으로 돌아가는 길에 술집 앞에 세워진 남편의 차를 발견했다. 나도 차를 세웠다. 남편이 헤어지려고 하는 여자가 바로 나라는 것을 그의 '술친구'들에게 보여 주고 싶은 충동이 일었기 때문이다. 그러면 그들은 남편에게 이렇게 말할 것이다. "이봐, 제정신이야? 자네가 얼마나 복이 많은 사람인 줄 알아?"

사실 조금은 겁이 났다. 그곳은 그의 영역이다. 내가 거기서 무엇을 어쩔 수 있겠는가? 그렇지만 나는 고개를 꼿꼿이 들고 들어가 맥주를 시켰다. 여러 사람이 함께 앉아 있는 테이블에 남편이 섞여 있는 것을 발견했다. 결혼한 사람들이었다. 아기가 있는 사람들도 있었다. 교양 있는 사람들처럼 보였다.

"여보." 나는 남편을 부르며 다가가 사람들에게 나를 그의 아내라고 소개했다. 내가 자리에 앉자 그들은 하던 얘기를 계속했다.

남편은 맥주잔만 뚫어져라 바라보았다. 결국 내가 그의 파티를 망친 셈이었다. 그는 흥이 깨지는 것을 정말 싫어한다.

함께 있던 남자 중 한 사람이 남편에게 말했다. "가족들과 카리브 해로 이사 가는 것에 대해 계속 얘기해 봐."

남편은 당황한 듯 머뭇거렸다.

"그냥 한 번 생각해 본 거야." 남편이 입을 열었다.

"왜 그래? 좀 아까는 금방이라도 떠날 것처럼 얘기하더니." 다른 남자가 말했다. 그는 갓난아기를 안고 있었다.

난 어안이 벙벙했다. 그래도 기분은 좋았다. 남편이 지난여름 내내 술집에서 한 일이라곤 그저 이 사람 저 사람에게 자기 꿈을 떠드는 것뿐이었다. 어쩌면 그저 사람들에게 자신의 포부를 털어놓고 싶었을 뿐인지도 모른다. 나도 그런 마음을 이해할 수 있다. 그리고 나도 거기 끼고 싶었다.

그래서 내 맘대로 그의 드림팀에 끼어들기로 했다. 사실, 지난 반평생 이상을 나도 한 팀에 있지 않았는가? 우리는 함께 꿈을 꾸었고 함께 이뤄내기도 했다. "내가 항상 꿈꿔오던 거야." 내가 그런 말을 한 적이 있었다. "카리브 해변에서 사는 거."

꿈이 이루어질 때가 되었나 보다. 어쩌면 꿈은 그것을 입에 담는 순간부터 이루어지기 시작하는 것인지도 모르겠다.

내가 감히 다시 꿈을 꿀 수 있겠는가? 애초에 이런 곤경에 빠지게 된 것도 다 꿈을 꾸었기 때문이 아니던가? 현실적인 몽상가가 가능하단 말인가?

올스턴에 있던 우리 작은 아파트가 생각난다. 바퀴벌레와 부랑자 형님, 그리고 그 화려한 원색의 방들. 꿈으로 가득한 젊은이들의 에너지가 지금도 느껴진다.

오늘 아침, 나는 잠자는 남편 옆에 누웠다. 감긴 그의 눈꺼풀 뒤로 눈동자가 이리저리 움직이는 것이 보였다. 무슨 꿈을 꾸는지 궁금했다. 스쿠버다이빙을 하고 있을까? 헬리콥터를 몰고 있을까? 레이니어 산을 등반하고 있을까? 남편은 아주 오래전에 형과 레이니어 산을 등반한 적이 있다고 했다. 그가 어디에 있든, 나도 그곳에 있고 싶었다.

난 그의 어깨를 자꾸 훔쳐봤다. 넓고도 여유로워 보였다. 그가 눈치채지 못하도록 살며시 그의 품에 안겼다. 사실, 지난 20년 동안 내가 아무 때나 안길 수 있는 품이었다. 하지만 살다 보면 원하는 것을 이렇게 훔쳐야 하는 때도 있나 보다.

남편은 꼼짝도 하지 않았다. 그의 품에 안기니 행복감이 밀려왔다. 그가 나를 품에 안기 싫어한다는 사실을 나는 애써 지우려 했다. 남편이 갑자기 잠에서 깨면 나를 밀쳐낼 거라는 생각을 억지로 떨쳐냈다. 우리 관계가 정말 그런 지경까지 이르렀는가? 정말 믿을 수가 없다.

나는 그의 꿈을 함께 꾸고 싶었다. 그래서 그의 따뜻한 체온을 느끼며 더욱 바짝 다가가 누웠다. 하지만 내가 그의 꿈을 함께하려면 남편이 다시 꿈을 꾸기 시작해야 한다.

나는 남편 옆에 누워 지난주 카운티 페어(농업 박람회)에서 있었던 일을 생각했다. 친구네는 헬리콥터 학교를 홍보하고 있었다. 나는 그 옆에 털썩 주저앉아 이렇게 말했다. "너희 헬리콥터를 몰고 우리 집에 좀 올래? 농담 아냐. 우리 남편은 내가 생일선물로 준 300달러짜리 상품권을 아직도 모셔만 두고 있어. 남편에겐 뭔가 자극이 필요해."

"강습교재만 사도 300달러라는 거 알지?" 내 친구가 웃으며 말했다. "일단은 교재부터 보고 시작해야……"

"그런 시시한 얘기 하지 말고 토요일 아침 10시 정각에 뒤뜰에서 브런치를 먹고 있을 테니까 그때 와."

그러고 보니 오늘이 토요일이다. 난 침대에서 뛰어내리다시피 하여 아래층 부엌으로 달려가 베이컨을 굽기 시작했다. 그리고 최근에 아이들과 함께 나가 직접 따온 허클베리로 머핀도 만들기 시작했다. (허클베리는 우리 동네 것이 최고다.)

서둘러 뒤뜰에다 상을 차렸다. 아름다운 아침이었다. 정원에서는 보랏빛 참제비고깔 꽃과 넝쿨을 타고 올라가는 연분홍 장미가 그 맵시를 한껏 뽐내고 있었다. 가족들이 하나 둘 모이기 시작했다.

난 기분이 좋았다. 정원이 뿜어내는 자연의 힘으로 충만해지는 느낌이었다.

그때 소리가 들렸다. 탁탁탁…… 그러더니 포크가 달그락거리기 시작했다. 두두두두두…… 심장이 덩달아 쿵쿵거렸다. 휘이익…… 바람이 몰아치더니 파라솔이 넘어졌다. 그리고 나타났다. 바로 머리 위에! 파랑과 노랑의 슈바이처 헬리콥터가 우리 집 위에서 낮게 맴돌았다. 그것도 온 가족이 정원 파라솔 아래, 티크 탁자에서 아침 식사를 하는 동안에 말이다.

우리는 모두 자리에서 일어나 우리 앞마당에서 벌어지는 놀라운 광경을 그저 바라만 보았다. 바람의 여파가 뒤뜰까지 미쳐 꽃들이 휘청거렸다.

나는 남편을 쳐다보았다. 그는 입꼬리가 양쪽 귀에 걸리도록 큰 미소를 띠고 있었다. 아주 오랜만에 보는 모습이었다. 참 아름다웠다. 마치 기적처럼.

그러다가 그는 입을 쩍 벌리고 놀라움을 금치 못했다. 우리 집 위에 떠 있는 저 헬리콥터가 그저 파란색의 거대한 배를 자랑하러 온 것이 아니라는 사실을 깨달았기 때문이다.

헬리콥터 창문에서 긴 줄이 하나 내려왔다. 줄의 끝에는 왕진

의사가 들고 다닐 법한 검은색 가방이 매달려 있었다. 그 가방이 우리 집 마당으로 천천히 내려왔다. 난 그 가방 안에 무엇이 들었는지를 짐작할 수 있었다. 강습교재다.

"얼른 가서 받아 와!" 나는 예전처럼 남편에게 소리쳤다. 남편에게 버림받을까 봐 조마조마한 마음으로 살지 않던 그때 그 시절처럼.

남편은 마당으로 달려가 양팔을 번쩍 들어 마치 무슨 성물처럼 가방을 받았다. 남편이 마당 한가운데 서서 양팔을 들어 가방을 받는 모습을 보고 있자니, 이보다 성스러운 광경이 또 있을까 싶었다.

나는 아이들을 바라보며 자랑스러운 미소를 날렸다. 아이들은 아직도 놀라서 어쩔 줄을 몰라 했다. 난 자신감을 되찾았다. 아주 근사한 느낌이었다.

남편은 내가 오늘 아침 자신의 품에 안겨있었다는 사실을 아는지 모르겠다. 그의 꿈을 함께 꾸었다는 사실을…….

아이들은 일일 캠프에 갔고, 우리는 옛날 방식의 데이트를 즐겼다. 그의 생각이었다. 또 하나의 기적이라 할 수 있다.

얼마 만에 갖는 둘만의 시간인지 모르겠다. 아 참, 지난겨울이 있었지. 우린 멋진 리조트에서 주말을 보냈다. 하지만 여기 몬태나에서 그저 둘이 시간을 보내는 건, 정말이지 이런 일이 또 언제 있었는지 기억이 나지 않는다. 몇 년은 족히 됐을 것이다. 남편이 휴대폰으로 친구와 통화를 하거나 골프 모임이나 낚시 갈 계획을 짜지 않는다는 사실에 나는 깜짝깜짝 놀란다. 그 모든 것 대신에 나를 선택한 것이다.

그래서 우리는 섹스부터 했다. 지금 이 상황에서 섹스를 즐기는 것이 가능한가? 사실 나도 황당하다.

내 친구 중 하나가 말하기를, 이혼을 목전에 둔 부부에게 흔히 있는 일이라고 했다. 일단 양쪽 모두 익숙한 일이고, 이혼하면 다시는 못하게 될까 봐 두려운 마음에서 그런다고 한다. 사실 나는 그 말을 믿지는 못하겠다. 하지만 뭔가 절박한 신선함이 있다는 것은 인정한다.

만일 남편이 바람을 피웠다면 그가 나에게 성병을 옮길지도 모른다는 생각을 떨치려고 노력했다. 물론 그가 바람을 피웠다는 증거는 여전히 없다. 배우자와 섹스를 할 때마다 상대를 검사해야 하는가? 혹시라도 다른 사람과 섹스를 했을까 봐? 나는 서로 믿는 세상에서 살고 싶다. 그래서 난 그런 잡생각을 떨쳐내려고 노력했다.

우리는 맥주를 들고 강가로 나갔다. 아침의 헬리콥터 방문을 생각하며 미소를 지었다.

나는 빙하가 녹아 흐르는 플랫헤드 강의 노스포크로 머리부터 다이빙해 들어갔다. 귀가 떨어져 나갈 정도로 물이 차가웠다. 10m에 이르는 벼랑의 미끈미끈한 바위를 다시 기어 올라올 때도 발을 헛디디거나 하지 않았다. 누가 보면 나를 스무 살짜리 래프팅 가이드라고 생각할 것이다. 엄마표 수영복과 보기 흉한 피하 지방을 가리기 위한 랩치마만 없다면 말이다.

그때 부정적인 생각이 내 머리를 스치고 지나갔다. 우리 안방 창문에 커튼을 달아 놓을걸. 그러면 침실에서 남편이 나의 마흔한 살짜리 몸뚱이를 안 봐도 됐을 텐데.

하지만 이제 안 그러기로 했지 않은가? 나는 자유롭기를 원하고, 그런 것쯤은 초월하기를 원한다. 울퉁불퉁한 피하 지방까지도. 그리고 작년까지만 해도 전혀(!) 없었던 뱃살도.

나는 있는 그대로의 모습을 사랑해야 한다. 안 그러면 고통스러울 뿐이다. 고통이라면 이제 지긋지긋하다. 그래 뭐, 아이들이 다시 개학하는 9월에 헬스클럽에 등록하면 된다. 그러면 뱃살도 빠질 것이다. 나는 나 자신을 사랑하기 때문에 그렇게 할 것이다, 젠장!

남편은 누나 일로 한 시간 동안 모든 시댁 식구들과 일일이 통화했다. 식구들 모두 그 일로 긴장하고 있다. 나는 진정으로 두려워하고 슬퍼하는 남편을 그저 지켜볼 수밖에 없었다.

그는 담배를 말아 몇 개비 피웠다. 새로운 모습이었다. 적어도 나에게는. 나는 어딘가 신성한 곳으로 향하는 느낌이었다. 남자들의 세계 말이다. 남편은 친구들과 있을 때는 이런 모습인가 보다. 남편은 맥주와 담배를 챙겨 강가로 나가 낚싯줄을 던졌다. 처음 던진 낚싯줄에 송어가 걸려 올라왔다.

"봤지?" 첫 낚싯줄에 꽤 큰 물고기를 잡았다. 나도 덩달아 신이 났다. 잡은 물고기를 놓아주기 위해 물고기 입에서 낚싯바늘을 빼내는 남자의 모습에는 뭔가 특별함이 있다. 여자가 바라는 남자의 손길이 바로 그런 것이다.

그는 다시 낚싯줄을 던지고 담배를 물었다. 남편이 내 곁으로 다가와 앉았다. 남편은 하트모양의 돌을 주워 내 손에 쥐어 주었다. 장밋빛으로 부드럽고 촉촉하다. 마치 인간의 심장처럼.

나는 그를 끌어안고 입을 맞추었다. 그리고 우리가 지난 20년간 서로에게 속삭이던 말을 했다. "다 잘 될 거야." 이것 역시 모험이었지만, 이렇게 하는 것이 옳은 것 같았다.

"잘 되지 않을 거야." 남편이 입을 열었다. "아주 엉망진창이 될 거야. 그러고 난 다음에…… 잘 될 거야."

'엉망진창'이라니, 대체 무슨 뜻일까? 뭐가? 시누이가? 우리 가정 경제가? 우리 결혼생활이? 아, 제발 그것만은 아니기를. 그렇다면 남편에게 '잘 된다'는 의미는 이혼해서 혼자 사는 것이란 말인가? 그럼 나는? 나도 혼자 사는 것? 아냐! 아냐, 아냐, 아냐! 다시 친구가 될 수는 없을까? 서로에게 친절히 대해 주고 결혼서약도 다시 할 수는 없을까? 이번에는 신화나 환상 같은 것은 빼고 말이다. 나는 하트모양 돌을 꼭 쥐었다.

강가에 있는 우리는 마음이 무거웠다. 가장 무거운 것은 시누이의 시련이다. 생의 마지막 한 해가 될지도 모르는 이 시간에 그녀가 겪는 시련. 그 와중에 사랑하는 남편과도 이혼해야 한다. 시누이는 암뿐만 아니라 법정에서도 싸워야 한다. 이게 대체 말이 되는가? 다섯 아이도 아빠를 미워하지 않는 방법을 찾아야 한다. 아이들에게 남은 것은 이제 아빠뿐이다. 아이들은 아빠가 필요할 것이다.

"자기가 콜로라도로 가서 도와준다니 정말 잘 생각했어. 아이들 마음이 얼마나 아프겠어?”

“글쎄……, 사람이 살다 보면 이혼할 수도 있는 거지, 뭐. 아이들도 극복해야지 어쩌겠어?” 역시 역효과를 낳는다. 어쨌든 아무 소용이 없다.

그다음부터 나는 거의 말을 하지 않았다. 그때 나는 전화해야할 곳이 있다는 사실을 깨달았다. 내 휴대폰은 배터리가 없었다. 그래서 셔츠에 넣어 둔 남편의 휴대폰을 꺼냈다.

순간 그는 짜증을 내며 물었다. “뭐하는 거야?”

그래 인정한다. 나는 그의 휴대폰 주소록을 뒤지는 중이었다. 내가 필요한 번호를 찾기 위해서 말이다. 하지만 그는 내 남편이 아닌가? 원래 부부는 비밀이 없는 것이다. 아닌가? 내가 남편 몰래 그런 것도 아니다. 나는 바로 그의 옆, 뻔히 보이는 곳에 앉아 있었다.

그는 나에게서 휴대폰을 낚아채 버튼 몇 개를 누르더니 말했다 “자기가 걱정할만한 사람은 내 주소록에 없어. 사생활일 뿐이라고. 난 다른 사람들이 내 휴대폰 만지는 게 싫어!”

또 한 번 내 마음은 끝없는 나락으로 떨어졌다. 비밀. 그에게 비밀이 있다. 무슨 비밀이지? 얼마나 흉측한 비밀일까? 주소록을 못 보게 하는 이유는 뭘까? 답이 무엇이든 좋은 것은 아닐 것이다.

나는 이런저런 생각을 했다. 남편에게 여자가 생겼을 것이다. 하지만 남편은 여자 문제는 아니라고 했다. 다른 남자는 몰라도 난 남편이 거짓말하는 것은 금방 알아챌 수 있다. 그리고 여전히 증거도 없다. 남편이 마약에 빠졌는지도 모른다. 그래, 뭐…… 여기가 리조트 타운이기는 하다. 하지만 남편이 그 정도로 타락했으려고?

　남편은 자리를 옮겨 낚싯줄을 던졌다. 그리고 나는 쥐고 있던 하트모양 돌을 강물에 던져버렸다.

탈선

8월 23일.

내 마흔두 번째 생일이다. 친척들이 모이기로 했다. 우리 가족은 매년 여름에 한 번씩 모이는데 올해는 몬태나가 모임장소로 뽑혔다. 연령층도 다양하다. 근처 휴양림 오두막도 몇 채 예약해 뒀다. 상다리가 휘어지는 식단과 야외활동 계획도 다 짜 났다.

가족들이 빨리 도착했으면 좋겠다. 가족들에게 둘러싸여 이번 여름의 역경을 잊고 싶다. 내 인생의 무수히 많은 여름 중 하나일 뿐이라고 생각하고 싶다.

하지만 우리 결혼이 파경을 맞을 수도 있는 이 위기상황에서 내가 왜 자청해서 이런 짓을 하겠다고 했는지 모르겠다. 위기에 처한 사람은 정신적 심리적 건강을 유지하기가 쉽지 않다. 더구나 여러 증인이 보는 앞에서 안간힘을 쓰기란…….

그리고 솔직히, 나는 아버지가 없는 가족 모임이 괴롭다. 친척들이 방 안 가득 북적여도 난 여전히 아버지를 찾는다. 하지만 아버지가 돌아가셨다는 사실을 곧 깨닫고는 가슴이 메어온다. 이제는 팔꿈치를 잡아끌며 산책하러 나가자고 조를 아버지가 없다. 내 얼토당토않은 불평을 잔뜩 늘어놓을 아버지가 없다. 다른 사람에게는 감히 자랑할 수 없는 일들을 아버지에게만은 자랑처럼 떠벌리곤 했는데, 이제는 그런 것도 할 수 없다. 그 누구도 아버지처럼 나를 대해 주지 못할 것이다. 그 맹목적이던 사랑. 지금 내게는 그 어느 때보다도 아버지의 사랑과 조언이 필요하다.

어쨌든 내가 말하고자 하는 취지는 이렇다. 만일 당신이 현실에 충실하려고 노력하면서 당신의 행복이 오로지 당신 손에 달렸다고 믿는 사람이라면, 그리고 동시에 응용력이 부족한 사람이라면 일가친척의 대부대를 집으로 초대하지 않는 것이 현명할 것이다. 아직 위기가 가시지 않은 이 상황에서, 그것도 2주씩이나.

친척들 잘못이 아니었다. 그들은 우리 결혼생활이 어떤 지경인지 알지 못했다. 누구에게도 그런 얘기를 한 적이 없었으니까.

전에도 말했듯이 나는 그들을 걱정시키고 싶지 않았다. 게다가 상황이 잘 풀리는 듯했다. 요즘 남편이 다시 내 눈을 쳐다보기 시작했다. 저녁 식사도 가족과 함께했다. 집에서 스포츠도 시청했다. 물론 그건 새로 설치한 위성방송 수신 안테나 덕이겠지만.

잘 해결될 것 같았는데…….

내가 모든 걸 망쳐버렸다. 내 중심을 잡지 못했다. 몸이 수백만 조각으로 산산조각이 난 듯했다. 대부분은 누구에게도 들키지 않았다. 하지만 보드카 병을 내 손에서 내려놓지 못하던 끔찍한 밤에 일이 터졌다.

내 인생을 증언해 줄 증인들이 주변에 많아서 그랬던 것 같다. 그게 발단이었다. 지난여름 내내 나는 외로이 1인극을 벌여왔다. 내 할 일만 묵묵히 했다. 아이들을 끌어안고.

그러다 갑자기 주변에 증인들이 나타났다. 직접 희곡을 쓰고 주연을 맡은 연극에 의도치 않게 관객이 몰려든 것이다. 관중은 모두 당신이 잘 아는 사람들이다. 그중에는 교양 높은 비평가도 있다. 그런데 당신은 갑자기 대사가 생각이 나지 않는다. 의상도 맞지 않는다. 게다가 남자 주연 배우는 대역이 대신하고 있다.

그나마 다행인 것은 내가 무슨 짓을 했는지 기억이 나지 않는다는 것이다. 하지만 무대에 올랐던 것만은 분명하다. 비평가들은 나의 행동이 적절치 못했다고 비난했다.

생각나지 않는 부분은 좋은 쪽으로 생각하자. 그래도 옷은 안 벗었다. 다른 사람 얼굴에 토하지도 않았다. 거실 바닥에 얼굴을 박고 넘어졌을 때도 뼈가 부러지지는 않았다. 셰일라가 제일 좋아하는 러시아 보드카, 스미노프 덕이라고 해야 하나.

하지만 그것이 다가 아니다. 다음날 래프팅 배 안에서 앙코르 공연이 열렸다. 플랫헤드 강의 3급 급류가 흐르는 미들포크에서.

엄마는 우리 모두 래프팅을 하러 가자고 말했다. 그것이 엄마가 내게 주는 생일선물이었다. 자연과 함께하는 나의 삶에 동참하고자 하는 엄마만의 방식이다.

나는 감사하는 연습을 했다. 엄마가 내 생일선물로 래프팅을 하게 해 주다니, 난 정말 복도 많아. 내 생애 최고의 선물을 받은 척했다. 관광객들이 하는 그런 래프팅이었다. 래프팅 업체의 가이드를 대동하고, 앞서 사용했던 사람의 자외선차단 로션이 잔뜩 묻은 고무장화를 신고. 친구도, 맥주도 없이.

나는 내 말에 올라타 이 사람들로부터 멀리, 숲으로 달아나는 환상을 떨쳐냈다. 혼자 있고 싶다는 생각도 지웠다. 스시가 먹고 싶다는 생각, 오하이에서 온천을 하고 싶다는 생각도 접었다. 내가 그 비용을 감당할 능력이 있는지 모르겠지만, 어쨌든 안 된다. 난 지금 갓난아기에서부터 80대 노인에 이르기까지 대가족과 함께 래프팅 간다는 생각에 들뜬 사람이다. 난 쩨쩨한 사람이 아니다. 난 몬태나 여자다!

게다가 이것은 아주 좋은 기회다. 내가 보드카 때문에 잠시 행실이 흐트러지기는 했지만, 사실 나도 가정교육을 잘 받고 중심도 잘 잡혀 있으며 탈선 따위는 하지 않는 사람이라는 것을 모두에게 보여 줄 기회다.

남편은 치과에 끌려가는 듯한 표정이었다. 내 눈에는 그의 생각이 보였다. 맥주도 없이 어떻게 강가에서 하루를 보낼 수 있을까 생각할 것이다. 오늘 남편은 나와 눈을 마주치지 않았다. 생일 축하한다는 말도 아직 안 했다. 하지만 아이들을 안아 주고, 아이들과 농담도 하고, 아이들을 웃게 했다. 영웅처럼 멋진 아빠의 모습도 보여줬다.

남편이 내 행동에 화가 났다는 것을 알 수 있었다. 그것에 대해서는 내가 책임질 수 있다. 그리고 책임을 지고 있다. 하지만 셰일라가 자꾸 집요하게 묻는다. '새벽 2시에 남편은 술집에서 대체 무슨 짓을 할까?' 나는 그녀를 진정시키려 했다. '우린 모두 인간이야. 때로는 잘못을 저지르기도 하지. 지금은 우리 인생의 시련기야. 세상이 언제나 아름답기만 한 것은 아니잖아.'

난 셰일라를 최대한 이해시키려 했다. 나 좀 그만 괴롭히고 가서 다른 사람이나 괴롭히라고. 오늘은 내 생일이잖아, 젠장! 난 내 생일을 즐기고 싶다고!

이유는 잘 모르겠지만, 올해는 8월 23일의 기온이 18도밖에 되지 않았다. 나는 옷을 너무 춥게 입었다. 축구선수 같은 반바지에 민소매 셔츠를 입었다. 셔츠 길이가 약간 짧아서 뱃살을 감추려면 자꾸 아래로 끌어내려야 했다. 벌써부터 얼어 죽을 것 같은 느낌이었다. 다른 사람들은 이미 춥다고들 난리였다. 하지만 나는 몬태나 여자다. 이 정도 추위쯤이야 얼마든지 견딜 수 있다. 오히려 머리를 맑게 해 준다.

하지만 정말이지, 당장에라도 플란넬 파자마로 갈아입고 이불 속으로 기어들어가고 싶었다. 남편과 꼭 껴안고 추억의 명화를 보고 싶었다. 생일선물이나 뜯어보면서. 큰 걸 바라지도 않는다. 그저 카드 한 장이면 충분하다. 하지만 올해는 남편이 카드를 주지 않았다. 그리고 지금 상황으로 봐서는, 아예 안 줄 것 같다. 난 그가 원하는 것을 해 준 꼴이 되고 말았다. 날 죽여라. 내가 바보다. 세일라까지 와서 내게 그 사실을 알려줄 필요도 없다.

그래도 남편과 나 사이에는 한 가지 공통점이 있다. 우리는 이 상황에 자연스럽게 같은 방식으로 대응하고 있다는 것이다.

우리 몬태나 사람들은 좀 무신경한 면이 있다. 관광객들이 많이 찾는 곳이라 그렇기도 하고, 1년 365일 생명의 위협을 받으면서 살기 때문이기도 하다. 산불, 산사태, 혹한, 빙판, 그리즐리 곰과 퓨마까지. 그래서 우리는 래프팅 가이드가 관광객들에게 이 지역 농담이나 돌아가는 얘기를 해 줄 때 무심한 표정을 지으며 딴 생각을 했다. 우리는 수천 번도 더 들은 얘기다. 가끔은 손을 번쩍 들고 걱정스러운 얼굴로 이런 질문을 하는 관광객도 있다. "그리즐리 곰이 헤엄도 치나요?"

사실 우리는 헬멧을 써야 한다는 사실도 못마땅하다. 보험 때문이란다. 우리가 고소라도 할 사람처럼 보이나 보다. 누구를 고소한다는 것은 도회지에서나 유행하는 병이다. 게다가 우리는 강에서 헬멧을 쓴 역사가 없다. 이는 상갓집에 하와이 셔츠를 입고 가는 것과 같은 행위다.

강으로 가는 버스에서 엄마는 자꾸 우리를 돌아보며 이렇게 말했다. "너 너무 우울해 보여. 둘 다 왜 이렇게 표정이 어두워?" 그러고는 우리 둘 중 누구도 대답하기 전에 다시 돌아앉았다.

솔직히 말하면 이 구간을 래프팅하는 것은 처음이다. 내가 지금까지 해 본 래프팅은 그냥 물 위를 떠다니는 수준이었다. 가끔 낚싯줄도 던지면서 강변에서 피크닉도 즐기고, 친구들과 맥주도 마시고. 이 구간에 3급 급류지점이 몇 군데 있다는 얘기는 들었지만 콜로라도에 비할 것은 아니라는 얘기도 함께 들었다.

그래서 가이드가 구명조끼를 단단히 매라고 했을 때 나는 비웃으며 그러는 시늉만 했다. 헬멧도 마찬가지다. 선글라스 뒤쪽에 줄을 묶어 잃어버리지 않도록 하라는 말도 무시했다. 난 바보가 아니다. 무능한 사람도 아니다.

총 3대의 래프트가 함께 출발했다. 우리는 L.A.에서 온 일가족과 동승하게 되었다. 그러니까 가이드, 남편, 나, 우리 아이 둘, 우리 엄마와 새아버지 그리고 L.A.에서 온 부부와 그들의 아이 둘이다. 재난영화를 너무 많이 본 사람들 같았다. 그들은 주저하며 래프트에 올랐다. 우리를 보고는 좀 진정하는 듯싶더니, 우리 엄마의 분홍 립스틱을 보고는 다시 움찔했다.

마침내 모두 래프트에 올랐다. 몬태나 주민들 빼고는 모두가 물이 너무 차갑다며 불평을 늘어놓았다. 강물 온도는 얼기 직전이었다. 좀 전까지만 해도 빙하의 모습으로 있었으니 차가운 것은 당연하지 않은가.

사람들은 수영장 물 온도를 30도로 유지하는 법에 관해 이야기했다. "이 물은 빙하가 녹은 거예요." 내가 그들에게 다시 한 번 상기시켜 주었다. L.A. 가족의 엄마가 강물 온도를 묻자 가이드가 답했다. "차갑죠."

모두 올라탔다. 나와 남편이 맨 뒤에 앉았다. 우리 애들은 물벼락을 뒤집어쓰고 싶어서 맨 앞에 앉았다.

여든 살 드신 나의 새아버지가 코미디언 같은 목소리로 말했다. "저기…… 있잖아…… 난 수영을 못 해."

그러자 L.A.에서 온 여자가 말했다. "이거 노 아니에요? 노를 저어야 해요? 난 L.A.에서 온 유대인이에요. 이런 거 못 해요." 가관이군.

남편과 나는 부잣집 아들처럼 생긴 젊은 가이드와 잡담을 나눴다. 그에게 이 지역 여자나 주량, 어리석은 관광객에 대한 질문을 퍼부으며 우리의 20대를 회상하려 했다.

어쨌든 가이드는 누구에게도 주의사항을 알려주지 않았다. 어쩌면 우리가 그에게 너무 많은 말을 시켰기 때문일지도 모른다.

주의사항을 전혀 안 알려준 것은 아니다. 우리가 이 래프트의 동력이라는 말은 했다. 물론 모두가 그렇다는 건 아니지만.

가이드가 말했다. "제가 '모두 앞으로!'라고 말하면 동시에 노를 앞으로 저으세요. 속도는 맨 앞에 앉은 사람이 조절합니다." (맨 앞에 앉은 사람이라면 우리 아이들이다. 나와 남편을 빼고는 이 래프트에서 가장 믿을만한 사람들이다. 하나는 여덟 살이고 하나는 열두 살이다.) "제가 '후진!'이라고 말하면 노를 뒤로 저으세요." 하지만 노를 어떻게 젓는 것인지는 알려 주지 않았다.

"모두 앞으로!" 그가 소리쳤다.

그러더니 래프트가 갑자기 급류로 들어섰다. 사방이 바위다. 거대한 소용돌이가 우리를 빨아들일 듯했다. 태어나기 직전의 아기 같았다. 아니, 이미 태어난 아기를 탯줄이 도로 잡아당기는 것 같았다. L.A. 가족이 찢어질 듯한 비명을 질렀다.

내가 생각했던 것보다 훨씬 심한 급류라는 것을 인정한다. 우리 아이들은 물에 흠뻑 젖어서도 웃음을 멈추지 않았다. 나이 든 분들은 그저 차분히 앉아 있었다. 지금 이 장면을 TV로 시청하는 거라고 착각하고 계시나 보다. 그때 우리 가이드가 이렇게 말했다. "이제 긴장을 풀고 좀 쉬세요." 이 여름 내내 나는 누가 나 대신 풍랑을 헤쳐나가 주기를 간절히 원했다. 나 대신 노를 저어 주면서 나에게 그만 쉬어도 좋다고 말하는 힘세고 다정한 가이드를 그려 왔다. 대신 노를 젓는 사람이 있으니 긴장을 풀고 좀 쉬라고.

그래서 나는 그가 시키는 대로 긴장을 풀었다. 강물이 평온했다. 엄마와 새아버지는 사진을 찍으며 즐거운 시간을 보내고 있었다. L.A.에서 온 부부는 이곳 생활이 어떠냐고 우리에게 물었다. 마치 우리를 무슨 외계인처럼 생각하는 것 같았다. 하지만 그때 엄마가 끼어들어 우리가 원래는 시카고 출신이라고 말했다.

사슴을 본 그들은 사진을 한 5천 장은 찍는 것 같았다. 자연적으로 서식하는 사슴은 처음 본다고 했다. 그러더니 로스앤젤레스 동물원에서 본 동물들을 일일이 열거했다.

이 지점의 강물은 매우 고요하다. 강물이 노의 주변을 맴도는 것이 느껴졌다. 나는 남편과 보조를 맞춰 노를 저었다. 남편과 다시 보조를 맞추니 기분이 좋았다. 우린 오랜 세월 동안 보조를 맞춰 왔다. 우리는 잘 맞는다. 부모로서는 특히 그렇다. 누가 그것을 좀 증명해 주면 좋겠다. 사실 최근에는 우리가 좀 제정신이 아니었기 때문이다.

나는 우리가 잘 맞는 부분이 어디인지를 찾는 반면, 남편은 우리가 잘 안 맞는 부분만을 찾고 있었다. 언제부터 그랬을까? 언제부터 남편이 내 꼬투리를 잡으려 했을까? 하지만 나는 긍정적인 것에 초점을 맞췄다. 내가 통제할 수 있는 것, 내가 자랑스러워하는 것, 내가 잘하는 것, 남편이 나에 대해 좋게 생각하는 것에 초점을 맞췄다.

나는 싸우고 싶지 않다. 화를 내기도 싫다. 사라져버리기도 싫다. 나는 지금의 이 강물처럼 평온하고 싶다. 그러자 강물이 서서히 내 머리를 맑게 식혀 주었다. 내 혈관에는 몬태나가 흐른다. 몬태나의 강물과 자연이 나를 치유해 준다. 나는 평온히 숨을 쉬었다.

그때 엄마가 카메라를 들고 뒤를 돌아보면서 이렇게 소리쳤다.

"둘이 붙어봐, 사진 좀 찍게."

남편은 꼼짝을 하지 않았다. 할 수 없이 내가 남편 쪽으로 몸을 기울였다. 엄마는 사진을 찍다가 카메라를 내렸다. "둘 다 왜 이렇게 무표정해?" 그러더니 재빨리 말을 이었다. "우리도 사진 좀 찍어 줄래?"

오래전부터 내가 좋아하는 문구 중에 이런 것이 기억났다. 때로는 상대가 오해하도록 내버려 둬야만 하는 일도 있다고. 이번 여름이 바로 그런 시기였다. 그리고 친지들이 방문한 이 시점이 그 시련의 절정이었다.

숨을 쉬자. 이건 다 머릿속에서 만들어낸 고통이다.

나는 강기슭을 바라보았다. 나는 몬태나를 사랑한다. 이곳에 사는 내가 자랑스럽다. 짧은 순간이지만 평온함을 느꼈다.

이 극한의 상황에서 엄마의 생일선물을 다 받고 나면, 난 집에 가서 정원에 있는 장미를 꺾을 것이다. 살굿빛과 연분홍빛으로. 그런 다음 꽃병을 욕조 머리맡에 두고 뜨거운 욕조로 들어가 뼛속까지 스며든 한기를 녹일 것이다. 나만의 아주 이기적인 시간을 보낼 것이다!

엄마는 다시 나를 돌아보더니 또 사진을 찍어 달라고 했다. 엄마와 새아버지는 애정 어린 눈길로 서로에게 미소를 지어 보였다. 1959년쯤에나 유행하던 두터운 노란색 코트에 카키색 긴 바지를 입은 여든이 다 된 엄마는 여전히 저렇게 남자한테 사랑을 받고 있는데, 멋진 선글라스에 파타고니아 아웃도어 웨어를 입은 마흔 두 살짜리 나는 어째서 사랑을 받지 못하는가?

내가 사진을 찍어주자 엄마는 다시 나를 쳐다보았다. "옷이 추워 보이는구나."

나는 추위를 잘 타지 않는 편이다. 하지만 오늘은 정말 춥다. 계절에 맞지 않는 날씨다. 난 옷을 너무 얇게 입었다. 엄마가 아침에 한 말이 옳았다는 사실에 더욱 화가 났다. "오늘 기온이 18도래. 코트와 긴 바지를 입어야 하지 않을까?"

난 나를 노려보는 대머리독수리를 같이 노려보았다. 나 혼자만 보고 있으려다가 대머리독수리가 있다는 사실을 사람들에게 알려 주는 것이 좋겠다고 생각했다.

"전 대머리독수리를 한 번도 본 적이 없어요." L.A. 남자가 말했다.

"저기 있어요. 나뭇가지 위에." 내가 말했다.

"어디요?"

내가 아무리 가리켜도 그에게는 보이지 않나 보다. 그러자 그의 아내가 이렇게 말했다. "걱정하지 마요, 여보. 동물원에도 있어요."

"저기 보이잖아요. 12시 방향." 내가 또 말했다.

아무래도 그들은 내 말을 이해하지 못하는 것 같았다. 나는 다른 것처럼 이것도 그냥 포기해버렸다. 나는 다시 호흡을 가다듬었다.

가이드가 말했다. "좋아요, 여러분. 다음 급류는 3급입니다. 래프트가 뒤집어질 수 있을 정도의 물살이죠. 겁을 주려는 게 아닙니다. 누가 래프트 밖으로 떨어지거나 하는 일은 없을 겁니다. 하지만 만에 하나라도 떨어지는 사람이 있다면 다리를 앞으로 뻗어 물장구를 치세요. 마치 안락의자에 누워 있는 것처럼요. 되도록 래프트에서 멀리 떨어지지 마세요. 그럼 우리가 구명조끼에 달린 끈을 당겨 끌어올릴 겁니다. 그러니 끈을 단단히 매세요. 그리고 제가 '기울여요'라고 말하면 몸을 오른쪽으로 기울이세요. 알았죠, 여러분?"

"네." 목소리에서 묻어 나오는 두려움은 사람마다 달랐다. 하지만 난 여전히 헬멧도 헐렁하고 조끼도 헐렁했다. 이건 관광객들을 위한 상품이고, 난 관광객이 아니니까.

L.A. 여자는 겁에 질린 표정이었다. 광활한 강물을 앞에 두고 보니 그녀의 어마어마하게 큰 프라다 선글라스도 애들 장난감처럼 작아 보였다.

나는 정면에 펼쳐진 바위와 소용돌이치는 물을 응시했다. 사실 나는 걱정하지 않았다. 나 말고 이 래프트에 탄 다른 사람들이 걱정스러울 뿐이었다. 남편만 빼고. 남편은 물에 빠지거나 할 사람이 아니다. 남편과 나를 제외하고는 모두 오합지졸이었다. 남편도 같은 생각이기를 바랐다. 어쩌면 남편은 자신과 가이드만 빼고 모두 오합지졸이라고 생각할지도 모르겠다. 왜냐하면, 알다시피 그에게 나는 무능한 사람이 아니던가?

래프트가 다다르는 곳을 살피니 오른쪽 기슭에 있는 바위는 반질반질하고 경사가 심했다. 급류의 왼쪽에는 거대한 바위 여러 개가 강 한가운데서 불쑥불쑥 솟아 있었다. 가이드는 그 바위를 향해 래프트를 몰았다. 급류가 거세졌다.

"이제 오른쪽으로 기울이세요!" 가이드가 소리쳤다. 우리는 모두 오른쪽으로 몸을 기울였다. 그런데 엄마는 왼쪽으로 기울인다. 반대쪽이다.

나는 엄마의 몸을 오른쪽으로 밀기 위해 엄마 쪽으로 몸을 일
으켰다. 내 몸의 무게중심이 높아졌다.

지난 15년 동안 몬태나에서 살면서 승마도 많이 해봤고 뭐, 갖
가지 극한 상황에도 많이 처해 봤지만…… 이런, 젠장! 지금 분명
히 래프트가 뒤집히려 한다. 난 3급 급류에서, 그것도 한 무리의
무능한 사람들과 함께 뒤집힌 래프트를 머리에 뒤집어쓰고 싶지
않았다. 이 강의 물살에 휩쓸려 빠져 죽은 사람도 있다. 지금 이건
실제상황이다.

바로 그때 순식간에 급류가 나를 빨아들여 아래로 끌어내렸다.
아주 깊이. 내 몸이 아래로 내려갔다. 내가 지금껏 경험해 본 그
무엇보다도 빠르고 강력했다. 느슨하게 묶은 구명조끼와 느슨하
게 맨 헬멧이 자꾸 위로 당겨져서 숨이 막혔다. 모든 것이 하얗다.
모든 것이 사납다. 몸이 물 위로 뜨기만을 기다리지만, 자꾸만 아
래로 내려갔다. 나는 내가 처한 상황을 깨달았다.

내 머리가 물 위로 올라왔다. 헐떡이며 숨을 내쉬었다. 그리
고…… 다시 물밑으로 빨려 들어갔다. 아까보다 좀 더 오래. 이번
에는 물속에서 360도 회전을 하고 바위에 몸을 부딪쳤다. 그리고
다시 물 위로 떠오르면서 강기슭 쪽으로 떠내려갔다. 난 강기슭의
절벽 같은 바위에 매달렸다. 바위가 미끈미끈한 이끼로 덮여 있어
잡고 있기가 너무 어려웠다. 콧속에 물이 가득했다. 나는 콧속과
폐에 고인 찬물을 토해냈다. 그리고 다른 사람들은 어떤지를 살
폈다. 분명 나보다 훨씬 어려운 곤경에 처해 있을 것이 분명했다.

안 봐도 뻔하다. 수영을 못 하는 새아버지는 어느 바위엔가 매

달려 있을 것이다. 기절해서 물 위를 둥둥 떠다니는 엄마, 뒤집힌 래프트에 매달려 있는 아이들.

래프트가 보였다. 내 앞쪽에 두 개, 뒤쪽에 하나.

단, 뒤집힌 래프트는 보이지 않았다. 물에 빠진 사람도 없었다. 나만 빼고.

난 다리를 앞으로 뻗어 물장구를 쳐야 한다는 사실을 잊지 않았다. 물살이 거세서 쉽지는 않았다. 아직도 손에 노를 쥐고 있다는 사실을 발견했다. 그리고 희한하게도 내 선글라스가 구명조끼 가슴팍에 걸려 있었다. 난 선글라스를 옷 속으로 밀어 넣고 노를 이용해 바위에 부딪히지 않으려고 애를 썼다.

마지막 래프트가 내 쪽으로 다가왔다. 가이드가 소리쳤다. "괜찮아요?"

난 고개를 끄덕였다. "네."

기가 죽은 목소리였다.

"래프트 쪽으로 헤엄쳐 와요." 가이드가 말했다.

농담이지? 하지만 내게는 노가 있다. 나는 노를 앞으로 쭉 뻗었다. 그러자 가이드가 래프트를 몰고 가까이 와서 내 노를 잡아 래프트 쪽으로 끌어당겼다. 얼른 래프트에 타고 싶었다. 얼어 죽기 일보 직전이었다. 하지만 내 힘으로는 래프트에 오를 수가 없었다. 디딜 발판도 없고 거센 급류 속이다.

"당분간 래프트 옆에 있는 끈을 잡고 계세요. 바로 앞에 또 급류가 있거든요." 가이드가 말했다.

나는 머릿속으로 생각했다. '뭐……? 인간의 몸은 이런 추위를 오래 견딜 수 없거든!' 내 손은 추위와 공포로 바들바들 떨렸다. 이 근처에서 일어난 래프팅 사고에 관한 끔찍한 이야기를 들은 적이 있었다. 그 사건이 머릿속을 맴돌았다. 어쩔 수 없이 나는 래프트의 끈을 부여잡고 다음 급류를 통과했다. 다리는 래프트 아래로 숨길 수 있었지만 엉덩이는 계속 바위에 부딪혔다. 마침내 가이드가 말했다. "이제 올라오세요." 그의 목소리가 내 머릿속에서 소용돌이쳤다.

솔직히 이렇게 무능한 기분은 처음이었다. 나는 래프트에 기어오르려고 안간힘을 썼지만 신체적으로 불가능한 일이었다. 몸은 추위와 공포로 떨고 있었고 손은 얼어서 뻣뻣했다.

그러자 가이드는 내 구명조끼의 끈을 잡고 마흔두 살짜리 몸뚱이를 래프트로 끌어올렸다. 내 머리는 래프트 바닥에 처박히고 다리는 허공에서 버둥거렸다. 마치 거대한 오징어를 낚아 올리는 모습이었다.

"노를 놓치지 않았군요!" 가이드가 말했다. 오늘 내가 들은 말 중에 가장 친절한 말이었다. 어쩌면 이번 여름을 통틀어 가장 친절한 말일 수도 있다.

"선글라스도 잃어버리지 않았죠." 한숨을 돌리며 내가 말했다. 나는 그를 쳐다보며 칭찬해 주기를 기다렸다. 얼굴은 콧물 범벅인 채. "걱정하지 마세요." 내가 말을 이었다. "전 이 지역 주민이거든요." 오, 하나님. 이제 남편은 나를 공식적으로 미워할 것이다.

내가 원래 탔던 래프트와 가까워졌다. 난 그쪽으로 옮겨 탔다. 또 한 번 주체할 수 없이 몸이 비틀거렸다. 사람들이 노래했다.

"생일 축하합니다⋯⋯." 세 개의 래프트 모두가 노래했다. 남편까지도. L.A. 여자는 겁에 질린 눈으로 나를 보며 말했다. "난 절대 저렇게 되기 싫어요."

나는 엄마와 승객들의 목숨을 구하고 싶었던 것이라고 말해주고 싶었다. 하지만 그러지 않았다. 나는 몸을 떨었다. 딸이 창백한 얼굴로 나를 바라보며 말했다. "너무 무서워서 토할 뻔했어요, 엄마. 괜찮아요?"

"응. 난 괜찮아." 거짓말이었다.

남편은 여전히 나와 눈을 맞추지 않았다. 하지만 곁눈질로 나를 흘끔 쳐다봤다. 오른쪽에 지나가는 차를 사이드미러로 쳐다보듯이.

"있잖아요," 가이드가 나를 보며 말했다. "지금 앉아 있는 그 자리가 죽음의 자리에요." 그러고는 웃었다.

사실 이 자리는 원래 남편의 자리다. 하지만 내가 허리가 아프다며 자리를 바꿔달라고 했다. 남편이 그런 일을 당했어야 하는데⋯⋯.

나는 구명조끼와 헬멧 끈을 단단히 조이고 나머지 래프팅 여정을 마쳤다. 금방이라도 저체온증에 걸릴 것 같았다. 하지만 나는 아무 말도 하지 않았다.

나는 계속 래프트를 탔다. 그리고 살아남았다. 오른쪽 귀에서는 아직도 물이 빠지지 않았다. 나머지 여름도 이와 유사했다. 비슷한 상황이 많았지만 바로 이것이 나의 최종 시험인 셈이었다. 왜냐하면 그 물속에서 나는 느꼈기 때문이다. 진정한 항복. 진정한 무기력 그리고, 다시 진정한 항복.

응급사태와는 다른 개념이다. 그냥…… 완벽한…… 무(無). 선(禪)에서 말하는 무심(無心). 집착하지 않는 마음. 깨달음의 순간. 무념(無念). 무상(無想). 천성(天性). 강에 빠졌던 그 순간 모든 것이 명확해졌다. 이탈리아에서의 그 순간보다도 더. 첫 아이를 자연분만 하던 그때보다도 더. 이 모두는 내가 생과 사의 완벽한 중앙지대에 있는 것처럼 느꼈던 순간들이다. 특히 아이를 낳을 때는 내가 죽어서라도 아이를 살리고 싶었다. 무섭지는 않았다. 내 마음이 평온했기 때문이다. 하지만 그 중간지대를 경험하기 위해서는 죽음의 문턱까지 가야 할 때도 있는 것 같다.

공포는 나중에야 엄습한다. 나는 강물 속에서 경험한 그 용맹하고 무심했던 순간을 내 진정한 생일선물로 받아들이기로 했다. 이제부터는 그것을 내 인생의 잣대로 삼기로 했다. 결혼생활이든, 다른 것이든.

래프팅이 끝나자 나는 차로 가서 따뜻한 재킷과 요가 바지로 갈아입었다. 그때 남편이 차로 와서 무언가를 꺼내 가려 했다. 나는 그의 팔을 붙잡으며 이렇게 말했다. "그 빌어먹을 놈의 생일 포옹을 해 줘."

생일에는 그 빌어먹을 놈의 포옹을 해달라고 요구해도 되지 않겠는가?

그가 나를 안아 주었다.

"정말 무서웠어." 내가 말했다.

나는 내가 래프트에서 떨어진 이유를 설명하거나 변명하려 하

지 않았다. 그저 그 자리에 서서 몸을 바들바들 떨었다. 사람들이
나를 오해하도록 내버려 둔 채. 내 생일에 남편이 나를 안아 준다.
그리고 나는 숨을 쉰다.

공동체 사회

노동절 주말. (미국과 캐나다는 9월 첫째 월요일이 노동절이다.)

어둡고 춥다. 난 식구들이 집에서 미식축구와 골프와 테니스와 권투와 야구와 또 미식축구 등등을 너무 많이 시청한다는 사실을 지적하지 않으려고 한다. 나의 깜찍하고 사랑스럽고 마음 여린 여덟 살짜리 아들이 TV 화면을 향해 "이런 저능아, 쓰러뜨리란 말이야!"라고 소리 지르는 것에 대해서도 언급하지 않으려 한다. 아들은 지금 아빠와 소파에 누워 사타구니를 긁적거리고 있다.

지금은 아들 입에서 나오는 인간 차별적 언어나 남들 앞에서 하지 말아야 할 행위에 대해 훈계할 때가 아닌 것 같다. 지금은 남편이 실직 상태일 뿐만 아니라 그의 누나가 죽어가고 있기 때문이다.

그가 TV 스포츠를 마약으로 삼고자 한다면 그러도록 내버려 두어야 한다. 남편에게 남들의 본보기가 되도록 잘 처신하라고 요구할 시기가 아니다. 어차피 남편은 곧 조카들의 본보기가 되도록 잘 처신해야만 할 것이다.

시누이는 시카고에 있는 연구소의 임상시험 대상이 되었다. 혹시 암이 더 자라지 않을지도 모른다. 하지만 가능성은 극히 희박하다. 그저 죽음을 준비하는 동안 조금의 희망을 더 보탠다는 의

미일 뿐이다. 그래도 시누이는 기꺼이 하고자 했다. 아마도 희망 그 자체를 위해서일 것이다.

가을 내내, 어쩌면 상황에 따라서는 겨울까지도 남편은 그녀를 도와 실험을 진행해야 할 수도 있다. 남편이 시누이에게서 가장 가까운 곳에 사는 가족이기 때문이다. 물론, 다른 가족들도 진심으로 시누이를 걱정한다.

남편은 직장을 구하기 위해 인터넷을 이 잡듯이 뒤지고는 있지만 사실 지금 이 시점에서는 직업이 없는 것이 오히려 다행이다.

남편은 하룻밤 사이에 바뀌었다. 다시 듬직한 사람이 되었다. 오래전에 망가져 버린 물건들을 꺼내 고쳤다. 현관 난간에 칠이 벗겨진 부분도 새로 칠했다. 그러면서도 남편은 자꾸 하염없이 숲을 바라보았다. 곰이나 퓨마가 나타나지 않나 감시하는 것 같다. 하지만 그게 아니라는 것을 나는 안다. 누나 일로 가슴이 아프기 때문이다. 시누이가 이렇게 희귀하고 지독한 암에 걸렸다는 사실이 도무지 믿어지지 않는다.

남편이 자신의 인생을 생각한다는 것도 나는 안다. 과연 그가 이렇게 건강할 자격이 있는 것인지. 몸에 좋은 음식을 챙겨 먹는 것도 아니고 건강에 좋은 생활을 하는 것도 아닌데. 특히 요즘은 더욱. 그렇다 해도, 나는 그가 금전적인 것과는 별개로 우리에게 아주 오랫동안, 아주 많은 것을 주었다는 사실을 깨닫기를 바란다. 사실 그는 금전적으로도 우리에게 많은 도움을 주었다. 혹시 남편은 지난 7년간 돈을 못 벌었다고 해서 돈을 잘 벌던 그전의 8년이 모두 무효가 된다고 생각하는 것은 아닌지 모르겠다. 자신의 직업을 사랑하고 지역사회에 적극 참여하던 그 8년. 자신을 능력 있고 '자격 있는' 사람이라고 느끼던 시절이었다. 남편은 갈수록 후퇴하는 것 같다.

나는 그가 앞으로 나아가기를 원한다. 겉으로 드러나는 성공으로만 자신을 평가하는 사람이 되지 않기를 바란다. 누나 곁에서 누나를 돕는 일이 그를 그렇게 만들어 줄 것 같다. 내가 아는 바로는 시누이도 그것을 원할 것이다.

사람에게는 마음을 나눌 사람이 필요한 만큼 공동체 사회도 필요한 것 같다. 남편과 나는 몬태나의 이 마을 일에 적극 참여하곤 했다. 우린 이 동네 거물들이었다. 하지만 사업에 실패하면서 우리는 지역사회를 멀리했다. 지금까지도 거의 참여하지 않는다. 나는 무슨 무슨 위원회 같은 것에도 속했었다. 자선기금 모금에 앞장서거나 스트리트 댄스를 계획하기도 했다. 작가들의 모임에도 참석하고 어린이 문예창작 교실 강사로 자원하기도 했다. 학생들에게 노래를 불러 주고 기타도 쳐 주었다. 지역 환경문제 해소를 위한 집회에도 참여했다.

남편이 맥주회사를 운영할 때는 사람들이 거의 매일 찾아와 도움을 요청했다. 그러면 남편은 거절하는 법이 없었다. 그는 지역 정치인들과 저명인사들의 존경을 받았다. 가축들을 먹이기 위해 맥주공장에서 남은 낟알을 받아 가던 목장주와 농장주들도 모두 그를 좋아했다.

앞으로 당분간은 누나와 조카들이 남편의 공동체 사회가 될 것이다.

그것을 알기 때문에 나는 지금 이 순간 그가 편히 쉴 수 있게 해 준다. 비록 내가 미식축구를 좋아하지는 않지만, 사실 어떻게 하는 것인지도 잘 모르지만, 지금은 아름다운 전쟁으로 보인다.

나는 찬장 문을 열어 미식축구와 어울릴 만한 뭔가를 찾았다. 마치 마법처럼 도리토스 과자 봉지가 눈에 들어왔다. 난 태어나서 한 번도 도리토스를 사 본 적이 없다. 지난번에 왔던 손님들이 먹다 남기고 간 것이다. 다른 과자 봉지도 있었다. 먹으면 혀가 파랗게 되는 그런 것이다. 나는 그것들을 그릇에 담았다. 이것은 건강식을 추구하는 우리 집 간식으로는 처음 선을 보이는 것이다. 그럼에도 난 언제나 그래 왔다는 듯이 도리토스가 담긴 그릇을 커피테이블 위에 올려놓았다.

남편과 아들은 그것을 후무스(으깬 병아리콩과 오일, 마늘을 섞은 음식)라고 생각하고 그냥 무시했다. 하지만 곧 그 짜릿한 냄새가 미식축구에 여념이 없는 그들의 콧구멍으로 들어왔다. 갑자기 생기가 돌더니 대체 원료가 무엇인지 알 수 없는 도리토스를 입 안 가득 넣었다.

나는 흔들의자에 앉아서 쉬었다. 하지만 남편과 아들을 내 시야에서 벗어나게 하지는 않았다. 오늘은 왠지 나도 옆에서 응원하고 있다는 사실을 남편이 알아줬으면 싶었다. 그리고 솔직히 내 공로도 좀 인정받고 싶었다. 지난여름 내내 나는 그 어떤 인정도 받지 못했으니까.

나는 두 손을 무릎 위에 올려 두고 세차게 의자를 흔들기 시작했다. 그러다가 갑자기 멈추어버렸다. 아, 심심해서 돌아가시겠다.

바로 그때 난로 옆에 아무렇게나 놓여 있는 내 노트북이 눈에 들어왔다.

그날 오전에 친구에게서 들은 얘기가 순간적으로 머릿속을 스치고 지나갔다. "정말 아직도 페이스북을 안 해? 얼마나 재밌는데. 이렇게 벽지에 사는 너한테는 특히 더 재미있을 거야. 인맥 관리에도 제격이고, 한 번 빠지면 헤어나기 어려울 정도야."

"그거, 고등학생들이나 하는 거 아냐?"

"아아냐! 너도 시대에 뒤처지기는 싫겠지?"

시대에 뒤처지다니? 그럴 수야 없지.

나는 노트북에 손을 뻗었다. 클릭, 클릭, 클릭. 패스워드 생성 중이다. 패스워드는 '미식축구'다. 왜들 그렇게 페이스북 때문에 난리인지 내가 직접 알아봐야겠다.

"터치다운! 잘했어!" 남편과 아들이 소파에서 날뛰다가 도리토스를 흘렸다.

딸이 뭔 일 났나, 하고 들어와서 TV를 한 번 보더니 내 쪽을 보았다. 다들 한심하다는 결론을 내리고는 다시 자기 방으로 돌아갔다. 딸은 나가기 전에 한마디를 던지고 갔다. "엄마, 페이스북은…… 젊은 사람들이 하는 거 아녜요?"

나를 돌게 하는 말이다. 나는 굶주린 듯이 친구 요청을 했다. 생각나는 모든 네트워크에서 이름이 조금이라도 낯익은 모든 사람에게. 친구의 친구에게까지 친구를 요청했다. 그리고 내가 멋지게 나온 사진을 찾아내서 올렸다.

프로필을 눌러 봤더니 여전히 친구가 0명이라고 나왔다. 잠시 매우 우울해졌다. 제일 먼저 답을 한 친구는 조카였다.

"로라 이모. 이모도 페이스북을 하다니, 정말 재밌네요! 대학 생활은 즐거워요. 제 룸메이트와도 잘 맞고요. 사랑해요, 이모."

나는 다시 친구를 찾기 시작했다. 지금까지 내 친구는 단 한 명이다. 그것도 조카. 누가 볼까 두렵다.

"뭐 해?" 오늘 처음으로 남편이 나를 똑바로 쳐다보며 말했다.

"페이스북." 나는 무심한 목소리로 답했다.

그는 드러내 놓고 웃었다.

"왜 웃어? 얼마나 재밌는데. 내가 옛날 친구들을 얼마나 많이 찾았는지 알아?"

어머나, 누군가가 나에게 친구 요청을 했다. 고등학교 때 제일 잘 나갔던 여자애다. 그 모습만으로도 친구들을 기죽게 하던 애다. 나는 '확인'을 눌러 수락하거나 '나중에 하기'를 눌러 무시할 수 있다. 조바심이 나지만 약 10초 동안 요청을 무시했다.

그러고는 마치 그녀를 우연히 식당에서 만났다는 듯이 그녀의 프로필에 들어가 보았다. 친구가 정확히 1,753명이다.

노동절 휴일 3일 내내 날씨가 어두웠다. 남편과 아들은 미식축구만 봤고, 나는 흔들의자에 앉아 뜨겁게 달궈진 노트북을 무릎에 놓고 네트워크 삼매경에 빠져 있었다. 아이들이 나를 놀렸다. "내 직업상 꼭 필요한 거야." 그러자 다들 대놓고 웃었다.

그때 메시지가 도착했다. 이 지역 주민이 보낸 것이었다. 내용은 이렇다. "제발 페이스북 따위는 접고 당장 이리 오세요. 우리가 함께 투쟁해야 하는 황당한 일이 발생했습니다. 당신의 지지가 필요합니다. 오늘 토지분할법과 관련된 회합이 있습니다. 그때 모든 내막을 자세히 설명해 드리겠습니다."

내 진짜 공동체 사회에서 온 연락이었다. 내가 얼마나 오랫동안 페이스북에 접속했는지 알 수 있다는 사실을 깨닫고는 부끄러워졌다.

잽싸게 로그오프하고 노트북을 서류가방에 미끄러지듯이 집어넣었다. 내가 이 지역사회의 거물로 살았을 시절에 중요한 미팅마다 들고 다니던 서류가방이다.

"잠시 나갔다 올게. 마을 문제로 회의에 참석해야 해."

남편이 나를 올려 보았다. 그의 눈에서 예전에 보이던 존중의 빛이 살짝 비쳤다.

회의장소로 차를 몰고 가면서 페이스북을 다시 하지 않는 게 좋겠다고 생각했다.

그래도 지난 3일간 나는 외롭지 않았다. 거부당하는 느낌도 받지 않았다. 다시 예전으로 돌아간 느낌, 다시 친구가 많아진 느낌 (물론 친구가 천 명이 넘었던 동창과는 비할 바가 아니겠지만), 다시 20대가 된 느낌, 사랑받는 느낌, 특별해지는 느낌이 들어 잠시나마 행복했다. 비록 나이는 마흔두 살이지만. 나도 내 현실이 무엇인지는 안다.

영혼의 선물

개학.

남편이 시누이의 집으로 떠났다. 당분간은 그의 코 고는 소리를 두려워할 필요도 없을 것이고, 악몽을 꾸지 않는 한 나는 곤하게 잘 것이다. 눈치 보지 않고 밤늦도록 불을 켜고 책을 읽을 수도 있다. TV를 크게 틀어놓고 〈레터맨쇼〉를 봐도 된다. 그리 나쁘지만은 않을 것이다.

하지만 남편의 힘이 우리를 보호해 주지 못한다고 생각하니 왠지 좀 두렵다. 칠흑같이 깜깜하고 코요테가 울부짖는 이 밤, 내가 남편 덕분에 삶을 두려워하지 않았다는 사실을 깨달았다.

그는 이미 시누이의 집에서 그 힘을 사용하고 있다. 집안의 무거운 물건을 나르거나 힘이 필요한 일은 그가 도맡아 한다. 시누이의 남편은 영원히 집을 나가버렸다.

그는 나에게 전화해 일과를 보고했다. "잔디를 깎고 스프링클러를 고쳤어. 쓰레기도 갖다버렸고." 남편은 의욕으로 충만해 있다.

하지만 나는 그가 두려워한다는 것을 느낄 수 있다. 무력하다고 느끼는 것도 알 수 있다. 나는 그가 이번 일로 깊이 깨닫기를 바란다. 어쩌면 이미 그렇게 되고 있는지도 모른다. 좀 아까 우리가 전화했을 때 남편은 지체 없이 전화를 받았다. 최근엔 그런 적이 거의 없었다.

"뭐 해?" 내가 물었다.

"다들 U.S. 오픈을 보고 있어." 여기서 다들이란 다음과 같은 사람들이다. 그의 아픈 누나와 두 딸, 다른 누나, 형과 형의 전처다. 모두 시누이를 도우러 온 사람들이다.

다시 말해, 그는 거의 여성들로 가득 찬 방에 앉아 있다는 것이다. 그중에는 암세포와 이혼 때문에 육체적으로 그리고 정신적으로 충격을 받은 여성도 있었다. 내 계산으로는 그가 적재적소에 놓인 것 같다. 물론 나는 누군가가 암에 걸려 고통을 당하기를 바라지는 않는다. 하지만 이것을 남편이 철이 들 기회라고 생각할 수는 있지 않을까? 누나가 동생에게 주는 영혼의 선물, 그리고 우리 가족 모두에게 주는 선물.

남편이 없는 이 집에는 아이들과 나뿐이다. 난로는 따뜻하고 스피커에서는 클래식 음악이 흘러나오며 쟁반 위의 주전자에는 차가 가득하다. 뭔지 모를 안도감이 느껴진다.

나는 애들을 재우고 나도 내 침대로 들어가 TV를 시청했다. 아무 생각 없이.

〈윌 앤 그레이스〉〈섹스 앤 더 시티〉〈철인 요리왕〉〈레터맨쇼〉 사이에서 한참이나 채널을 돌렸다. 인생이 단순하고 가볍게 느껴졌다. 나는 자고, 자고, 또 잤다. 꿈도 꾸지 않았다. 나는 여덟 시간 전에 잠들었던 모습 그대로 깨어났다. 그리고 아무 생각 없이 침실 창밖의 나무들을 바라보았다. 이탈리아 이후 최고로 잘 잔 것 같다.

개학 첫날, 아이들을 학교에 데려다 주었다. 그리고 모든 것이 부드럽게 흘러갔다. 토지구획과 관련된 투쟁이 시작되기 전에 사전 지식을 쌓기 위해 카운티(자치주) 기획부서에 가서 대수층, 하천부지, 범람원, 빗물배수에 관해 집중 특강을 듣는 것조차 어렵지 않게 느껴졌다. 신속하게 행동해야 하고 스트레스도 많이 받을 거라는 사실을 알면서도 말이다.

우리 카운티의 법에 따르면, 다섯 구역 이상의 토지를 개발하려는 사람은 개발지에서 약 45미터 이내에 근접한 주민에게만 통지하면 된다. 그렇다면 강이나 도로로 분할된 거대한 시골 땅은 겨우 한두 명에게만 통지해도 된다는 것을 의미한다.

그것이 바로 이번 토지구획법의 문제다. 그러므로 일간지의 법적 공지문을 놓치지 않을 만큼 꼼꼼하거나 대지에 붙은 아주 작은 푯말을 우연히 발견하지 않는 이상은, 몬태나 근교의 '독수리 전망 목장'이 어느 날 통째로 사라져버릴지도 모르는 것이다. 그곳은 지금까지도 처녀지로 남아 있는 곳이다. 그러면 독수리들에게 잘 가라고 손을 흔드는 것 이외에 당신이 할 수 있는 일이란 아무것도 없다. 독수리는 더는 그곳에서 살 수 없을 테니까.

그 땅과 이웃한 두 명의 주민 중 한 명이 다행히도 이 사실을 알아챘기에 우리도 상황을 알게 된 것이었다. 하지만 우리에게는 닷새밖에 없다. 이 지역 개발에 관한 선례로 영원히 남을지도 모르는 상황과 대항해 투쟁할 날이 고작 닷새 남았다. 일단 이번에 약 4,000제곱미터의 땅에 대해 허가를 내 주면, 그다음부터는 걷잡을 수 없게 될 것이다. 몬태나에는 아직 미래를 대비한 법률이나 책임 있는 성장을 위한 법률이 없다.

내 결혼생활이나 나의 안녕 이외의 다른 것에 신경을 쓰니 활기가 생겼다. 다시 나의 지역사회에 참여하는 느낌이 좋았다.

토지 사용은 이 지역의 커다란 문제 중 하나다. 종종 외지인들이 들어와서는 원주민들이 수 세대에 걸쳐 보호해 오던 것을 강탈해 가려 한다. 이 지역 주민들은 자연과 함께 사는 법을 안다. 보존하고 존중하는 것이다. 하지만 우리 마을의 권력자들은 토지 개발업자들이 그들의 눈앞에서 흔들어 대는 당근에 너무 쉽게 굴복했다. 그것만이 주민 대부분이 가난한 주가 부유해질 수 있는 유일한 방법이라고 생각하기 때문이다.

이 광활한 대지가 주는 풍요로움이 무엇인지를 너무도 빨리 잊어버리는 이 지역의 몇몇 정치인들을 보고 있자면 화가 치밀어 오른다. 우리 주의 미래를 생각한다면 자연을 보존하는 것이 훨씬 큰 재산이다. 우리나라에도. 우리 지구에도.

그러나 걱정하지 않아도 된다. 자기 뒷마당이 훼손된다고 생각하면 각자의 정견이 무엇이든 사람들은 믿기지 않을 만큼 신속하게 합심을 한다는 것이다. 몬태나에서 뒷마당이라 함은 몇 마일까지도 이어지는 공간이다. 물론 우리가 지금 합심하지 않으면 그런 개념도 곧 사라질 것이다.

나는 변화나 성장, 발전을 반대하는 사람은 아니다. 나부터도 땅을 사서 집을 짓지 않았는가. 하지만 이 지역은 알래스카를 제외한 미국의 몇 남지 않은 처녀지 중 하나다. 그러므로 나는 이것을 어느 정도는 보존해야 한다는 책임감을 느끼고 있다.

사생활이 아닌 다른 것에 에너지를 쏟는 느낌이 아주 좋았다. 씩씩대고 화를 내면서도 가정에 영향을 미칠지도 모른다는 걱정을 하지 않아도 되기 때문이다. 이탈리아 이후 내가 얼마나 편협한 사람이 되었는지를 깨달았다. 마을 문제만이 아니다. 사회생활도 마찬가지였다. 나는 친지들이 방문한 것을 빼고는 여름 내내 그 누구도 저녁 식사에 초대하지 않았다. 그러지 않기로 스스로 다짐했으면서도 나는 이 스트레스 받는 상황 내내 은둔하며 지내왔다. 이런 내가 싫다. 그건 내가 아니다.

카운티 기획부서에서 두 시간을 보낸 후 알게 된 사실은, 이것이 내가 결혼생활을 유지하기 위해 하는 싸움과 유사하다는 것이었다. 뭐든 가치 있는 것에는 다 이런 현실이 내포된 것 같다.

기획부서의 직원들은 피로해 보였다. 그들은 매일같이 토지 문제와 씨름해야 하는 사람들이다. 사실 그들이 할 수 있는 일이란 별로 없다. 그들이 개발 제안서를 허락하지 않는다고 해도 군(郡) 위원들이 통과시킬 수 있기 때문이다. 그들의 이마에는 '무능'이란 딱지가 붙어 있는 것 같았다.

나는 개발업자의 지원서와 편지, 연방긴급관리국 논문과 지도를 수십 장씩 복사했다. 그리고 내가 아는 사람 중 이런 문제에 대해 알 만한 모든 사람들에게 전달했다. 생물학자, 수문학자, 군위원 출마자, 토지조합, 조경설계업자, 환경공학자, 변호사 등. 그리고 나는 회의에 참석해서 마을과 동떨어진 서부 외곽에 이런 방식의 토지구획을 적용하는 것이 얼마나 부적절한 결정인지에 대해 연설해 줄 가능성이 있는 모든 사람에게 전화를 돌렸다. 난 그들이 무엇을 언급해야 할지도 자세히 알려 주었다.

정말이지 이런 시골과는 맞지 않는 일이다. 그것이 환경에 미치는 영향도 매우 클 것이다. 이곳에 서식하는 동물들과 계절별로 찾아오는 동물들 그리고 이곳을 고향이라 부르는 사람들에게.

이런 종류의 토지 개발이 비단 이것 하나로 그치는 것은 아니다. 강의 상류와 하류에도 이미 여러 곳이 계획되어 있었다. 이 지역에 서식하는 동물들에게는 매우 중요한 이동 경로다.

그렇다고 내가 지금 미친 듯이 싸우고 있는 것은 아니다. 나는 침착하다. 어쩌면 이번 여름을 지내며 철이 든 사람은 오히려 나일지도 모른다. 그렇다면 이것을 나에게 주어진 선물로 받아들이는 것도 가능하겠지.

난 지역의 곳곳을 차로 운전해 다니면서 사람들에게 복사한 탄원서를 나눠주기로 했다. 복사 가게에 도착해서 산더미 같은 서류를 건네주고 따뜻한 햇볕이 가득한 실외로 나왔다.

그때 스쿨버스가 내 앞에서 멈추더니 멜빵바지에 파란색 작업복 셔츠를 입은 후터파(미국 서북부에서 캐나다 일부에 걸쳐 농업에 종사하며 재산 공유 생활을 영위하는 급진적인 기독교) 농부가 내게 다가왔다. 그리고 독특한 억양으로 내게 뭐 필요한 농작물이 없는지를 물었다. 후터파 사람들은 정말이지 설득력이 엄청나다. 그들의 방식이 존경스럽다.

그가 내민 리스트를 훑어보았다. 로마토마토(모양이 길쭉하고 씨가 적은 토마토의 일종)가 눈에 띄었다. 전부터 내 이탈리아 홈스테이 아주머니가 만들어 주시던 토마토소스를 만들어 보고 싶었다. 하지만 우리가 사는 로키산맥 지역은 혹독한 날씨 때문에 그런 토마토가 나오기 어렵다.

이탈리아 홈스테이 아주머니는 이렇게 말했다. "토마토는 바다와 가까운 곳에서 재배된 것일수록 향이 풍부하단다."

나는 턱에 수염이 듬성듬성 난 이 남자를 바라보았다. "어디 사세요?"

"저기 브라우닝 근처 발리어에 살아요. 태양이 가득한 곳이죠. 다섯 세대에 걸쳐 농사만 지었답니다. 장군풀로 만든 술도 팔아요."

나는 매년 봄맞이 행사로 로키산맥을 드라이브하면서 바라보던 프리즈아웃 호수와 이동하는 흰기러기에 대해 생각했다. 그곳엔 항상 태양이 가득했다. 사실 그 지역 전체가 예전에는 내륙해였다. 공룡의 땅. 내가 사는 이곳에서는 그 정도면 바다와 가장 가까운 곳에서 재배된 토마토라 할 수 있겠다.

"몇 상자나 있어요?"

"서너 상자요."

"세 상자 주세요."

나는 그를 따라 버스에 올라 좋은 것으로 세 상자를 고르려다가 문득 깨달았다. '내가 지금 후터파 사람들의 스쿨버스에 올라 토마토를 고르고 있다니.' 내가 처음 몬태나로 이사 왔을 때 이런 일을 겪었더라면 흥분해서 어쩔 줄을 몰랐을 것이다. 내가 태어나 자란 곳과는 전혀 다른 세상이다. 그러나 난 이제 이런 일에 익숙하다.

나머지 필요한 채소는 내 유기농 농부 친구를 만나면 사기로 했다. 하지만 예의상 그에게서 장군풀 와인을 조금 사 주었다.

그리고 나는 다시 복사 가게로 돌아갔다. 복사본을 받아들고 계산을 한 뒤, 차에 올라 만트라를 들었다. 친구가 내게 준 CD였다. 난 종교에 대해 그다지 까다로운 사람이 아니다. 그래서 고통에 관한 만트라도 따라 외운다. 옴마르카야나마하. 무슨 뜻인지는 전혀 알 수 없다. 그저 고통을 잊게 해 주는 것이면 나는 만족한다.

운전하는 내내 그것을 소리 내어 암송했다. 환경 변호사 사무실에 도착할 때까지도 나는 만트라를 멈추지 않았다. 복사본을 전달하고 나오다가 코르크 마개가 달린 와인병과 에스프레소 커피 머신이 진열된 멋진 그의 회의실을 슬쩍 보았다. 나는 다시 차에 올라 군 위원 출마자의 집에 가서 현관 앞에 복사본을 놓았다. 현관문 앞에는 아이들 물건이 잔뜩 널려 있었다. 미소가 절로 났다. 타인의 사적 공간들을 살짝 엿보는 기분이 참 좋았다.

그다음 나는 유기농 농사를 짓는 친구네 집으로 가서 탄원서를 전해주었다. 그녀가 사랑하는 땅, 그녀가 힘겹게 일궈 낸 녹지야말로 몬태나의 짧은 여름과 혹독한 기상을 상대로 한 승리의 상징이었다. 내 친구는 이 주변의 그 누구보다도 땅에 대해 잘 알고 있다. 지난 20년간 한시라도 손에서 흙이 마를 날이 없었다. 땅을 위해서라면 아이를 위해 싸우는 엄마처럼 나설 사람이다. 환경오염이 우려되는 현재 진행 중인 토지 계획은 그녀의 농장을 가로질러 흐르는 강물과도 인접한 곳이다. 그녀의 우려는 마을에 관한 것을 넘어, 토지, 수질, 동식물과 관련된 것이다.

그녀의 얼굴은 이 개발 문제로 수심이 가득했다. "내가 가서 개발업자들조차 눈물을 찔끔거릴 이야기를 해 줄게. 그들도 양심은 있겠지." 그녀는 강을 바라보며 섰다. "이 강가에는 약 16만 제곱미터에 달하는 주 소유 땅이 있어. 사람은 접근하기도 어려운 곳이지. 길도 없고. 난 가끔 카누를 타고 그곳을 가보곤 해. 자연 그대로의 모습을 볼 수 있어서 좋아." 나를 바라보는 그녀의 눈에 눈물이 고였다. "동물들이 죽으러 가는 곳이지."

나는 침을 꿀꺽 삼켰다.

"각종 임야 개발로 내몰린 동물들…… 그곳은 그들이 가는 곳이야. 작년 늦가을에는 강가에서 죽어 있는 곰을 봤어. 그때쯤이면 산속으로 들어가 있어야 하는데 말야. 그런데 곰의 등이 좀 이상하게 생겼기에 자세히 봤더니, 오래전에 등이 찢겨나간 흔적이 있더라고. 화살 자국이었어. 화살을 품고 살이 아물었지. 강인한 곰이었던 것 같아."

나는 한동안 아무 말도 할 수가 없었다.

"저기……, 오늘 애들이랑 소스를 좀 만들려고 하는데 혹시 셀러리 따 놓은 것 좀 있어? 아니면 잎이 넓적한 파슬리나 바질도 좋고. 또 당근과 마늘과 양파도 필요해."

"물론이지. 얼마나?"

"많이."

우리는 그녀의 밭으로 나갔다. 약 2만 제곱미터의 유기농 농장이 강가를 따라 아름답게 펼쳐졌다. 그녀는 밭에 쪼그리고 앉아 셀러리 일곱 줄기를 뽑아냈다. 모양이 예쁘지 않은 이탈리안 파슬리는 공짜로 얻었다. 그래도 맛은 똑같다. 실습생들이 그녀를 도와 당근 한 상자와 마늘과 양파 한 상자, 그리고 여러 다발의 바질을 뽑았다.

우리는 헤어지기 전에 긴 포옹을 나눴다. "이 일에 나서 줘서 고마워." 그녀가 말했다.

나는 마지막으로 말을 사육하는 목장으로 갔다. 이 개발 계획으로 가장 큰 위협을 받는 곳이자 나와 절친한 친구가 소유한 곳이다. 나는 그녀의 집 안으로 들어가 내가 아는 모든 사실을 알려 주고 함께 계획을 세웠다. 그녀는 말을 타고 숲을 달릴 때 세상에서 가장 큰 힘을 지닌 사람처럼 느껴진다고 했다. 지금 이 문제도 그런 강력한 힘으로 해결해야 한다. 페이스북 따위는 잊자. 이것이 진짜 공동체 사회다. 우리는 외로워할 필요가 없다. 우리는 인생을 창조하고, 공동체 사회를 창조한다.

남편에게서 전화가 왔다. 여전히 시누이와 함께다. 그와 그의 형은 온종일 마당에다 알뿌리 식물을 심었다고 했다. 시누이가 내년 봄에 볼 수 있기를 희망하며.

난 이틀을 아이들과 토마토소스를 만들며 보냈다. 마치 그 소스가 이번 여름의 좋은 시절과 나쁜 시절을 하나로 융화시키는 느낌이었다. 소스 병마다 우리의 눈물과 미소가 가득할 것이다.

약 27킬로그램의 로마토마토를 반으로 잘랐다. 셀러리도 다 씻어서 다듬어 두었다. 그 많은 당근은 딸아이가 다 까서 잘라 두었다. 이제 칼도 제법 잘 다룬다. 신선한 이탈리안 파슬리와 바질 잎은 아들이 잘 씻어서 주방 가위로 다듬었다. 엄청난 양의 양파도 껍질을 까서 채를 썰어 두었다. 마늘도 한 알씩 뜯어내 껍질을 까고 다져 두었다. 그리고 사랑을 듬뿍 담아 섞었다. 아이들과 함께.

소독된 병에 완성된 뜨거운 소스를 담고 역시 소독된 뚜껑으로 덮었다. 그리고 부엌 탁자에 올려놓고 식혔다. 병이 식으면서 뚜껑에서 퐁퐁 소리가 났다. 완벽하게 밀봉된 것이다.

우리는 부엌에 앉아 코코아를 마시며 그 소리를 세었다. 스물한 번. 모두 성공이다.

그다음에도 또 할 일이 있다. 모든 병에 일일이 조심스레 라벨을 붙였다. 다 끝나고는 홈메이드 유기농 이탈리아 소스가 든, 약 800그램짜리 병 21개를 찬장 속에 자랑스레 진열했다. 크리스마스 때 선물로 나눠 줄 수도 있을 것이고, 아니면 토마토를 구할 수 없는 추운 겨울날 우리 가족이 먹을 수도 있을 것이다.

남편이 집으로 돌아왔다. 난 그의 눈에서 시누이의 선물을 느낄 수 있었다. 그는 삶에서 정말 중요한 것이 무엇인지를 깨달은 눈빛이었다. 그리고 자신에게는 잃을 것이 너무도 많다는 사실도. 남편은 나에게 다정한 눈빛을 보냈다. 내가 부엌에 있을 때는 뒤로 다가와 안아 주고 목에 키스도 해주었다.

아이들이 아빠에게 찬장 속의 소스 병을 가리켰다. 우리 모두 소스가 자랑스러웠다.

나의 이탈리아식 포마롤라 소스 만들기

이것은 전형적인 여름 채소로 만드는 옅은 색의 소스다. 주로 한겨울에 여름의 맛을 느끼기 위해 저장해 두고 먹는다. 농도를 제대로 맞추려면 최고로 신선한 로마토마토를 써야 한다. 바다에서 가까운 곳에서 재배된 토마토를 추천한다.

약 450그램 분량의 파스타를 위한 소스, 6인용

껍질을 까지 않은 로마토마토 약 1.1킬로그램

양파 1개, 마늘 1쪽

셀러리 1줄기 (이파리는 떼어 내고 줄기만 사용한다)

당근 1-2개 (크기에 따라 다르다)

바질 잎 3-5개

잎이 넓적한 파슬리 3개 (줄기는 사용하지 않고 잔가지만 사용한다)

소금 약간, 후추 약간, 흰 설탕 약간

엑스트라 버진 올리브 오일 2큰술

토마토를 반으로 자른다. 나머지 채소는 작은 크기로 썬다. 바질과 파슬리는 주방 가위로 대충 자른다. 속이 깊은 냄비에 모든 재료를 넣는다. 뚜껑을 덮고, 당근이 포크로도 쉽게 뭉개질 정도로 익을 때까지 은근한 불에서 계속 끓인다(약 한 시간 반). 냄비 안의 재료를 모두 푸드밀(감자나 고구마 등을 으깨서 내릴 때 사용하는 주방 기구)에 넣고 토마토 씨와 껍질만 남을 때까지 계속 으깬다. 재료를 다시 냄비에 옮겨 넣고 끓인다. 농도가 짙은 것을 원하면 좀 오래 졸인다.

많은 양의 소스를 만들어 저장해 두고 먹고자 한다면, 그 비율에 맞게 위 재료의 양을 조절하면 된다. 대신 재료를 푸드밀에 넣기 전과 후에 각각 약 한 시간씩 더 끓인다. 토마토는 한 번에 약 5킬로그램 정도 사용하는 것이 적당하다.

바로 먹거나, 1주일까지 냉장 보관하거나, 병에 넣어 장기간 저장할 수 있다. 자동 밀폐식 뚜껑이 달린 병을 사용하는 것이 좋다. 소스가 식으면서 진공 상태가 되면, 뚜껑에서 퐁 하는 소리가 나며 밀봉된다. 몇 달 동안 저장할 수 있다. 이 소스의 매력은 그 신선하고 단순한 재료에 있다.

장렬한 싸움

9월 첫 주.

우리가 이겼다. 적어도 1라운드는 우리가 이겼다. 앞으로가 더 험난할 것이다. 우리는 닷새 만에 무책임한 토지개발 계획에 대항하는 항의서를 만들어 제출했다.

결국엔 내가 좀 미친 듯이 일했다는 사실을 인정한다. 가상의 공동체 사회 페이스북에 쏟던 그 모든 에너지를 이번엔 진짜 공동체 사회에 쏟아 부었다. 내가 가장 소중하게 여기는 것 중 하나인 땅을 위해.

참여했던 대부분의 사람이 우리가 이길 것이라는 예상을 못 했다. 우리가 또 개발업자들에게 속을 거라고 생각했다. 몬태나에는 3명의 대통령 선거인단만 허용된다. 최근에야 겨우 예비 선거의 중요성도 깨달았다. 이 지역의 백만장자들조차 무시당하는 것에 꽤 익숙해져 있다. 하지만 몬태나 사람이라면 누구나 토지가 인간의 영혼에 스며든다는 사실을 알 것이고 누구든 싸우고자 할 것이다.

기획부서 회의는 내가 최근에 접한 사건 중 가장 감동적이었다. 아무리 무시당해도 우리는 계속 일어서서 우리의 목소리를 냈다. 눈물과 분노와 양심과 상식이 동원됐다. 결국, 기획부서에서 만장

일치로 개발 계획을 부결시켰다.

그 닷새 동안 나는 이 일로 정신이 없었다. 이 일에 전적으로 매달렸다. 여러 명의 변호사와 토지 이용 컨설턴트는 물론이고, 대담하게도 내무부에 직접 전화를 걸기도 했다. 내가 아는 사람 중 이 문제에 관심이 있을 만한 모든 이들에게 경각심을 일깨우는 이메일을 보내기도 했다. 그리고 나는 기획부서의 구성원 아홉 명 모두를 위해 일일이 서류를 제본해서 회의 때 전달했다.

그들은 깊은 감명을 받은 듯했다. 내 자랑을 늘어놓는다고 생각해도 상관없다. 자신의 고장을 지키기 위해 양팔을 걷어붙이고 나서는 기분은 정말 뿌듯했다. 특히 지난 몇 달 동안을 무능함에 빠져 자책하며 지냈기에 더더욱 그랬다. 그런 내 모습을 본 남편은 자신이 나를 사랑했었다는 사실이 생각난 것 같았다.

카운티 회의가 있던 그날 아침, 나는 남편에게서 손으로 직접 쓴 메모를 받았다. 거기엔 이렇게 적혀 있었다. "애들 엄마 파이팅! 우리 모두 자랑스러워하고 있어!"

승리를 자축하기 위해 나는 오전 내내 뜨거운 목욕을 했다. 그동안 얼마나 많은 일이 있었던가!

그래서 나는 뜨거운 욕조에서 재스민차를 옆에 두고 더없는 행복을 맛보고 있었다. 그때 욕실 유리문이 열리면서 남편이 들어왔다. 수건 한 장을 두른 채. 그리고 욕조로 들어왔다. 지난 몇 년간 남편은 나와 함께 뜨거운 욕조에 들어가지 않는 것을 철칙으로 삼았는데, 이제야 그 이유를 알 것 같았다. 사실은 이미 다 알고 있었다. 남편은 내가 말이 너무 많다고 생각하기 때문이었다.

이 자리에서 내가 각종 어려운 주제를 들춰낼 거로 생각했을 것이다. 하지만 이제는 다르다!

그래서 나는 입을 열지 않았다. 나는 차를 한 모금 마시고는 그에게 미소를 지었다. 그가 말을 꺼냈다. 침착하고 조심스럽게.

"있잖아……, 누나랑 지내보니까, 그러니까 삶을 위해 투쟁하는 누나랑 지내보니까, 내가……" 남편은 잠시 말을 멈추었다. "중요한 것이 무엇인지를 깨달았어. 직장이 아니라 사람이더라고."

그는 잠시 말을 멈추었다.

"이번 여름 내내 비전 없는 사업으로 나 자신을 고문하면서 살지 않은 게 참 다행이었어. 그것이 얼마나 나를 괴롭혔는지를 비로소 깨달았지. 내 직업을 증오하면서 남은 인생을 살 필요가 없다는 사실도 깨달았고. 새벽부터 일어나서 하기 싫은 일을 할 필요가 없잖아."

나는 생각했다. '이거 예감이 좋은데. 남편이 깨닫기 시작했어. 특별한 치료를 받지도 않았는데 말이야.'

그가 계속 말했다. "이 어려운 시기만 넘기면 되는 일이었어. 어느 날 잠에서 깨어 갑자기 현실을 직시하게 되는 느낌이야. 그래, 그거야. 말하자면, 마흔두 살짜리가 20대의 몸에 들어가고 싶어 한 거지. 그건 불가능한 일이거든. 그리고 사방에서 나를 다그치는 말들은 또 얼마나 많던지……. 돈을 많이 벌어서 성공해야 한다, 젊어 보여야 한다, 탄탄한 몸매를 유지해야 한다……. 내가 뭔가에 홀렸던 것 같아."

'사랑하는 여보, 그게 바로 중년의 위기라는 거야.' 하지만 나는 여전히 아무 말도 하지 않았다.

그가 다시 말을 이었다. "내가 지난여름 내내 자기한테 했던 말들 말인데…… 이탈리아 이후에 했던 말들…… 그런 거 다 떠나보내기로 했어. 나를 괴롭히던 모든 것들을 다 떠나보내기로 했어. 내가 자기를 괴롭혔던 것을 어떻게 다 보상해 줄 수 있을지는 모르겠어. 내가 원래 좀 그래. 바닥을 세차게 친 다음에야, 온몸이 멍들고 피투성이가 된 다음에야 비로소 다시 떠오르지."

감사합니다!! 드디어 남편이 마음을 다잡은 것 같습니다.

여기서 다시 셰일라가 개입하려 했다. 화를 발끈 내며 이렇게 말하라고. '그게 다야? 자기가 나한테 해 줄 수 있는 말이 고작 그거야? 알려줘서 고맙군, 떠오르는 불사조 양반. 자기는 내 여름을 망쳤다고. 애들한테 미친 악영향은 또 어떻고! 그런데 지금 나보고 자기를 동정하라는 거야? 지난 3개월간 자신이 정신 나간 20대처럼 행동했다는 사실을 자기가 이제야 깨달았다고 해서? 온몸이 멍들고 피투성이가 된 것 좋아하시네. 자기가 그동안 무책임했던 것을 변명하려고 만들어 낸 말이잖아. 난 사과를 원해. 난 사과를 받을 자격이 있다고. 그냥 깨끗하게 "미안해"라고 말하시지.'

그러나 난 그런 생각에 제동을 걸었다. 더는 고통받고 싶지 않았다. 방금 남편이 한 말은 여러 가지로 해석될 수 있다. 차근차근 해독해 봐야 할지도 모른다. 하지만 난 정말 정말 정말이지 고통받고 싶지 않다.

그러나 유혹은 강렬했다. 나는 계속 속에서 뭔가 끓어오르는 것을 느꼈다. 나는 숨을 깊이 들이쉬었다. 그리고 내가 마시던 재스

민차에 대해 생각했다. 지금쯤 딱 마시기 좋은 온도일 것이다. 나는 찻잔을 향해 손을 뻗어 한 모금 가득 차를 마셨다.

그가 말했다. "생각을 좀 해 봤는데, 지금이 인생의 기로인 것 같아. 새로운 시작."

이번 여름 내내 우리가 처음 가져본 대화다운 대화였다.

마침내 나는 말했다. "행복을 스스로 만들어가는 기분은 정말 좋아. 마흔두 살이 된 느낌도 아주 좋고. 난 그걸 배웠어." 그리고 나는 뒤로 기대 누워 눈을 감았다.

"맞아." 그가 답했다. "허리만 안 아팠으면 좋겠는데. 그리고 돈도 좀 있었으면 좋겠고. 그리고 누나가 죽어가는 것이 아니었으면 좋겠고. 그리고 내가 나머지 인생을 어떻게 살아야 할지를 알았으면 좋겠고."

나는 그의 20대를 생각했다. 그리고 이렇게 말했다. "자기가 원하는 건 뭐든 다 될 수 있어."

이 이상의 사과가 뭐가 필요하겠는가? 사실 우리가 한 일이라고는 고작 흥분해서 서로에게 소리를 지른 것밖에는 없지 않은가? 끊임없는 경보태세에 있었을 뿐이다.

조니 머서(미국의 음악가)의 노랫말을 빌자면, "우리는 함께 행복했고 함께 불행했네. 중요한 것은 그 둘 모두를 할 줄 안다는 것이네."

인디언 서머

나는 지난 8년 동안이나 말을 운반할 수 있는 트레일러를 갖고
싶어 했다. 고급스러운 것을 원했던 것도 아니다. 그저 말을 실어
수의사에게 데려갈 수 있는 것, 아니면 다른 사람들과 함께 계곡
에서 말을 탈 수 있도록 데려갈 수 있는 그런 것을 원했다. 하지
만 나는 스스로 말을 싣는 트레일러를 살 수 없다고 다독였다. 첫
째로 돈이 든다는 것과 둘째로 두렵다는 이유 때문이었다. 쓸 만
한 트레일러는 수만 달러를 호가한다.

나에게는 건강상태도 좋고 숲 속에서도 믿을 만한 말이 한 마
리 있다. 나는 그거면 충분하다. 내가 원하는 것은 그저 가벼운
마음으로 돌아다니는 것뿐이다. 말을 타고 좀 걷거나 경우에 따
라서는 좀 뛰거나.

그러던 어느 날, 내 트럭 후미에 강철로 된 고리가 있다는 사실
을 발견했다. 트레일러의 무게는 물론, 말을 두 마리 싣고도 너끈
히 끌 수 있을 듯 보이는 고리였다. 하지만 약 550킬로그램짜리
짐승을 트레일러로 몰아넣는다는 것은 생각만 해도 겁이 난다. 실
수도 용납되지 않을 것 같았다. 만약 사슴이 내 트럭 앞으로 뛰어
들면 어찌해야 하는가? 트럭 뒤에 매달린 트레일러와 그 안에 타
고 있는 수백 킬로그램의 말에게는 어떤 영향을 미칠까? 이 동네

에는 거대한 목재를 싣고 다니는 트럭도 많다. 빙판도 많고, 사방에 몬태나다운 것들이 널려 있다. 무스, 곰, 엘크, 정신 나간 사냥꾼까지.

자신의 꿈을 포기하게 하는 것이 자기 자신이라는 것은 참으로 놀라운 사실이다.

나는 덩치가 크든 작든 수많은 여자가 말을 트레일러에 밀어 넣고 문을 잠그고 거대한 트럭 운전석에 올라 고속도로를 향해 달리는 모습을 지난 수년간 지켜봐 왔다.

그래도 나는 그럴 수 없다고 생각했다. 그래서 나는 추운 겨울에 내 말을 보관하는 승마장에 가서 그 주변에서 살살 타거나 근처 평원이나 강가로만 다녔다.

어제 한 친구가 내게 전화를 걸어 여자 친구들 몇 명과 함께 말을 타러 나가자는 제안을 했다. 나는 여느 때와 마찬가지로 거절했다. 말을 태우고 나갈 방법이 없었기 때문이다.

“뭐가 문제야?” 전화한 친구가 물었다. “아직도 말을 싣는 트레일러가 없다니 믿기지가 않는군. 뭐 고급스러운 것을 살 필요는 없잖아? 〈마운틴 트레이더〉(중고물품을 개인 간 직거래하는 신문)에서 찾아보면 헐값에 내놓은 것도 있던데. 말도 안 돼. 몬태나에 살면서 말을 싣고 나가서 탈 수 없다면 말은 뭣 하러 키우는데?” 식료품 가게에서 만난 친구가 생각났다. 내게 이탈리아로 가는 것이 뭐가 문제냐고 묻던 그 친구 말이다.

사람들이 말을 타러 나가자는 멋진 제안을 할 때마다 거절하는 것도 이제는 지겨웠다. 지역 공동체와 어울려 내가 사랑하는 것을 할 수 있는 기회인데 말이다. 이제 양팔 걷고 나서서 나를 즐겁게 하는 것을 해야 할 때가 왔다. 엄마 노릇, 아내 노릇, 작가 노릇 이외에 나에게는 건강하고 고무적인 취미가 필요하다. 승마장에서 말을 타는 것도 좋다. 하지만 말 등에 올라타 몬태나를 감상하는 것은 영혼의 양식이 되는 일일 것이다.

그래서 나는 지난 몇 년간 원고료를 받을 때마다 조금씩 떼어 침대 밑 구두 상자에다 모아 둔 비상금을 털었다. 말과 관련된 비상사태에 대비한 돈이었다. 세어 보니 2천 달러에서 조금 모자랐다. 그래도 쓸 만한 트레일러는 살 수 있을 것이다.

내가 그동안 못했던 것들을 할 가능성이 열렸다. 캐나다 국경과 맞닿은 쿠카누사 호숫가를 누비는 것. 계곡 반대편에 사는 친구들과 만나서 말을 타는 것. 그리고 마침내 승마 베테랑들과 배낭을 메고 몬태나의 오지를 누비는 연례 승마 행사에 참석하는 것. 하늘만큼 광활한 몬태나가 내게 모습을 드러낼 것이다. 그리고 난 그 몬태나를 맞을 것이다.

남편은 아래층 부엌 식탁에 앉아 인터넷에서 직장을 찾아보고 있었다. 나는 〈마운틴 트레이더〉를 집어 들고 남편의 맞은편에 앉았다.

"뭐 재미있는 거라도 있어?" 남편이 물었다. 우리는 예전부터 〈마운틴 트레이더〉에서 재미있는 문구를 찾아내는 것을 즐겼다.

"여기 하나 있다." 내가 읽었다. "팝니다. 잡종 강아지 두 마리와 4륜 마차 하나. 바퀴는 없음. 스노타이어와 바꾸기를 원함. 강아지는 덤으로 드림."

그는 고개를 들고 웃었다.

"또 있어. 삽니다. 집토끼와 사냥감으로 쓸 새. 식용 아님."

우린 둘 다 웃었다.

"뭐 특별히 찾는 것 있어?" 남편이 물었다.

"사실 말을 실을 수 있는 트레일러를 찾고 있어. 비싼 것 말고. 내가 꽤 오랫동안 돈을 좀 모아 두었거든. 2천 달러 정도 돼." 나는 갑자기 죄책감이 들었다. 남편은 직장을 구하려고 저렇게 안간힘을 쓰는데 나는 아무렇지도 않게 비싼 물건을 사러 쇼핑이나 다니는 느낌이었다. "자기한테 스트레스 주려는 것은 아냐."

"뭐, 그런 걸 갖고……. 난 사륜 오토바이가 있잖아. 매년 스키도 타러 다니고. 자기도 하고 싶은 것을 해. 자기가 번 자기 돈이 잖아." 난 정말로 이 남자를 사랑한다.

그는 내가 이 트레일러를 얼마나 절실히 원하는지 잘 안다. 거의 십 년간 트레일러를 볼 때마다 곁눈질로 흘끔흘끔 바라보았다는 사실도 안다. 그리고 인생 최악의 여름을 보낸 여자의 정신 건강을 위해 꼭 필요한 것이라고까지 생각하는 것 같았다. 어쨌든 정말로 고마운 일이었다.

"고마워."

트레일러를 사고 싶다고 노래한 지 8년 만에 나는 마침내 〈마운틴 트레이더〉에서 하나를 찾아 전화를 걸었다.

전화를 받은 여자는 자신의 목장이 있는 위치를 알려 주었다.

"나랑 같이 가 줄래?" 나는 남편에게 물었다. "나는 트레일러에 대해 잘 모르거든."

우리는 햇빛이 가득하고 건조한 계곡을 따라 차를 달렸다.

"가서 얘기는 자기가 해." 나는 남편이 협상하는 모습을 자주 봐 왔다. 아주 잘한다. 사실 오랫동안 사업을 한 사람이 아니던가.

하지만 몬태나 사람들은 만만치가 않다. 너무도 솔직해서 오히려 다른 꿍꿍이가 있는 것이 아닌가 의심될 정도다.

"이 트레일러 생산연도가 어떻게 되죠?" 남편은 머리가 부스스한 트레일러 주인에게 물었다. 그녀는 우리에게 뛰어오르려는 개들을 말리느라 정신이 없었다.

내가 말했다. "괜찮아요. 우리도 개를 좋아해요."

그녀는 살짝 미소를 지었다.

"몇 마일이나 탄 거죠?" 남편이 물었다.

"생산연도는 잘 모르겠어요. 우리 남편이 잘 아는데 지금은 알래스카로 가버렸어요." 그녀는 억지로 미소를 지었지만 내 눈에는 그녀의 고통이 보였다.

나도 그런 운명을 겨우 모면했다는 사실이 상기됐다. 하지만 앞으로 또 어떻게 될지 누가 알겠는가? 지금 그녀의 모습이 1년 후의 내 모습이 될지도 모른다. 어떤 부부에게 트레일러를 파는 여자. 그런 생각들이 나를 주눅 들게 했다.

남편은 트레일러를 한 번 둘러보고 바퀴를 쳐다보며 물었다. "베어링과 액셀에는 언제 마지막으로 기름칠을 했죠?"

그녀는 한숨을 쉬며 말했다. "나도 좀 알았으면 좋겠어요."

나는 트레일러를 열어 보았다. 심장이 마구 뛰기 시작했다. 그 안에 내 말안장이 놓인 것을 상상해 보았다. 거름과 가죽 냄새가 났다. 벽에다가는 말이 그려진 엽서를 몇 개 붙여도 좋겠다. 길에서 주운 매의 깃털도. 우리는 이 녹슨 트레일러를 타고 전국을 누빌 수도 있을 것이다.

그녀가 나를 쳐다보고 있다는 사실을 깨달았다. "우린 트레일러에 말을 싣고 캠핑하러 다니곤 했죠. 안에다가 건초와 땔감과 텐트도 다 싣고 다녔어요." 그녀의 표정이 다시 슬퍼졌다. 많이 힘들었나 보다.

남편은 트레일러 아래로 들어가서 두들겨 보기 시작했다. "바닥은 튼튼한 것 같네요."

그리고 온몸에 잡풀을 묻히고 다시 나타나서는 "얼마를 원하시죠?"라고 물었다.

"2,500달러요." 그녀가 답했다.

"저희가 현금으로 2천 달러가 있어요." 남편이 말했다.

남편에 대한 추억이 가득한 그녀의 재산을 가져간다고 생각하니 마음이 좀 아팠다.

"침대 밑에 숨겨두었던 구두 상자에서 꺼내 온 거라 모두 1달러와 5달러짜리 지폐예요." 말해 놓고 보니 좀 바보 같았다. 우리가 돈이 없다고 해서 그녀가 덜 가슴 아파할 것도 아닌데.

하지만 그녀는 고개를 끄덕이며 미소를 지었다. 그녀도 똑같은 구두 상자를 침대 밑에 둘 것만 같았다. "그럼 2천 달러로 해요."

"오늘 중으로 다시 찾아올게요." 남편이 말했다. "참, 고리 크기가 어떻게 되죠?"

그녀는 사이즈를 알려 주었고 우리는 악수를 하고 헤어졌다.

“세상에! 우리 정말 그거 사는 거야? 믿기지가 않아. 근데 좀 무서워. 트레일러를 트럭에 연결하는 방법도 모르고, 후진하는 법도 모르겠어. 어려워?”

“금방 배울 거야. 자기는 운전을 잘하잖아.”

“자기가 가르쳐 줄 거지?”

“당연하지.” 그리고는 내 손을 잡아 주었다. 그가 나에게 무엇을 해 준 적이 언제였더라? 내가 먼저 청한 것이면 어떠하랴? 그럴 때도 있는 법이다.

집으로 돌아온 우리는 부엌에 앉아 이곳저곳에 전화를 하며 조금 더 조사했다. 나는 몬태나, 텍사스, 와이오밍에서 중고 트레일러를 판다는 사람을 모조리 찾아서 전화했다. 그들은 하나같이 2000년식 서클 J가 2천 달러면 거저 얻는 거라고 말했다. 자기가 팔려고 내놓은 트레일러 얘기는 꺼내지도 않았다. 몬태나에 있는 어떤 판매자는 이런 말도 했다. “저런, 저도 그것과 똑같은 트레일러가 마당에 있는데 5,500달러에 내놓았어요. 그 트레일러를 안 사면 후회할 거요. 다시는 그런 가격에 사지 못할 테니까.”

남편은 전화번호부를 펼쳐 놓고 전화를 했다. 비즈니스맨의 목소리로. 골프 약속을 잡는 것이 아니었다. 낚시 약속도 아니었다. 내 트럭에 관해 자동차 딜러와 통화하는 것이었다. 내 트럭이 얼마의 무게까지 끌 수 있는지. 그리고는 정비소의 아는 사람과 통화했다. 말에 대해서도 잘 아는 사람이었다. 남편이 그에게 하는 질문은 귀엽기 그지없는 것들이었다. 보통 때는 잘 보여 주지 않는 순진한 모습이다. 한마디로, 남편은 말에 대해 전혀 아는 것이 없다는 뜻이었다.

나는 남편이 세 군데 전화통화를 하면서 말에 대해 배운 것보다 더 많은 것을 이미 알고 있다. 하지만 그런 티를 내지는 않았다. 그건 그의 몫이 아니다. 그의 몫은 운전이다.

남편이 나를 위해 여기저기 전화를 해 준다는 사실이 좋았다. 나는 이런 사랑과 보살핌의 감정에 흠뻑 취했다. 아주 오랜만에 느끼는 기분이었다. 그 순간 우리는 하나였다.

난 2층으로 올라가 구두 상자를 꺼냈다. 지폐를 꺼내 세어 보니 아까와 마찬가지로 꼭 1,900달러였다. 얼마 되지 않는 돈이지만 내가 글을 써서 번 돈이었다.

지폐 뭉치를 들고 아래층으로 내려갔다. 남편은 심각한 목소리로 통화 중이었다. 난 부엌 식탁에 앉아 돈을 세기 시작했다. 마치 처음 세는 것처럼. 사실은 위층에서 두 번이나 셌으면서.

그는 얼른 전화를 끊고는 내가 지폐를 직각으로 쌓으면서 세는 것을 구경했다.

"자기 무슨 마약 거래상 같아." 그가 웃었다.

나는 미소를 지으며 큰 소리로 세었다. "7백, 8백, 9백. 보시다시피 내가 작가로서 돈 좀 벌지." 나는 계산을 마치고 고개를 들어 남편을 쳐다봤다. "자기가 내키지 않는다면 꼭 사지 않아도 돼. 이 돈을 우리 생활비로 사용하는 것도 나는 찬성이야. 공평해야지. 진심이야."

그의 얼굴에는 생기가 돌았다. "아아냐, 2천 달러 정도는 있으나 없으나 별 차이가 없어. 자기는 오래전부터 트레일러를 갖고 싶어

했잖아. 아직도 못 샀다는 게 웃기는 거지. 그냥 사. 내가 자기 생일 선물도 안 줬으니까 모자라는 100달러는 내가 채워 줄게."

"트레일러를 끌고 학교로 가서 애들을 놀래 주자." 남편이 말했다.

우리는 딱 맞는 사이즈의 연결 고리를 사서 다시 목장으로 갔다. 트레일러값을 치르고 남편은 다정하고 조심스럽게 내게 트레일러를 연결하는 방법을 보여 주었다. 여름 내내 볼 수 없었던 모습이었다.

올여름, 처음으로 그와 한마음이 된 것 같았다. 상처에 연고를 바르는 느낌이었다. 말을 싣는 트레일러라니! 그 누가 예상했겠는가!

우리는 아이들을 데리러 학교로 가는 내내, 그리고 집으로 돌아오는 내내 키득거렸다. 우리는 이제 자랑스러운 트레일러의 소유주가 되었기 때문이다. 조금은 낡은 자동차 일색인 우리 마당에 또 하나가 늘었다.

몬태나에서는 진입로, 앞마당, 때로는 뒷마당까지도 각종 차량으로 가득 차는 경우가 많다. 남들에게 뒤처지지 않으려고 그러는 것이 아니다. 다 필요하기 때문이다. 그러고 보니, 우리도 진짜 몬태나 사람처럼 보인다. 꿈을 이루기 위해서는 차량이 필요할 경우가 많다. 녹슨 것일지라도.

그날 저녁 남편은 내게 운전 강습을 해 주었다. 우리는 싸우지 않았다. 마치 대학 시절 같았다.

"내일 말을 데리고 나가서 타고 오지그래?" 그가 사이드미러를 쳐다보며 말했다. 나는 완벽한 원형으로 트레일러를 후진하는 중이었다. "아이들은 내가 학교에서 데려올게. 날씨도 좋을 거라는데, 가서 말 좀 타고 와. 운전도 제법 잘하는걸."

다음 날, 나는 혼자서 트레일러를 트럭에 연결하고 고속도로를 타고 내 말을 맡겨둔 곳으로 갔다. 별 사고 없이 말을 태우고, 지난 몇 년간 말을 타보고 싶었던 산책로로 향했다. 그곳에서 친구와 그녀의 말을 만나 떠났다. 마치 몬태나 속의 이탈리아 같았다.

트레일러를 세워둔 곳까지 약 800미터쯤 남겨두고 어디서 철커덕거리는 소리가 들리기에 나는 말을 세웠다. "말굽 편자가 헐거워졌어." 나는 말 등에서 내리면서 말했다.

그동안 한 번도 헐거운 편자를 벗겨 본 적이 없었지만 실습의 기회가 온 것이다. 트레일러와 마찬가지로. 그래서 나는 안장주머니에서 쇠 주걱을 꺼냈다. 그리고 힘은 좀 많이 쓰고 감정은 아끼면서 편자를 벗겨 냈다. 말이 안도하는 것 같았다. 말도 표현할 줄 아는 것이다.

난 말을 한 바퀴 걸어 보게 했다. 발굽이 좀 아픈 것 같았다. 그래서 다시 말에 오르지 않고 말과 함께 걸어서 산책로를 빠져나왔다.

문득 말의 모든 편자를 다 벗겨 내는 것은 어떨까 하고 생각했다. 요즘은 많은 사람이 그렇게 한다. 한마디로 맨발로 다니는 것이다. 말발굽에 자연적으로 굳은살이 박이도록. 지난여름 내 감정이 그랬다. 맨발. 나쁘지 않았다.

"야생마들은 편자를 안 하잖아." 내가 친구에게 말했다. "항상 편자를 신고 다녀야 한다면 기분이 좋지는 않을 거야."

나는 편자를 손에 들고 웃었다. 물론 편자가 행운의 상징이기 때문이기도 했다. 하지만 그보다는 다른 의미 때문이었다. 그것이 없다면 훨씬 자유로울 것으로 생각했기 때문이다.

집에 돌아와서 나는 현관에 박혀 있는 못에다가 편자를 걸었다. 집 안으로 들어서자마자 부츠를 벗어 던지며 아이들에게 오늘 얘기를 해 주었다. 새로운 곳으로 말을 데려가는 기분이 얼마나 끝내줬는지를. 말도 열정적으로 콧김을 뿜어내며 좋아하는 것 같았다는 것을. 말의 목을 축여 주기 위해 잠시 머물렀던 아름다운 강가, 끝없이 펼쳐진 사시나무와 자작나무 숲, 무스 발자국 등. 헐거운 편자에 관한 재미없는 얘기만 빼고.

남편은 저녁으로 버펄로 고기 버거를 만들어 나에게도 한 접시를 내밀었다. 그는 완벽하게 미디엄 레어로 익힌 버펄로 고기를 자랑스러워했다.

"자기 버거는 정말 훌륭하단 말이야. 비법이 뭐야?"

우리는 버거를 잘 굽는 방법에 대해 한참을 얘기했다. (참, 비법은 육즙이 끓을 때까지 고기를 뒤집지 않는 것이다. 그렇게 해서 한 번만 뒤집으면 반대쪽은 훨씬 빨리 익는다.)

우리는 디저트로 팝콘을 만들어 달라고 졸랐다. 남편은 팝콘도 아주 잘 만들기 때문이다.

그날 밤 침대에서 나는 그에게 말했다. "트레일러 건으로 나를 도와줘서 고마워."

"당연하지." 남편이 답했다.

"하지만 이제 내 얼굴 보기 어려워질지도 모른다는 사실 알지?"
나는 그의 옆구리를 쿡 찌르며 말했다. 한 달 전까지만 해도 나는
남편의 몸에 손대기를 두려워했었다.

남편은 굿나이트 키스를 하고 즉시 곯아떨어졌다. 나는 그대로
누워 우리가 다시 예전의 관계가 되었다는 사실을 만끽했다.

실제 상황이다. 느낄 수 있다. 내일은 우리 결혼기념일이다. 난
더 이상 기다리고만 있지 않을 것이다. 내가 만일 손질이 필요한
정원이라면 내가 직접 손질할 것이다. 어쨌든 이것은 삶을 살아가
는 멋진 방식이니까.

결혼기념일

9월 25일.

결혼 15주년이다. 연애기간까지 합하면 20년이다.

나는 부엌 식탁에 남편에게 주는 카드를 올려놓고 아이들을 학교에 데려다 주기 위해 나갔다. 내가 집으로 돌아왔을 때 그는 차를 마시고 있었다. 카드를 줘서 고맙다고 말했다.

우리 결혼기념일의 하이라이트부터 얘기하겠다. 이탈리아와 트레일러를 빼고 이번 여름에 있었던 일 중 가장 멋진 하이라이트다. 하루가 끝날 무렵이었다. 잠시 그때로 건너뛰려고 한다. 기분 같아서는 온종일 그 시간에 머무르고 싶다.

나는 아이들을 집으로 데려오기 위해 차를 빼고 있었다. 그때 남편이 잔디 깎는 기계를 운전하며 집 모퉁이를 돌아 나타났다.

나는 나갈 때나 들어올 때 인사를 하지 않는 그의 습관에 이미 익숙해져 있었다. 더 이상은 들고 나면서 인사를 하기 위해 꾸물거리지도 않는다. 때로는 무조건 그에게 가서 키스하고 인사를 하거나 사랑한다고 말한다. 갈수록 그런 일이 빈번해지고 있다.

그런데 오늘은 그가 나를 바라보았다. 잔디 깎는 기계에서 눈을 떼고 미소를 지으며.

나는 버튼을 눌러 창문을 내렸다. 잔디 깎는 기계의 소음이 컸다. 열매 가득한 과일나무 사이에서 붉은 노을이 일렁이고 있었다. 그는 잔디 깎는 기계 운전석에 앉아 내가 입술 모양을 읽을 수 있도록 과장된 입 모양으로 말했다. "사, 랑, 해!"

7월 초만 해도 내게 이런 말을 한 남자다. "자기와 계속 살 수는 있어. 하지만 신뢰는 없을 거야……. 어떤 종류든."

난 더 이상 그 말을 기억하지 않으려고 한다. 지금 막 들은 생생한 문장으로 대체하려 한다. "사, 랑, 해."

그때 사악한 나의 쌍둥이 언니 셰일라가 뒤에서 달려들었다. 유배지에서 돌아온 그녀는 피를 원한다.

그는 너를 사랑하지 않아. 다 거짓말이야. 이 집을 잃기 싫고, 아이들도 잃기 싫어서 너를 사랑한다고 거짓말하는 거야. 네 남편은 지금 어찌나 겁을 먹었는지 무슨 말이든 지껄이고 무슨 짓이든 할 거야. 조심해. 나라면 저딴 인간을 단 1분도 믿지 않겠어. 저 인간은 미래가 없어. 겨우 잔디 깎는 기계를 탄 남자가 너를 쳐다보며 사랑한다고 말했다고 눈물을 글썽이는 거야? 대체 그 남자는 목요일 오후에 집에서 뭐하는 건데? 정원 잔디는 정원사가 깎아야지. 제대로 된 남편이라면 직장에서 일을 하고 있어야 하는 거 아니야? 그래야 돈을 벌어올 수 있잖아!

셰일라, 좀 꺼져 줄래?

그리고 나는 남편의 '사랑해'라는 말을 가슴에 품고 마을로 갔다. 학교와 음악 교습소로 가서 아이들을 태우고, 스시와 뵈브 클리코(프랑스산 스파클링 와인)를 사 가지고 돌아왔다. 오늘은 우리 결혼기념일이기 때문이다. 게다가 잡지사에서 원고료를 막 넣어 주었다. 그리고 그 빌어먹을 여름도 끝이 났다. 나는 그 말을 가슴에 품고 밤새 푹 잤다. 아침 햇살이 비출 때까지 방해받지 않고. 남편과 같은 침대에서.

셰일라가 아무리 화를 낼지라도 나는 이 글을 쓰는 지금도 '사랑해'라는 말을 가슴에 품고 있다. 셰일라는 내가 그 말에 얼마나 연연하는지를 자꾸 지적해 준다. 남편이 다시 돈을 벌기 시작해서 이런 보살핌이 필요가 없어지면, 그때는 내가 또 고통을 받을 것이라고 경고한다. 저녁에 전화도 하지 않고 집에도 들어오지 않는 날이 또 올 것이라고 한다. 그것도 곧.

하지만 나는 셰일라를 무시하는 중이다. 다시 호흡을 가다듬고 만트라를 외웠다. (이 주문의 뜻은 아직 잘 모른다. 그래서 어쩌면 나는 지금 산스크리트어로 '셰일라를 찬양하세!'라고 노래하고 있을지도 모른다.) 효과가 있었다. 만트라를 외우고 나니 마음이 안정되고 기운이 솟았다. 지금 이 글을 쓰면서도 나는 그가 입모양을 크게 하며 '사랑해'라고 말해주었을 때의 기분을 느낄 수 있다. 이번 결혼기념일이 내가 기억하는 한 최고였다고도 말할 수 있다.

사실 이 모든 것이 드라이브와 관련이 있는 것 같다. 별일은 아니었다. 특별한 계획도 없었다. 아침에 아이들을 학교에 데려다 준 뒤 우리는 그의 트럭을 타고 드라이브를 나갔다. 어디로 가는지도 알지 못했다. 준비도 제대로 갖추지 않았다. 그 전날 밤에 서리가 내렸기 때문에 등산화와 따뜻한 여벌의 옷만 챙겼다. 몬태나는 가을이면 이미 산기슭에 눈이 쌓인다.

남편은 음악을 틀고 빠른 속도로 달렸다. 나는 다음번엔 무슨 소설을 쓸까를 생각하며 창밖을 보았다.

우리는 생각지도 못한 곳에 다다랐다. 계곡을 따라 내려와 플랫헤드 호수 주립공원까지 온 것이다. 우리가 시애틀에서 이곳으로 이사 오기로 했을 때 처음 들른 곳이었다. 서로 말은 안 했지만, 그 시절 우리가 바위에 앉아 물수리와 주변의 산맥을 감상하던 그때의 모습이 그리웠던 것이다.

운전해 오는 내내 우리는 아이들이나 돈, 시누이에 관해서 이야기하지 않았다. 사실 그 어떤 얘기도 거의 하지 않았다. 하지만 그것은 우리가 서로 거부하기 때문이 아니었다. 무슨 얘기든 할 수 있는 상황이었다. 나는 그렇게 느꼈다. 무슨 대화든 활짝 열려 있다고.

나는 사람이 스트레스를 받으면 어떻게 되는지를 알게 되었다. 지난 몇 년간 남편이 나를 어떻게 대했는지를 생각했다. 내가 그에게 준 스트레스 때문에 그는 또 얼마나 힘들었을지 궁금했다. 무의식중에 나만 피해자인 양 행동한 적은 또 얼마나 많았던가. 내가 나의 고통에 대해 그를 원망할 수 있는가? 과연 내게는 책임이 없는가?

우리는 눈에 들어오는 풍경에 관해 이야기하며 드라이브를 즐겼다. 세 명의 노인이 무거운 물통을 들고 나란히 길을 걸어가는 모습. 고속도로 갓길에 야외 의자를 펼쳐 놓고 앉아 있는 수녀(그녀는 시속 140킬로미터로 달리는 차량을 향해 종교 전단지를 건

네려 하고 있었다). 신호등에서 대기할 때 우리 앞에 서 있던 건축업자의 트럭(왼쪽 브레이크 등이 나갔기에 우리는 트럭에 있는 전화번호를 보고 그에게 전화해서 알려 주었다). 이동하는 기러기. 새로 자라나는 사시나무. '정지' 표지판 위에 앉은 검독수리.

우리는 후터파 농부의 작은 상점에 들러 거대한 사과와 수제 버터를 샀다. 팔려고 내놓은 목장을 보고 멈춰서 그들이 건네는 전단을 받았다. 말을 사육하는 목장 운영에 관한 것이었다. 우리는 건초 가격이 자꾸 올라서 사람들이 목장 운영을 포기하게 된다는 얘기를 나누었다. 그리고 우리 집 아래쪽 목초지에 있는 약 2만 제곱미터의 땅에 부업으로 건초를 심어 보는 것은 어떨지 얘기를 나누었다.

"좋지." 남편이 말했다. "난 항상 농사일을 해 보고 싶었어."

남편과 나는 온종일 대화와 농담을 나누며 많은 시간을 보냈다. 운 좋게도 관광객이 찾지 않는 비수기에도 장사를 하는 레스토랑을 찾았다. 야외에 앉아 재즈를 감상하며 애피타이저를 먹고 체리향의 플랫헤드 칵테일과 와인을 마셨다. 그리고 잡지를 뒤적이며 잡담을 나누었다. 건축, 개성 강한 예술가들 그리고 여행지에 관해. 우리는 아무런 근심걱정 없는 느긋한 사람들처럼 대낮에 와인을 홀짝였다.

집으로 돌아와서는 섹스를 했다. 사실 정말 근사한 섹스였다. 그 뒤 그는 잔디를 깎으러 나갔고 나는 아이들을 데리러 갔다. 스시와 샴페인도 샀다. 나는 '사랑해'라는 말을 아직도 간직하고 있다. 내 손바닥 위에 부드럽게 놓여 있다.

남편의 선물

11월의 화요일. 오전 9시.

눈을 뜨니 날이 밝았다. 하지만 오전 7시 치고는 너무 밝았다. 남편이 누워 있던 자리에선 아직도 남편의 냄새가 났다. 따뜻하다. 트럭이 집 앞 진입로를 빠져나가는 소리가 들렸다. 아이들 방으로 가 보니 비어 있었다. 내가 늦잠을 잔 모양이다. 난 잠귀가 밝은 사람인데 어떻게 된 걸까? 그동안 못 잔 잠이 한꺼번에 밀려왔나 보다.

부엌 식탁에 메모가 있었다. 남편의 글씨체다.

"그냥 눈이 일찍 떠졌어. 아이들 데리고 나가서 아침 사 먹이고 등교시켰어. 자기는 쉬는 게 나을 것 같아서. 사랑해. 오늘도 열심히 글을 쓰도록!"

차 주전자는 무겁고 여전히 뜨겁다. 남편이 차를 많이 만들어 두었다. 그뿐만이 아니다. 이렇게 생활 한지가 벌써 한 달째다. 난 뉴욕의 큰 출판사로 보내기 위해 예전에 쓴 소설을 다시 고쳐 쓰고 있다. 내 대리인이 초여름에 내게 보낸 것인데 이제 거의 마무리가 되었다.

남편에게도 농사와 관련된 새로운 직업을 얻을 기회가 생겼다.

결과물을 손으로 만질 수 있는 직업이다. 하지만 시작하려면 아직 시간이 좀 남았다. 우리에게는 최대한 반년을 견딜 수 있는 생활비가 있다. 이 소설을 출판할 수 있다면 금전적으로도 큰 도움이 될 것이었다.

나는 작업에 돌입했지만 곧 난관에 봉착했다. 집안일을 함께 하다 보니 시간이 모자랐다.

어느 날 남편이 말했다. "당분간 자기는 일만 해. 집안일은 내가 알아서 할게." 그리고 시간과 공간과 음식까지 마련해 주었다.

남편은 또 다른 일을 시작했다. 시누이가 암과 계속 싸우기 위해 시카고에 있는 연구소로 왕래하는 일을 돕기로 한 것이다. 일이 없는 겨울 동안 그가 중점적으로 할 일이다. 필요하다면 스키장에서 리프트를 운영하는 일을 할 것이다. 바텐더를 할 수도 있다. 레스토랑에서 일하는 것도 생각하고 있다. 20년 전 보스턴에서 노닥거리며 생활했던 그때처럼. 하지만 지금은 현실을 직시해야 한다.

집을 팔아야만 하는 최악의 상황은 없을 것이다. 어떻게든 해결할 것이다. 헤쳐나갈 것이다. 현재로서는 우리에게 가족이 있다는 사실이 가장 중요하다.

요즘의 상황은 이렇다. 남편이 아이들을 깨운다. 아침을 준비하고 도시락도 싸 준다. 늦지 않게 학교에 데려다 준다. 사실 나보다도 일찍 데려다 준다. 그는 아이들에게 음악 레슨과 축구 경기와 독후감을 잊지 말라고 상기시켜 준다. 아이들이 바인더나 도서관에서 빌린 책을 잊어버리고 학교에 가면 집으로 돌아와 가져다 주기도 한다.

남편은 아이들을 안아주고 뽀뽀해준 뒤 하루를 잘 보내라는 인사와 함께 학교로 들여보낸다. 그리고 집에 돌아와서 나에게 차를 만들어 주면 나는 서재로 들어가서 글을 쓴다.

난 하루에 12시간씩 소설에 투자한다. 내용을 모조리 외울 정도로 350여 페이지짜리 분량을 다듬는다. 깨어 있을 때나 잠들어 있을 때나 소설 생각만 한다. 그리고 틈틈이 이 글도 계속 쓴다. 이젠 일기처럼 익숙해졌다. 주로 오전에 쓴다.

내 평생 이렇게 조화로운 작업은 처음이다. 글을 쓰는 마음과 영혼과 두뇌의 교감 말이다. 남편에게 감사해야 한다. 그가 나에게 준 선물은 정말로 큰 것이다. 그도 이런 사실을 잘 안다. 그는 내가 그토록 사랑하는 일을 열심히 할 수 있도록 시간을 만들어 주었다.

나는 이 사실을 내 정신과의사에게 알렸다.

그녀는 미소를 지으며 말했다. "정말 좋은 소식이네요. 저도 정말 기쁩니다. 어디 보자……, 시간이 얼마나 걸렸죠?"

나는 손가락으로 헤아려 보았다. "4개월 하고 반이에요."

"나쁘지 않군요." 그녀가 말했다.

"사실, 아주 좋죠. 그리고 이번 여름에 이것에 관한 글을 썼어요. 일종의 회고록 같은 거죠. 거의 끝나가고 있어요."

"책을 쓰셨다고요?"

"네. 지금 이 시기를 기록하기 위해 쓴 거예요. 저는 작가니까요. 사실, 출판하기가 좀 두렵긴 해요. 남편의 동의도 받아야 하고요……."

사실 그것이 제일 두려웠다. 남편의 동의를 받는 것. 지금 모든 것이 완벽해진 상태도 아니었다. 물론 언젠가는 그렇게 될 수도 있고, 나도 그것을 바라기는 하지만.

나는 어느 정도의 은총으로 실로 어려운 시기를 견뎌냈고, 어느 정도는 성공을 거두었다. 나는 그것을 글로 썼다. 그리고 마음의 평안을 얻었다.

하지만 여전히 두렵다. 잃을 수 있는 것들이 너무 많다.

남편은 요즘 여러 가지 일을 한다. 정원에 물을 주거나 잔디를 깎는 것 이상의 일이다. 집 안 구석구석에서 자신의 신경을 건드리는 모든 것을 체계적으로 해치우고 있다. 여러 해 동안 쌓아 두고 처리하지 않았던 것들. 그의 인생을 지배하도록 내버려 두었던 것들. 그는 계속 이렇게 되뇌었다. "내가 지금껏 이러고 살았다는 사실이 믿기지가 않는군."

그 위력이 얼마나 크던지! 변기 커버를 고쳤고, 현관 방충망과 창고 자물쇠를 수리했으며, 배수로를 청소했고, 아내에게 매일 사랑한다는 말과 함께 차를 만들어준다. 그리고 들고 날 때마다 인사하는 것도 빠뜨리지 않는다.

그가 내 서재 옆방 문 앞에 서 있다. 한 손에는 유리창 세정제, 다른 한 손에는 스패너를 들고 결연한 모습으로.

"글은 잘 돼가?" 그가 물었다.

나는 내 책상 위에 놓여 있는 회고록을 바라보았다. "있잖아, 내가 다시 쓰는 소설 말고 대리인한테 보내려는 책이 하나 더 있는데……, 회고록이야. 이번 여름에 있었던 일을 쓴 거야."

그는 내 쪽을 바라보지 않았다.

"진짜로 출판된다는 보장은 없어. 별 얘기는 아냐. 그냥 자기와 나에 관한 거지."

"자기가 뭐라고 썼든, 나야 뭐, 자업자득이지." 그가 어깨를 움츠리며 말했다.

"사랑을 바탕으로 쓴 거라고 맹세할 수 있어. 결혼생활이든 아니면 인생의 다른 문제든. 그리고 아주, 아주 솔직하게 썼지. 사람들의 마음에 와 닿으려면 그래야만 하니까."

"그래. 하고 싶은 대로 해. 뭐, 난 자기를 믿어."

"그래도…… 자기가 먼저 읽어 보는 것이 좋지 않을까?" 내가 말했다.

"나를 완전 얼간이로 묘사했어?"

"자기를 그렇게 묘사했다면 나도 똑같은 사람으로 보이겠지."

나는 계속 말했다. "우리 가족의 얘기라기보다는 나의 얘기야. 상황을 너무 감정적으로 받아들이지 않고, 행복과 고통 중 어느 것을 선택하느냐에 관한 거야. 사고방식을 재훈련시키는 것에 관한 거지. 하지만 자기가 동의하지 않는다면 보내지 않을 거야."

"난 자기를 믿어." 그가 말했다. "오늘 밤에 읽어 볼게."

"고마워. 그리고 사랑해."

"나도 자기를 사랑해." 그의 말에는 추호의 거짓도 없어 보였다.

그래서 지금으로서는……, 이것이 끝이다.

그래서 지금으로서는, 다 잘 됐다고 할 수 있다.

에필로그

추수감사절. 자정.

식사를 마쳤다. 가족들은 모두 잠이 들었다. 우리 할머니가 쓰시던 도자기 그릇들을 설거지해서 부엌 조리대 위에 마른행주를 깔고 말리고 있다. 대고모님이 쓰시던 은수저는 말려서 개수가 맞는지 세어 보고 보관함에 잘 넣어 두었다. 할아버지가 할머니에게 결혼 선물로 주신 크리스털 와인 잔도 할머니의 다른 식기들 옆에 엎어 두고 말리고 있다.

상처가 다 아문 느낌이다. 이번 추수감사절 식사를 최고로 만들기 위해 나는 식기와 수저를 깨끗이 닦아 상을 차리고, 칠면조를 요리하고, 식구들을 단장시켰다.

사실 우리 가족뿐이었다. 우리 네 명. 그냥 파자마 바람으로 식탁에 둘러앉아 매일 쓰는 그릇에 만찬을 즐겼다 해도 충분히 즐거웠을 것이다. 하지만 내가 기억하는 모든 추수감사절 식사를 통틀어 이번만은 제대로 격식을 차려 지내고 싶었다.

우리는 아름다운 촛대에서 빛나는 촛불을 둘러싸고 앉았다. 시련을 겪은 후 처음으로 꺼내는 촛대다. 남편이 감사의 말을 했다. 그가 그러고 싶어 했다.

"나에게 가족이 있다는 것이 너무 감사해." 그가 말했다. 그의
두 눈에는 촛불의 불빛이 가득 고였다. "내게는 가족뿐이야. 모두
사랑해."

그리고 우리는 모두 손을 잡고 감사기도를 올리고 행복한 만
찬을 즐겼다.

- The Message: The New Testament Psalms and Proverbs
  — Eugene Peterson
- The Bhagavad Gita
- The Book of Love — Rumi
- Letters to a Young Poet — Rilke
- The Cloud of Unknowing
- The Upanishads (classic of Indian spirituality)
  — Eknath Easwaran
- The Way of a Pilgrim
- The Roaring Stream: A New Zen Reader
  — edited by Nelson Foster
- The Essential·Sermons — Meister Eckhart
- Thoughts in Solitude — Thomas Merton
- Selected Poems — Czeslaw Milosz
- Living Buddha, Living Christ — Thich Nhat Hanh
- Pilgrim at Tinker Creek — Annie Dillard
- The Brothers K; The River Why; and God Laughs & Plays
  — David James Duncan
- Illusions — Richard Bach
- Discourses — Meher Baba

- Collected Poems — Wendell Berry ('The Country of Marriage')
- The Theory and Practice of Rivers — Jim Harrison
- Challenge of the Heart: Love, Sex, and Intimacy in Changing Times — edited by John Welwood (Rilke's 'Learning to Love')
- Refuge: An Unnatural History of Family and Place and Finding Beauty in a Broken World — Terry Tempest Williams
- Christian & Oriental Philosophy of Art — Ananda K. Coomaraswamy
- Siddhartha — Hermann Hesse
- Franny and Zooey — J. D. Salinger
- The Power of Intention and Change your Thoughts-Change Your Life: Living the Wisdom of the Tao — Wayne Dyer
- Living in Process — Anne Wilson Schaef
- When Things Fall Apart: Heart Advice for Difficult Times — Pema Chödrön
- The Power of Now and A New Earth — Eckhart Tolle
- The Four Agreements — Miguel Ruiz
- Loving What Is — Byron Katie
- Codependent No More: How to Stop Controlling Others and Start Caring for Yourself — Melody Beattie
- Your Sacred Quest: Finding Your Way to the Divine Within — Joan Borysenko
- A Wrinkle in Time — Madeleine L'Engle
- The Little Prince — Antoine de Saint-Exupéry
- Lafcadio: The Lion Who Shot Back — Shel Silverstein
- Amos & Boris — William Steig
- Horton Hears a Who — Dr. Seuss

오래된 사랑

그의 아내가 천식에 걸려
그는 야외에서만 담배를 피운다
아니면 한밤중에만
머리와 어깨까지
벽난로 속으로 잘 집어넣고
메스키트와 떡갈나무 장작의 열기가
그의 얼굴을 밝게 비춘다
그것이 사랑을 벗어나
자연으로 돌아간
열기를 대신할 수 있겠는가?
그러다가 열정의 그림자가 드리운다
열정보다 길게
한 해, 한 해 억지로 더 늘린다.
오늘 밤 밖에는 세 개의 민둥산에서
사나운 바람과 진눈깨비가 날아올 것이다
그리고 그와 얼굴을 마주한 난로에서는
재가 부드러워질 것이다
여인의 무릎 뒤쪽만큼이나

- 짐 해리슨

감사의 말

　무엇보다도 우리의 이야기를 여러 사람과 기꺼이 나누고자 한 남편에게 깊은 고마움을 표합니다. 그리고 내가 이 책을 쓰는 지난 몇 달 동안 모든 방면에서 내게 도움을 준 것에 대해서도 고마움을 표합니다.

　나의 아이들에게. 엄마가 글 쓰는 것을 얼마나 좋아하는지 인정해 주고, 지지해 주고, 참아 줘서 고맙다. 할머니 의자에 항상 너희의 자리가 있다는 것을 믿어 줘서도 고맙다. 언제까지나 소스를 함께 만들자꾸나…….

　나의 친정과 시댁 식구들에게. 여러분의 개인 생활을 책에 쓰도록 허락해 주셔서 감사합니다. 집안에 작가가 있다는 것은 결코 쉬운 일이 아니죠. 특히, 처음부터 제 꿈에 대해 들어 주신 우리 엄마 버지니아 먼슨 맥티어와 우리 언니 캐시 로저슨에게 감사를 표합니다.

　나에게 도움과 지혜를 준 모든 분께. 너무도 많지만 다음과 같은 분들께 특히 무한한 감사를 드립니다. 이 책에 등장하는 정신과의사의 모델이 된 빔 테서. 개인 코치 자격을 지닌 로셀 와인스타인. 그녀는 인텐딧 코칭의 설립자이기도 합니다. 지금까지, 그리

고 앞으로도 영원히 개인적 책임의 살아있는 표본이 되는 스틸워
터 호스 위스퍼 목장의 보비 홀.

친구이자 대리인인 트리샤 데이비. 어려운 상황에서도 나를 믿
어 주고, 나를 위해 엄청난 노력을 보여준 그녀에게 고마움을 표
하고자 합니다. 트리샤, 당신에게 하트모양 돌이 가득한 강을 보
냅니다. 또한, 전문적 조언과 언니와 같은 격려를 보내 준 베스 데
이비에게도. 둘 모두에게 감사를!

나의 편집장 에이미 아인혼. 당신의 본능적 감각은 몬태나 숲의
그리즐리 곰만큼이나 탁월합니다. 당신의 선견지명은 기류를 타
고 날아가는 매처럼 예리합니다. 그 덕에 이 책이 탄생했죠. 감사
합니다.

메릴린 덕워스, 스테파니 소렌슨, 할리 멜니트스키, 레이 버틀러,
몬태나의 랜스 피츠제럴드, 보니 수데크, 이반 헬드, 케이트 스타
크, 캐서린 린치, 케이티 그린치, 빅토리아 코멜라, 에밀리 A.C. 오
즈번, 그리고 나의 가능성을 오래전에 인지하고 내가 계속할 수
있도록 용기를 북돋아 준 작고한 페이스 세일, 이 책과 작가를 위
해 많은 공을 들인 펭귄그룹의 모든 멋진 사람들. 오래도록 여러
형태의 감사의 말을 구상해 보았지만 내가 할 수 있는 말은 오직
하나입니다. 감사합니다.

《뉴욕 타임스》의 '모던 러브' 칼럼의 편집장 댄 존스. 제게 그
렇게 긴 휴가를 주셔서 감사합니다! 제 에세이 〈그것은 싸우자고
하는 말이 아닙니다〉를 편집해 주신 것도 감사합니다.

지난 몇 년간 초고를 읽어 주신 분들, 특히 아멜리 도슨과 킴 러

들로우의 귀중한 조언에 감사를 드립니다. 마지막까지 힘을 써 주신 것에 대해서도요.

시애틀의 여성 작가 여러분, 제이미 라인스, 크리스틴 존슨듀엘, 킴 러들로우, 매리 케이시, 조슬린 스콧, 레바 블리스와 펠리시티 오람. 우리는 그동안 많은 발전을 했습니다. 동지들에게 감사를 드립니다.

지난 20년간 작가로서의 인생에 대해 환상을 심어주고, 혹은 그것에 대해 불평하는 것을 참고 들어 준 무수히 많은 친구들. 진짜로 관심이 있었던 것인지 그저 그런 척을 한 것인지는 모르지만, 고맙다. 너희가 내게 어떤 존재인지는 잘 알 거야. 모두를 사랑해. 특히 내게 귀와 마음과 생각을 빌려 준 시르스텐 고츠초크, 제이 클라크, 신디 쿠츠만, 크리스 핸슨, 피터 네일러, 엘리자베스 메이시, 앨리슨 셰러, 멜리사 데모폴러스, 제니퍼 셸터, 토비 말리나, 하나 플럼, 헬렌 필링, 스위딘 맥그로스, 샌디 앤더슨, 카이 샌들린, 케이트 오브라이언, 로라와 빌 도노반과 에이미와 레이프 피터슨에게 감사를 표합니다. 그리고 오래전 나의 창의력에 영감을 불어넣어 준 멜린다 설리번에게 감사를 표합니다.

작가 데이비스 제임스 던컨, 짐 해리슨과 테리 템페스트 윌리엄스에게 무한한 감사를 표합니다. 어떻게라고는 구체적으로 말할 수 없지만, 그들은 각자의 방식으로 오랜 세월 내 책상 위를 지키며 나의 단어에 영감을 주고 내 글에 생명력을 불어넣어 주었습니다.

작고한 샌드라 노라와 그녀의 위대한 유산에 감사를 표합니다. 그녀는 우리에게는 영원히 7월 4일의 신입니다. 무지개와 함께.

믿을 수 없는, 행복

2012년 12월 14일 초판 1쇄 발행

지은이 | 로라 먼슨
옮긴이 | 한태영·조연수
펴낸곳 | 윌컴퍼니
펴낸이 | 김화수
등록 | 2011년 4월 19일 제300-2011-71호
주소 | (110-043) 서울시 종로구 자하문로13길 15, 1층
전화 | 02-725-9597
팩스 | 02-725-0312
이메일 | willcompany@nate.com
ISBN | 978-89-967751-3-3   03800

- 잘못된 책은 바꿔드립니다.
- 책값은 뒤표지에 있습니다.